Henri-René-Albert-Guy de Maupassant, geboren am 5. 8. 1850 auf Schloß Miromesnil/Seine-Inférieure, starb am 7. 7. 1893 in Passy bei Paris.

Guy de Maupassant stammt aus einer alten lothringischen Adelsfamilie. Die Scheidung seiner Eltern im Jahre 1861 traf ihn hart. Seine Mutter, eine Jugendfreundin Gustave Flauberts, erzog ihn mit aller Fürsorge. Maupassant besuchte Schulen in Yvetot und Rouen. Er studierte einige Semester Jura in Paris und nahm am Krieg 1870/71 teil. Zwischen 1871 und 1880 war er Beamter im Marine- und im Kultusministerium. Gustave Flaubert überwachte als enger Freund der Familie seine ersten schriftstellerischen Versuche. Maupassant schreibt: »Sieben Jahre lang habe ich mit Flaubert gearbeitet, ohne eine Zeile zu veröffentlichen. Während dieser sieben Jahre hat er mir literarische Grundsätze vermittelt, die ich mir nicht durch vierzig Jahre Erfahrung hätte erwerben können.« Emile Zola, der Begründer der realistisch-naturalistischen Schule, gab ihm 1880 Gelegenheit, seine Erzählung »Boule de Suif« (Fettklößchen) in dem programmatischen Sammelband »Soirées de Médan« zu publizieren. Diese Erzählung machte ihren Autor mit einem Male berühmt. Von nun an ist Maupassant regelmäßiger Mitarbeiter von Zeitschriften und Zeitungen. Seine rund 260 Novellen erscheinen dort und später in Sammelbänden. Maupassant führt zehn Jahre lang das Leben eines berühmten Schriftstellers.

Er unternimmt mehrere Auslandsreisen mit seiner Yacht »Bel Ami«. 1891 bricht bei ihm eine Geisteskrankheit aus, an der er 1893 stirbt.

Novellen:

Wichtigste Werke: »Boule de Suif« (1880); »La Maison Tellier« (1881); »Mademoiselle Fifi« (1883); »Les Sœurs Rondoli« (1884); »Miss Harriet« (1884); »Monsieur Parent« (1884) »Contes du jour et de la nuit« (1885); »La petite Roque Toine« (1886); »Contes et nouvelles« (1886); »Le Horla« (1887); »Le Rosier de Madame Husson« (1888); »La Main gauche« (1889); »L'inutile Beauté« (1890); »Qui sait?« (1890).

Romane: »Une Vie« (1883); »Bel Ami« (1885); »Fort comme la mort« (1889); »Notre Cœur« (1890) – »Sur l'eau« (1888) Reisebericht.

insel taschenbuch 248

Guy de Maupassant

Das Haus Tellier

GUY DE MAUPASSANT
DAS HAUS TELLIER

und andere Erzählungen
Ausgewählt und mit einem Nachwort
versehen von Werner Berthel
Mit zeitgenössischen
Illustrationen
Insel

Mit Illustrationen von
Lelong, Morel, Lobel-Riche und Damazy
aus: Guy de Maupassant, Œuvres complètes illustrées.
Paris 1901–1906. 19 Bde.
Aus dem Französischen übersetzt von Helmut Bartuschek
und Karl Friese

insel taschenbuch 248
Zweite Auflage, 11.–16. Tausend 1979
Lizenzausgabe des Winkler Verlags, München
Originalrechte bei Aufbau-Verlag, Berlin (DDR)
Insel Verlag Frankfurt am Main 1977
Vertrieb durch den Suhrkamp Taschenbuch Verlag
Umschlag nach Entwürfen von Willy Fleckhaus
Satz: Otto Gutfreund & Sohn, Darmstadt
Druck: Ebner Ulm
Printed in Germany

Inhalt

DAS HAUS TELLIER

I

Abends um elf Uhr ging man immer noch gern auf ein Stündchen hin, gerade so, wie man sich in sein Stammcafé begibt.
Es waren immer dieselben, die sich dort trafen, mal sechs, mal acht, durchaus keine »Sumpfhühner« etwa, sondern lauter ehrsame Männer der Stadt, jüngere und ältere Herren aus Handel und Verwaltung. Man schlürfte da seinen Chartreuse, schäkerte mit den Mädchen des Hauses oder führte wohl auch ein vernünftiges Gespräch mit Madame, die sich allgemeiner Achtung erfreute.
Um Mitternacht pflegte man sich wieder auf den Heimweg zu machen. Die jungen Leute blieben mitunter noch etwas länger da.
Klein und gemütlich war es, das Haus. Gelbgetüncht lag es an seiner vorspringenden Straßenecke, gleich hinter der Kirche Saint-Étienne; aus seinen Fenstern konnte man hinausblicken auf das Hafenbecken, in dem Schiff an Schiff lag, wo die Ladungen gelöscht wurden, und auf den großen Salzteich dahinter, den sogenannten Stauweiher, und noch weiter hinüber bis zum Strande mit seiner altersgrauen Marienkapelle.
Madame entstammte einer angesehenen Bauernfamilie aus dem Departement Eure. Sie hatte sich ihrem Beruf mit der gleichen Selbstverständlichkeit zugewandt, wie man beispielsweise auch hätte Leiterin eines Modeateliers oder eines Wäschereibetriebes werden können. Das etwas ehrenrührige Vorurteil, das man besonders in den Großstädten gegen das öffentliche Liebesgewerbe hat, bringt man in der ländlichen Normandie kaum auf. Der Bauer ist der Ansicht: »Anständig ist jedes Handwerk!« – und so ist es ihm eins, ob seine Tochter einen Harem öffentlicher Mädchen oder irgendein anderes Damenpensionat leitet.

Übrigens hatte Madame ihr Haus von einem alten Onkel geerbt. Monsieur und Madame, die damals gerade einen Gasthof in der Nähe von Yvetot bewirtschafteten, hatten diesen Betrieb sofort veräußert in der Erwägung, daß das Geschäft in Fécamp sicher einträglicher sein werde; und eines schönen Morgens waren sie denn da und übernahmen das Etablissement, dem die richtige Geschäftsführung gefehlt hatte und mit dem es etwas bergab gehen wollte. Sie waren nette, tüchtige Leute und machten sich rasch bei Personal und Kundschaft beliebt.
Schon zwei Jahre darauf war Monsieur einem Schlaganfall erlegen. Die neue Betätigung, die eigentlich für ihn keine war und die ihm noch weniger Bewegung als seine bisherige verschaffte, hatte ihn übermäßig dick und bequem gemacht; und so war er sozusagen im eigenen Wohlsein erstickt.
Madame wurde, seit sie Witwe geworden war, von allen ihren Stammgästen umworben, allerdings ohne Erfolg; und so hieß es denn von ihr, sie sei wirklich unnahbar, und sogar ihre Angestellten hätten ihr nicht das mindeste nachreden können.
Sie war gut gewachsen, stattlich, von einnehmendem Äußeren.

Ihre Haut, die im steten Dämmerlicht ihres Hauses etwas blaß geworden war, hatte einen leicht mattfettigen Glanz. Auf ihrer Stirn kräuselte sich ein kleiner Haarkranz aus falschen, gebrannten Löckchen und gab ihrem Gesicht ein jugendliches Aussehen, das zu der Reife ihrer Formen nicht so ganz mehr passen wollte. Sie war unentwegt heiter, zeigte eine offene Miene und scherzte gern; dabei legte sie aber immer eine leichte Zurückhaltung an den Tag, die ihr auch der neue Beruf nicht hatte nehmen können. Alles offen Herausgesagte ging ihr gegen den Strich; und wenn ein ungeschliffener Bursche ihr Etablissement beim wahren Namen zu nennen wagte, dann konnte sie sehr böse werden. Sie war eben feinfühlig, und wenn sie ihre Angestellten auch fast wie Freundinnen behandelte, so betonte sie doch immer wieder gern: Sie und das Gemüse da wären nun mal nicht aus ein und demselben Salatkorbe.

Hin und wieder in der Woche unternahm sie mit einem Teil ihrer Gesellschaft in der Mietkutsche eine Fahrt ins Grüne; dann tollte man sich jedesmal ordentlich aus auf den Wiesen an den Ufern des Flüßchens, das die Auen von Gramont durchfließt. Die ganze lustige Bande benahm sich da immer wie ein Schwarm Backfische, der aus dem Pensionat ausgekniffen ist, und jagte sich kreischend und haschend im Kreise herum; es war wie das tolle Ausgelassensein lange eingesperrter Nönnchen, die von der Luft und der Freiheit wie berauscht sind. Und dann lag man im Gras, verschmauste die mitgebrachten Leckereien und trank Apfelwein dazu. Und wenn es anfing dunkel zu

werden, stieg man in den Wagen und rollte wonnig müde und zärtlich gestimmt wieder heimwärts. Während der Fahrt wurde Madame abgedrückt wie ein liebes, gutes Muttchen, das so gütig und so nachsichtig ist...

Das Haus hatte zwei Eingänge. Die Ecktür führte in eine Art Winkelcafé, das sich abends für den Mann aus dem Volke und die Matrosen auftat. Zwei von den Mädchen waren eigens für diesen Kundenkreis da. Sie stellten die Viertel und Halben Wein auf die wackligen Marmortische und setzten sich dann selber den Gästen auf den Schoß, legten ihnen die Arme um den Hals und ermunterten sie zu weiteren Genüssen. Als Helfer stand ihnen der Hausbursche Frédéric zur Seite, ein Flaumbart mit einem Mädchengesicht, aber mit der Muskelkraft eines Bullen.

Die drei anderen Damen (sie waren im ganzen fünf) bildeten so etwas wie die höhere Gesellschaft; sie standen den Gästen des Obergeschosses zur Verfügung, wenigstens solange sie nicht unten mit einspringen mußten, falls mal oben gerade nichts zu tun war.

Der »Jupitersalon«, in dem sich die Herren Honoratioren versammelten, war blau tapeziert und mit einem großen Kupferstich geschmückt, der Leda mit dem Schwan darstellte. In dieses Gesellschaftszimmer gelangte man über eine Wendeltreppe, die nach der Straße zu ein schmales Pförtchen abschloß. Über diesem niederen und unauffälligen Einlaß glomm die ganze Nacht durch eine kleine vergitterte Laterne, ein Ewiges Lämpchen von der Art, wie man sie in manchen Städten zu Füßen von Madonnen in einsamen Mauernischen blaken sieht.

Der ganze Bau war alt und feucht und strömte einen leichten Modergeruch aus. Ab und zu wehte auch ein frischer Hauch von Eau de Cologne durch die Hausgänge. Doch scholl dazu von unten durch eine halboffene Tür das pöbelhafte Grölen und Lärmen der Leute an den Tischen im Erdgeschoß herauf wie Donnergetöse, das alle Wände erschütterte, dann verzogen die Herren im ersten Stock etwas unangenehm berührt und unruhig ihre Mienen.

Madame, die mit ihren Stammgästen auf vertrauterem Fuß stand, pflegte im allgemeinen kaum ihr Haus zu verlassen, bekundete aber das lebhafteste Interesse für alles, was sich in der Stadt ereignete und was die Hausfreunde an Neuigkeiten in ihren Salon mitbrachten. Das Gespräch, das sie in ihrer gemessenen, würdevollen Art führte, unterschied sich wie Tag und Nacht von dem nichtssagenden Geplauder ihrer drei Gesellschafterinnen; und jedes Wort von ihr wirkte wie eine Oase in dem wüsten Gewitzel der schmerbäuchigen Biedermänner, die

sich Abend für Abend »in allen Ehren« erlaubten, ihren kleinen Seitensprung zu machen und in Gesellschaft dieser öffentlichen Dämchen ihren Likör zu genießen.
Die drei im ersten Stock hießen Fernande, Raphaële und Rosa, genannt »das Aas«.
Da das Personal etwas knapp war, hatte man seitens der Leitung des Hauses Wert darauf gelegt, daß jede der Angestellten

einen ganz bestimmten Typ Weiblichkeit darstelle, damit jedem Kunden annähernd das geboten werden könnte, was er als Verkörperung seines Ideals ansah.
Fernande gab sich ganz als die »schöne Blondine«, hochgewachsen und rundum gut gepolstert, wie sie war: das mollige, sommersprossige Kind vom Lande. Ihre fadblonden, gestutzten Haarsträhnen, die nur schütter die Schädelplatte bedeckten,

nahmen sich da oben wie eine Lage gehecheltes Hanfstroh aus.
Raphaële aus Marseille spielte – als kesse Nixe der Hafenstädte – die unentbehrliche Rolle der »schönen Jüdin«. Sie war mager und hatte vorspringende Backenknochen, auf die sie noch extra stark Rot auflegte. Ihr rabenschwarzes Haar, das sie mit Rindermark auf Hochglanz brachte, war an den Schläfen zu Schmachtlocken aufgedreht. Die Augen hätte man fast schön nennen können, wenn nicht rechts der milchige Tupfen auf der Hornhaut gewesen wäre. Die Nase bog sich kühn zu dem vorstehenden Gebiß herunter, in dem als helle Flecke zwei neue falsche Oberzähne von den echten übrigen abstachen, die mit den Jahren den Farbton nachgedunkelten Holzes angenommen hatten.
Rosa, »das Aas«, eine kleine runde Fettkugel, die eigentlich nur aus einem Bauch auf winzigen Beinchen bestand, sang zu allen Tages- und Nachtstunden mit ihrer blechernen Stimme bald saftige, bald schmalzige Lieder, plapperte dazwischen und sprudelte ihre nie endenden, belanglosen Geschichtchen heraus; sie hörte nur auf zu plappern, um zu essen, und hörte nur auf zu essen, um zu plappern. Sie war immer in Bewegung und trotz ihres Wänstchens und ihrer knubbeligen Pfötchen gewandt wie ein Eichkätzchen. Ohne Pause erklang ihr Gekicher, ein richtiger Springbrunnen schriller Töne, bald von hier, bald von da, aus den Zimmern, von der Dachkammer herunter, aus dem Café herauf, kurz, von überallher und meist ohne den geringsten Anlaß.
Die beiden von unten, Louise, mit dem Spitznamen »Kokotte«, und Flora, »die Schaukel« genannt, weil sie etwas hinkte, sahen aus wie zwei Küchenmädchen, die sich für den Fasching herausstaffiert hatten. Die erstere erschien stets als Freiheitsgöttin mit blauweißroter Schärpe, die andere als phantastisch kostümierte Spanierin, mit Kupferblechmünzen behängt, die bis in ihr feuerrotes Haar hinauf an ihr baumelten und bei jedem

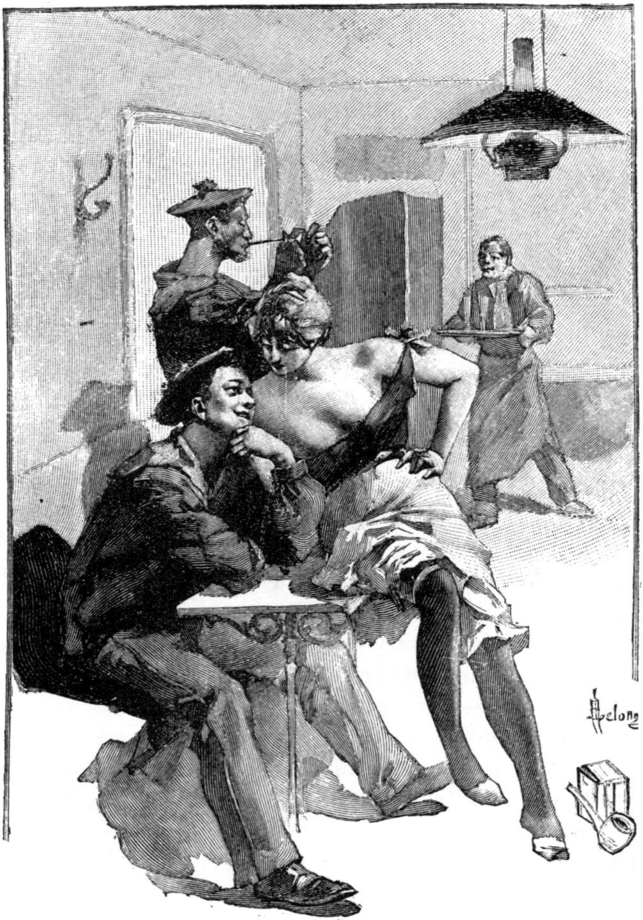

ihrer Hinkeschritte mit hin und her schepperten. Die zwei waren nicht schöner noch häßlicher als alle weiblichen Wesen ihres Schlages, eben die richtigen Schenkmädchen; sie hießen im ganzen Hafen nur »die beiden Pumpen«.

Zwischen den fünfen herrschte ein Friede, der manchmal zwar ein klein wenig durch Eifersüchteleien gespannt schien, aber dank der ausgleichenden Klugheit und der unversiegbar guten Laune von Madame immer wieder zur Harmonie wurde.
Das Etablissement, das einzige seiner Art in der kleinen Stadt, erfreute sich regen Besuches. Madame hatte ihrem Unternehmen einen Anstrich von Wohlanständigkeit zu geben verstanden; sie zeigte sich derart liebenswürdig und zuvorkommend gegen jedermann, und ihr gutes Herz war so allgemein bekannt, daß man ihr allerseits eine Art Hochachtung entgegenbrachte. Die Stammgäste ließen es sich etwas kosten, ihre Huld und Gewogenheit zu gewinnen, und jeder schwoll vor Stolz, wenn sie ihm bei nächstbester Gelegenheit ihr ganz besonderes freundschaftliches Wohlwollen bekundete. Traf man sich tagsüber auf dem Geschäftswege, dann rief man einander zu: »Also bis nachher, Sie wissen ja, wo!« – ganz wie man leicht die Frage hinwirft: »Wir sehen uns doch nach Tisch noch im Café, nicht?« Kurz und gut – das Haus Tellier war zu etwas durchaus Unentbehrlichem geworden, und nur selten kam es vor, daß bei den allabendlichen Zusammenkünften einer fehlte.
Da geschah es eines schönen Abends – es war gegen Ende des Monats Mai –, daß Monsieur Poulin, seines Zeichens Holzhändler und ehemaliges Stadtoberhaupt, als erster Besucher nahte und – das Pförtchen verschlossen fand. Auch die kleine Laterne hinter ihrem Gitter brannte nicht wie sonst; das gastliche Haus lag still, wie ausgestorben da. Er klopfte erst leise, dann stärker – nichts rührte sich. Er schlenderte die Straße wieder zurück, und als er am Marktplatz anlangte, stieß er beinahe mit Monsieur Duvert, dem Reeder, zusammen, der seinerseits auf dem besten Wege dorthin war, wo Poulin eben herkam. Gemeinsam kehrten sie zur Stätte der Geselligkeit zurück; aber als sie davorstanden, mußten sie dasselbe feststellen, was vorher schon Poulin für sich wahrgenommen hatte. Mit einemmal erhob sich ganz in der Nähe ein wüster Radau, und als sie um

die Hausecke bogen, um zu sehen, was los sei, standen sie plötzlich einem Haufen englischer und französischer Seebären gegenüber, die mit ihren Pranken gegen die geschlossenen Fensterläden des Cafés donnerten.
Die beiden Herren machten kehrt und strebten tunlichst rasch von dannen, um keine Unannehmlichkeiten zu erleben: erst ein leises »Pst-st!« brachte sie wieder zum Stehen: Es war Monsieur Tournevau, der Besitzer der Fischsalzerei, der sich, als er sie erkannte, bemerkbar gemacht hatte. Sie teilten ihm die Sachlage mit. Ihr Bericht bestürzte ihn um so mehr, als er – der Ehemann und Familienvater, der keinen Schritt unbeobachtet tun konnte – sich nur samstags seinen »Klubbesuch« leisten konnte: übrigens auch securitatis causa, aus Gesundheitsrücksichten, wie er zu scherzen pflegte mit Anspielung auf die Maßnahmen der sanitären Polizei, deren Kontrollzeiten ihm sein Freund, der Doktor Borde, ins Ohr geflüstert hatte. Und diesmal war doch gerade wieder mal sein Abend da, und nun sollte er eine ganze Woche lang so auf dem trockenen sitzen!
Die drei Herren machten einen weiten Bummel bis an den Kai. Unterwegs trafen sie den Stammgast Monsieur Philippe junior, den Bankierssohn, und gleich darauf Monsieur Pimpesse, den Steuereinnehmer. Geschlossen zogen sie zu fünft durch die Rue-aux-Juifs zurück zu einem letzten Versuch. Da aber die krakeelenden Blaujacken das Haus noch immer umlagert hielten, es mit Steinen bombardierten und weitertobten, entschlossen sich die fünf Kunden des ersten Stockes zu schleuniger Umkehr und bummelten etwas ziellos weiter durch die nächtlichen Straßen.
Schließlich stießen zu ihnen noch Monsieur Dupuis, der Versicherungsagent, und Handelsgerichtsrat Monsieur Vasse. Ein längerer Spaziergang führte die Herrengesellschaft wieder bis zum Hafendamm. Dort nahmen sie nebeneinander auf der Granitbrüstung Platz und schauten auf die plätschernden Fluten hinunter. Draußen leuchtete hell auf den Kämmen der Wo-

gen der Gischt aus dem Dunkel auf und erlosch gleich wieder; und das eintönige Rauschen des Meeres, das längs der Küste gegen die Felsen brandete, scholl ununterbrochen durch die Nacht zu ihnen herüber. Als die Herren Spaziergänger mit hängenden Köpfen und stumm eine Weile so dagesessen hatten, bemerkte Monsieur Tournevau: »Allzu unterhaltsam ist es hier nicht gerade!« – »Bestimmt nicht!« pflichtete ihm Monsieur Pimpesse bei. Und so stand man denn wieder auf und schlenderte weiter.

Sie gingen die Straße entlang, die auf der Höhe über dem Strande hinführt und im Volksmund »Unter den Bäumen« heißt, überschritten die Holzbrücke zum Stauweiher hin, marschierten am Bahndamm weiter und schwenkten gerade wieder zum Marktplatz ein, als es – ganz unvermittelt – zu einer lauten Meinungsverschiedenheit zwischen dem Steuereinnehmer Monsieur Pimpesse und dem Fischselcher Monsieur Tournevau über eine eßbare Pilzart kam, von der einer der beiden ein Exemplar in der Umgebung gefunden haben wollte.

Die Gemüter waren in recht gereizter Stimmung, und es wäre vielleicht zu Handgreiflichkeiten gekommen, wenn sich die anderen Exkursionsteilnehmer nicht ins Mittel gelegt hätten. Pimpesse blieb eingeschnappt und zog wütend ab; kaum war er fort, da ging eine neue Zankerei los, diesmal zwischen dem ehemaligen Stadtoberhaupt, Monsieur Poulin, und dem Generalvertreter für Lebensversicherungen, Monsieur Dupuis, – und zwar drehte es sich nun um das Problem, wie hoch eigentlich das Gehalt eines Steuereinnehmers sei und was für Einnahmen er sich sonst noch so nebenbei verschaffen könne. Man war gerade in der besten Auseinandersetzung, bei der es von Anspielungen und Anwürfen nur so hagelte, – da erhob sich plötzlich ein noch viel furchtbareres Gebrüll als vorhin aus nächster Nähe, und über den Platz her sah man die Rotte Matrosen angerückt kommen, die es offenbar satt hatten, das verschlossene Haus weiterhin erfolglos zu belagern. Immer zwei und zwei, marschierten sie eingehakt in unabsehbarer Tiefenstaffelung heran und fluchten ungeheuerlich. Das Grüppchen der Herren Honoratioren zog sich in das schützende Dunkel eines Torbogens zurück, und die johlende, grölende Horde wogte vorüber und verschwand in Richtung der Abtei. Ihr Radau war noch eine ganze Weile zu hören, nach und nach erst verebbte er in der Ferne wie ein abziehendes Gewitter; und dann war alles wieder still...

Nun liefen – nach entgegengesetzten Richtungen – Monsieur Poulin und Monsieur Dupuis wütend, ohne sich zu grüßen, auseinander.

Die übrigen vier setzten sich weiter in Marsch und landeten wie zufällig wieder vor dem Etablissement Tellier. Es lag noch immer in tiefer Stille und verschlossen da. Rätselhaft! Nur ein einsamer Betrunkener stand friedsam und beharrlich davor und patschte an die Vorderwand des Cafés. Von Zeit zu Zeit hielt er inne und rief lallend halblaut nach dem Kellner Frédéric. Als er merkte, daß er auf sein Rufen keine Antwort bekam, ließ er sich auf den Türstufen nieder, um die weitere Entwicklung der Dinge abzuwarten.

Die Herren wollten sich gerade – endgültig für diesmal – zurückziehen, da tauchte am andern Ende der Straße wieder der wüste Haufen Seebären auf. Die französischen Blaujacken brüllten die Marseillaise, die englischen grölten dazwischen ihr »Rule Britannia!« Noch einmal setzte der allgemeine Sturmlauf gegen die Hauswände ein, dann wälzte sich der Strom der Schreier dem Kai zu, wo eine wüste Keilerei zwischen den beiden Nationen anhub, in der einem der Tommys ein Arm entzweigeschlagen und einem der blauen Jungens auf französischer Seite die Nase aufgeschlitzt wurde.

Inzwischen packte den einsamen Süffel, der immer noch vor der Cafétür saß, das heulende Elend; er fing an zu flennen, wie Bezechte und Kinder flennen, die ihren Willen nicht bekommen.

Da machten sich denn die Herren, der eine dahin, der andere dorthin, auf ihren Heimweg.
Nach und nach senkte sich wieder die Ruhe über das aufgestörte Städtchen. Von da und dort erhob sich noch kurzes Stimmengewirr, dann verlor sich der letzte Laut in der Ferne.
Nur ein einzelner Mann wandelte noch immer, ohne Ruhe zu finden, umher. Es war Monsieur Tournevau, der Fischselcher; er konnte sich nicht darüber beruhigen, daß er bis Samstag nächster Woche »auf dem trockenen sitzen« sollte. Und im stillen hegte er doch noch die leise Hoffnung, die Dinge könnten

irgendeine günstige Wendung nehmen. Es wäre doch einfach unverständlich, sann er etwas aufgebracht vor sich hin, wie es die Polizei dulden könne, daß ein Etablissement, das für das öffentliche Wohl da sei und das unter ihrer besonderen Obhut stehe, so mir nichts dir nichts seine Pforten schlösse!
Er wollte also der Sache auf den Grund gehen, steuerte nochmals auf das Haus zu und tastete die Mauern ab. Da entdeckte er einen Zettel, der an den Fensterläden angeklebt war. Er riß ein Schwefelholz an und entzifferte beim Geflacker seiner Leuchte folgende in großen Buchstaben hingekrakelten Worte:

Wegen Erstkommunion geschlossen.

Da zog er ab; nun war ihm klargeworden, daß diesmal wirklich nichts zu machen sei.
Der Betrunkene war mittlerweile immer tiefer auf die ungastliche Schwelle hinabgesunken und eingeduselt...
Am andern Tag richteten die Stammgäste von Madame es so ein, daß jeder für sich – die Aktenmappe unter dem Arm, damit es besser aussähe – auf seinem Wege wie zufällig durch die bewußte Straße mußte; und einer wie der andere warf einen verstohlenen Seitenblick zu der Hausfront hinüber, sah den Zettel und las im Vorübergehen die geheimnisvolle Mitteilung:

Wegen Erstkommunion geschlossen.

II

Hinter der rätselhaften Sache steckte folgendes:
Madame hatte einen Bruder, der in ihrem Heimatort Virville, im Departement Eure, eine Schreinerei betrieb. Zu der Zeit, als Madame noch die Frau Wirtin von Yvetot gewesen war, hatte sie als Patentante das Töchterchen ihres Bruders über das Taufbecken gehalten und der kleinen Nichte den Namen Constance gegeben. Das Kind hieß also wie sie: Constance Rivet – so war ja der Mädchenname von Madame. Der Schreiner, der wußte, daß seine Schwester in guten Verhältnissen lebte, hatte sie nie ganz aus seinen Augen verloren, wenn auch die Geschwister einander nur selten sahen; wurde doch jedes durch seine eigene Beschäftigung und schließlich auch durch die weite Entfernung zwischen ihren Wohnorten von gegenseitigen Besuchen abgehalten. Als nun das Mädchen mittlerweile fast zwölf Jahre alt geworden war und zur ersten Kommunion gehen sollte, nahm er aber doch die Gelegenheit wahr und schrieb seiner Schwester, er rechne bestimmt mit ihrem Kommen zu der Feier. Des Kindes Großeltern waren nicht mehr am Leben; Madame

konnte es ihrer Patennichte also nicht gut abschlagen, sie nahm die Einladung an. Bruder Joseph hoffte dabei so im stillen, seiner Schwester bei der Gelegenheit als Patengeschenk ein Testament abzuschmeicheln, mit dem Madame – sie war ja kinderlos – ihre kleine Nichte bedenken könnte.
Wie Madame zu ihrem Vermögen gekommen war, das störte ihn dabei in keiner Weise, und außerdem wußte es ja auch sonst niemand in der ganzen Gegend. Wenn die Rede mal auf sie kam, dann hieß es einfach: »Madame Tellier lebt jetzt in Fécamp...«, und das ließ die Vermutung zu, daß sie da wohl von ihren Zinsen lebte. Virville liegt von Fécamp wenigstens zwanzig Meilen ab; und wenn der Mann vom Lande mal zwanzig Meilen weit zu fahren hat, dann ist das für ihn schwerer zu bewerkstelligen, als wenn unsereiner sich aufs Schiff setzt und eine Weltreise über den Ozean tut. Die Leute von Virville waren nie über Rouen hinausgekommen, und für die Bewohner von Fécamp war ein kleines Bauernnest mit fünfhundert Seelen, das weltverloren in der weiten Ebene liegt und überdies zu einem andern Departement gehört, auch nicht gerade ein besonderer Anziehungspunkt. So kam es, daß man kaum etwas voneinander hörte und sah.
Als nun der Tag der Kommunion immer näher rückte, wurde Madame doch von einiger Unruhe befallen. Sie hatte keine Stellvertreterin und wagte nicht, ihr Haus sich selbst zu überlassen, und wäre es auch nur für einen Tag. Bestimmt würde dann sofort zwischen ihren Damen von oben und von unten Zank und Streit entstehen; und Frédéric würde sich natürlich auch einen antrinken – und wenn der seinen Rausch hatte, dann ging er gleich jedem, der ihm in die Quere kam und ein Wörtchen sagte, mächtig ans Zeug. So entschloß sie sich denn, doch lieber ihr gesamtes Personal mitzunehmen, außer Frédéric, der bis übermorgen freibekommen sollte.
Als sie ihren Entschluß dem Bruder eröffnete, war er ganz und gar nicht dagegen, sondern schrieb vielmehr zurück: Er könne

die ganze Gesellschaft recht gut für die Nacht unterbringen. So machte sich denn an dem Samstagmorgen Madame samt ihrem Gefolge mit dem Achtuhrzug auf die Reise.

Bis Beuzeville hatten sie das bequeme Abteil ganz für sich allein, und sie schwatzten lustig durcheinander wie die Elstern. Als der Zug dort hielt, kletterte ein ländliches Ehepaar herein. Der Mann, ein alter Bauer in blauer Bluse mit gefälteltem Kragen und weiten, an den Handgelenken gekräuselten und weißbeborteten Ärmeln, hatte einen altertümlichen, turmartigen Hut aus rötlichem Borstenhaar auf dem Kopf; in der einen Hand hielt er einen ungeheuer großen grünen Regenschirm und in der andern einen mächtigen Henkelkorb, aus dem die aufgeregt wackelnden Köpfe dreier Enten hervorlugten. Die Frau in ihrer starren bäuerlichen Tracht und mit ihrer spitzen Schnabelnase sah aus wie ein Huhn. Sie setzte sich ihrem Alten gegenüber, und beide rührten und regten sich nicht mehr. Offenbar fühlten sie sich beklommen in dieser so glanzvollen Gesellschaft, in die sie da geraten waren.

Und es war auch wirklich an dem: Das Abteil gleißte nur so von schillernden Farben. Madame war von Kopf bis Fuß in

Blau gehüllt, in blaue Seide, und um die Schultern lag ihr ein blendender, knallroter Schal aus imitiertem französischem Kaschmir. Fernande thronte in einem schottisch gemusterten Etwas von Robe da, die ihr die Kolleginnen mit vereinten Kräften hatten straffschnüren müssen; darin hob sich ihr etwas hinfälliger Busen wieder zu einem wogenden Kugelpaar, das unter dem Stoff deutlich hin und her schwabbelte.

Auf Raphaëles Haarfrisur thronte ein Gebäude aus bunten Federn, das ein Nest voll Vögelchen darstellen sollte. Das lilafarbene, von Goldflitter überschimmerte Gewand, das sie umfloß, machte aus ihr eine Schönheit, die geradezu orientalisch anmutete. Rosa das Aas in ihrem rosigen Röckchen mit breiten Volants sah aus wie ein im Wachstum zurückgebliebenes, zu dick geratenes Kind. Und die beiden Pumpen schienen ihre sehr aparten Leibesbehänge aus alten Fensterdraperien geschneidert zu haben, aus jenen großgeblümten Vorhangstoffen, die einst in den Zeiten vor Anno achtundvierzig Mode gewesen waren.

Sowie die Damen sich nicht mehr allein unter sich fühlten, nahmen sie eine würdevolle Haltung an und begannen, sich sehr vornehm miteinander zu unterhalten, damit jeder sehen und hören konnte, daß sie sich in der Welt zu benehmen wußten. Es dauerte nicht lange, da stieg – es war in Bolbec – ein junger blondbärtiger Herr zu, schwerberingt und mit goldener Uhrkette behängt. Er schob ein paar in Wachstuch gehüllte Pakete ins Gepäcknetz. Sein Gesicht sah noch halb jungenhaft und übermütig aus. Er grüßte lächelnd und fragte gleich ungezwungen: »Die Damen wechseln die Garnison, stimmt's?«

Die Frage setzte den Damenflor doch in einige Verlegenheit, und Madame brauchte eine kleine Weile, bis sie ihre Fassung wiedergewann. Es galt, die Standesehre zu wahren; sie antwortete kühl und trocken: »Sie dürften sich durchaus etwas höflicher ausdrücken!«

Er entschuldigte sich: »Verzeihung, ich wollte sagen – das Kloster . . . !«
Madame hatte nichts darauf zu erwidern; vielleicht hielt sie diese Richtigstellung für der Sache angemessen. Jedenfalls bewegte sie hoheitsvoll das Haupt und kniff nur etwas die Lippen zusammen.
Darauf wandte sich der junge Herr, der zwischen Rosa dem Aas und dem alten Bauern saß, zu den Enten, die ihre Köpfe aus

dem Korbe steckten, und zwinkerte ihnen zu; als er merkte, daß er die Blicke der Umsitzenden auf sich zog, kraulte er die Tiere unter den Schnäbeln und redete zur allgemeinen Erheiterung auf sie ein: »Aus unserm Paddel-Paddel-Pfützchen sind wir rausgewatschelt – waak! waak! waak! –, um ein bissel Bekanntschaft mit dem Bratel-Bratel-Pfännchen zu machen – waak! waak! waak!«
Die unglücklichen Vögel drehten ängstlich die Hälse hin und her, um sich diesen Zärtlichkeiten zu entwinden; dann rafften sie sich zu gewaltsamen Ruderbewegungen auf und suchten ihrem Korbgefängnis zu entflattern. Als das nicht gelang, schnatterten sie alle drei mit einemmal angstvoll laut: »Waak! waak! waak!«
Da platzten die Damen los, bogen sich vor und schubsten einander zur Zeite, um besser sehen zu können: diese Entenviecher da waren wirklich zum Quieken!
Und der junge Herr wurde immer betulicher mit den Tieren, witzelte – und neckte sie immer mehr.
Rosa machte als erste mit, legte sich quer über die Beine ihres Nachbarn nach vorn und drückte jedem der Viecher einen Kuß auf den Schnabel. Und sofort wollten es die andern ihr nachmachen. Damit es leichter ginge, nahm der Monsieur die Damen eine nach der andern auf den Schoß, ließ sie hopsen und schaukeln, kniff sie und sagte freiweg »du« zu jeder.
Die beiden Bauersleute, die noch verwirrter waren als ihr Federvieh, machten Augen, so groß und rund, als wollten sie ihnen aus dem Gesicht springen; aber sie wagten sich nicht zu rühren. Ihre alten, verrunzelten Mienen zeigten weder ein Lächeln noch sonst eine Gemütsbewegung.
Nun langte der junge Herr eins seiner Pakete aus dem Netz, stellte sich als Geschäftsreisender vor und bot den Damen aus Spaß Hosenträger an. Listig öffnete er das Paket, und – Strumpfbänder kamen zum Vorschein.
Da gab es welche in blauer Seide, in Rosa, Veilchenblau, Mal-

venfarben, Mohnrot, mit metallenen Schließen, die goldene Amorettenpärchen in inniger Umschlingung darstellten. Die Mädchen kreischten auf vor Freude und Schaulust. Dann ging es ans Mustern, Befühlen, Betasten der Ware. Sie waren mit einemmal wieder ganz ernst und verständig geworden, wie alle Frauen, wenn sie Putz und Schmuck begutachten. Mit Blicken, mit Getuschel wurde hin und her beraten; und auch Madame nahm immer wieder ein orangefarbenes Paar zur Hand, das sich stattlicher und eleganter ausnahm als die andern, mit einem Wort: *das* Strumpfband für sie!

Der junge Mann nahm sich Zeit; er hatte sich wohl seinen Plan schon zurechtgelegt. »Na los, ihr kleinen Kätzchen«, ermunterte er schließlich, »nun mal ran ans Anprobieren!«

Ging da ein Sturm der Entrüstung los!

Sie klemmten die Röcke zwischen die Beine, als müßte man gewärtigen, er könne Gewalt anwenden. Aber er wartete ruhig auf seine Chance; er sagte ganz einfach: »Ihr wollt nicht, na

schön, dann wird eben wieder eingepackt!« und, nach einer Kunstpause, verschmitzt: »Wer bei mir anprobiert, bekommt gratis ein Paar – ganz nach eigener Wahl!«
Aber sie wollten nicht, wurden auf einmal wieder ganz würdevoll und setzten sich steif zurück. Nur die beiden Pumpen warfen ihm so ehrlich betrübte Blicke zu, daß er es bei ihnen noch einmal mit seinem Vorschlag versuchte. Vor allem in Flora der Schaukel schien offensichtlich ein heftiger Kampf zwischen Verlangen und Verzicht vor sich zu gehen. Er redete auf sie ein: »Immer ran, Kindchen, etwas mehr Courage! Schau dir mal die lila hier an, die passen doch ganz entzückend zu deinem Kleid ...!«
Da gab sie sich einen Ruck, hob ihre Robe und streckte ihr Bein hin, einen wahren Stampfer von Kuhmagdbein, das in einem schlechtsitzenden Strumpf steckte. Der Monsieur bückte sich zu diesem Riesenschlegel hinunter und probierte der Dicken das Strumpfband erst unter dem Knie und dann darüber an; dabei strich er ihr kitzelnd über den Schenkel, daß sie aufquiekte und sich schüttelte. Und als er dann fertig war und Flora ihr lilaseidenes Paar überreichte und in die Runde fragte: »Wer kommt nun dran?« – da riefen alle wie aus einem Munde: »Ich! Ich!«
Er nahm als nächste Rosa das Aas vor, die ein formloses Etwas von Bein enthüllte, ein Ding, ganz aus einem Stück, vollkommen rund und gleich dick oben wie unten. »Ein richtiger Rollschinken«, wie Raphaële sich ausdrückte. Als danach Fernande ihre mächtigen, schöngedrechselten Säulen dem Strumpfbandfachmann darbot, wurde sie mit uneingeschränkter Lobeserhebung bedacht. Die knochigen Schienbeine der schönen Jüdin fanden weniger Beifall. Louise die Kokotte aber stülpte dem Monsieur aus Jux, während er sie bediente, gleich ihr Kleid über den Kopf, so daß sich Madame nun doch genötigt sah einzuschreiten, um dieser wirklich unpassenden Alberei ein Ende zu machen. Und dann hielt schließlich Madame auch noch ihr

Bein hin, ein wohlgeformtes normannisches Bein, ebenmäßig und stramm, und der Reisende, der ganz überrascht und bezaubert war, erwies diesen Prachtwaden seine Hochachtung: Er zog – als echter französischer Kavalier – galant vor ihnen den Hut!
Die beiden Bauersleute, starr vor Staunen, blickten verstohlen von der Seite auf das Treiben; sie ähnelten buchstäblich so sehr zwei verdutzten Hühnern, daß der blondbärtige Frechdachs aufstand und dicht vor ihren Nasen ein »Kikeriki!« erschallen ließ. Damit entfesselte er einen neuen Orkan von Heiterkeit.
Das Paar mit seinem Entenkorb und seinem Regenschirm kletterte in Motteville wieder aus dem Wagen; während die beiden davonschlurften, konnte man deutlich vernehmen, wie die Landfrau sagte: »Das waren solche Schlampen, wo immer in das Sündenbabel Paris neinfahren!«
Der lustige Geschäftsreisende stieg in Rouen aus. Ehe er am Ziel angelangt war, ging er noch so weit aus sich heraus, daß sich Madame nochmals genötigt sah, den Monsieur ganz gehörig auf seinen Platz zu verweisen. Und daran knüpfte sie ihre kleine Moral an: »Man soll eben nicht mit jedem ersten besten anbandeln!«
In Oissel mußten sie in die Kleinbahn umsteigen, und an der nächsten Haltestelle erwartete sie bereits der Bruder Joseph mit einer großen zweirädrigen Karrete voller Stühle; ein Schimmel stand davorgespannt.
Der Schreiner schloß, wie es sich gehörte, die Damen reihum in seine Arme und half dann einer nach der andern auf das Gefährt hinauf. Drei setzten sich auf die hinteren Sitze, Raphaële, Madame und ihr Bruder auf die vorderen, und Rosa, für die kein Stuhl mehr da war, nahm, so gut es gehen wollte, auf den Knien der großen Fernande Platz. Dann rollte man los. Aber schon nach den ersten paar Metern rüttelte und schüttelte der stoßweise Trab des kleinen Kleppers das ganze Fuhrwerk so fürchterlich durcheinander, daß die Stühle zu tanzen anfingen und

die Fahrgäste nur so hin und her geschleudert wurden; bald flogen sie in die Höhe, bald wurden sie nach links und nach rechts geschnellt wie die Hampelmänner; sie schnitten ganz erschrockene Gesichter und kreischten ängstlich auf, wenn sie einen besonders heftigen Stoß bekamen. Sie klammerten sich an den Wagenrändern fest; die Hüte rutschten ihnen in den Nakken, auf die Nase oder übers Ohr. Aber der Schimmel trabte unentwegt weiter, mit vorgestrecktem Schädel und steifgereck-

tem Schwanz, einem haarlosen, rattenschweifähnlichen Stummel von Schwanz, mit dem er sich von Zeit zu Zeit über die Hinterbacken klatschte. Joseph Rivet, einen Fuß auf die Deichsel gestemmt, das andere Bein unter den Leib gezogen, hielt mit hoch angewinkelten Ellenbogen die Zügel zwischen den Fingern; alle Augenblicke kamen schnalzende Laute aus seiner Kehle, die den Klepper die Ohren spitzen ließen und veranlaßten, in noch schnelleren Trab überzugehen.
Rechts und links von der Landstraße dehnte sich die grüne

Ebene aus. Blühende Rapsfelder breiteten sich hier und da wie gelbe, wogende Riesentücher dazwischen, aus denen der Wind einen Schwall würzig-starken, süßen Duftes herübertrug. Aus dem schon hochstehenden Roggen lugten die lichtblauen Köpfchen der Kornblumen hervor, und die Mädchen wollten sich gern welche pflücken, aber Meister Rivet hielt nicht an. Dann und wann wieder rollten sie an einem Felde entlang, das wie mit Blut übergossen dalag, so wimmelte es darin von Mohnblumen. Und mitten durch dieses weite, bunt überblühte Land ratterte der Ackerwagen, der aussah, als wäre auch er mit einem farbenfrohen, grellbunten Blumenflor über und über beladen, hinter seinem zockelnden Schimmel dahin, verschwand hinter der Baumreihe eines Bauernhauses, erschien am anderen Ende der Laubwand wieder und rumpelte und ratterte weiter an den grünen und gelben, blau und rot übersprenkelten Feldern vorüber, dieser farbensprühende Karren voller Frauen, der in der glühenden Sonne seinem Ziel zurollte.
Es schlug eins, als die Fuhre vor der Tür des Schreinerhauses anlangte. Die ganze Gesellschaft war wie gerädert und blaß vor Hunger, denn seit der Abfahrt von Fécamp hatten sie nicht einen Bissen mehr gegessen. Mutter Rivet kam herausgestürzt, half einer nach der andern vom Fahrzeug herunter, schloß jede, sowie sie auf dem Erdboden ankam, in ihre Arme, und bei Madame kam sie mit dem Abdrücken schier überhaupt nicht zu Ende, als wollte sie ihre teure Schwägerin gar nicht wieder loslassen. Dann stärkte man sich erst einmal mit einem ordentlichen Imbiß, den man in der Werkstatt einnahm, die bereits für das morgige Festmahl ausgeräumt war.
Nach einer leckeren Omelette folgte eine gebratene Wurst, die tüchtig mit prickelndem Apfelwein hinuntergespült wurde, und da stellte sich die gute Stimmung wieder wie von selbst ein. Meister Rivet hob sein Glas und stieß immer wieder mit seinen Gästen an, während seine Ehehälfte auftischte, in die Küche lief, mit vollen Platten hereinkam, mit abgeleerten hinausging

und dabei jeder Dame ins Ohr tuschelte: »Na, schmeckt's denn auch?« Und dazu duftete aus den Bretterstapeln, die an der Wand lehnten, und aus den zusammengekehrten Haufen Sägespänen ein so frischer, würziger Harzgeruch durch den Raum, so ein richtiger Schreinereigeruch, daß es eine Lust war zu atmen.

Man fragte nach der Kleinen. Sie sei, hieß es, in der Kirche und würde erst gegen Abend heimkommen.

Dann brach die ganze Gesellschaft auf, um einen Rundgang ums Dorf und durch die Felder zu machen.

Das Nest war recht klein. An der Dorfstraße – es war ein Stückchen Landstraße, die hindurchführte – reihten sich zehn, zwölf Häuserchen aneinander, in denen die Gewerbetreibenden des Ortes wohnten: Metzger, Krämer, Schreiner, Schankwirt, Schuster und Bäcker. Am Ende der Dorfallee ragte mitten aus ihrem kleinen Friedhof die Kirche auf; vier breitkronige Linden überschatteten ihr Portal. Sie war aus behauenen Feldsteinen ohne besonderen Stil erbaut; ein schiefergedecktes Glockentürmchen krönte ihr Dach. Gleich hinter der Friedhofsmauer war man schon wieder in den Feldern, die sich weithin ausdehnten; hie und da waren sie von Baumgruppen durchsetzt, hinter denen sich Gehöfte versteckten.

Meister Rivet war zwar noch im Arbeitskittel, nichtsdestoweniger aber hatte er mit Anstand seiner Schwester den Arm gereicht und eröffnete voll angemessener Würde mit ihr den Zug. Seine Ehehälfte, der es Raphaëles Goldflitterrobe angetan hatte, reihte sich zwischen die »schöne Jüdin« und Fernande ein; und die kugelrunde Rosa trippelte neben Louise, der Kokotte, und der Schaukel-Flora, die vor lauter Anstrengung gewaltig auf und ab wippte, hinterdrein.

Die Dorfleute zeigten sich in ihren Türen, die Kinder hielten im Spiel inne; da und dort wurde ein Vorhang gelüpft, und ein Gesicht in einer Kattunhaube lugte halb hervor; eine halbblinde Alte an ihrer Krücke bekreuzigte sich angesichts des Zuges wie

vor einer Wallfahrtsprozession. Und aller Blicke folgten noch lange den schönen Damen aus der Stadt, die von so weit hergekommen waren, um der Ersten Heiligen Kommunion der kleinen Rivet beizuwohnen. Eine Fülle von Glanz und Ansehen ergoß sich auf den Schreiner!
Als sie an der Kirche vorbeikamen, hörten sie von drinnen her Kindergesang: Ein Choral stieg in hohen, schrillen Tönen zum

Himmel empor... Aber Madame winkte den andern ab, als man eintreten wollte: damit nicht die Engelchen in ihrer Andacht gestört würden!

Nach dem Rundgang durch die Dorfflur, auf dem Meister Joseph seinen Damen die großen Bauerngehöfte gezeigt und einen Vortrag über Bodenerträge und Viehzuchtsteigerung gehalten hatte, führte er seine Gesellschaft in die gastliche Behausung zurück. Da es etwas knapp mit dem Raum bestellt war, hatte man die Damen immer zu zwei und zwei in die verfügbaren Stuben verteilt.

Der Hausherr sollte sich für diesmal sein Nachtlager auf den Hobelspänen in der Werkstatt einrichten, seine Ehehälfte wollte ihr Bett mit der Schwägerin teilen; und in der Stube daneben konnten Fernande und Raphaële zusammen schlafen. Louise und Flora waren in der Küche auf einer Matratze untergebracht, und Rosa hatte für sich allein ein kleines dunkles Kämmerchen über der Stiege eingeräumt bekommen. Wand an Wand mit einem schmalen Bodengelaß, in dem für diese Nacht die kleine Kommunikantin schlummern sollte.

Als die Kleine endlich auf der Bildfläche erschien, prasselte ein wahrer Regen von Küssen auf sie nieder; alle wollten sie zu gleicher Zeit an sich drücken! Es war die Macht der Gewohnheit, die bei ihnen zur zweiten Natur gewordene Gewohnheit, zärtlich zu tun und ihre Liebkosungen bei jedem anzubringen, wer es auch sei: nicht anders als sie es am Morgen beim Abschnäbeln der drei Enten gemacht hatten. Jede zog das »goldige Mädel« zu sich auf den Schoß, streichelte ihm das blonde Haar und drückte es stürmisch ans Herz. Das artige kleine Ding war noch ganz erfüllt vom Erlebnis der frommen Andacht und benommen von der ersten Beichte und ließ alles geduldig und still über sich ergehen.

Der Tag war für alle recht anstrengend gewesen, und so ging man denn bald nach dem Abendessen zu Bett. Eine grenzenlose, fast heilige Ruhe der Natur senkte sich über das kleine Dorf und seine Felder nieder, eine alles umfließende und meertiefe Stille, die Himmel und Erde erfüllte. Die Mädchen, die an durchlärmte Nachtstunden in ihrem Etablissement gewöhnt waren, fühlten sich durch das stumme Schweigen des ruhenden Landes im Innersten erregt und erschreckt. Schauer liefen ihnen über die Haut, nicht der Kühle und des Fröstelns, vielmehr Schauer der Angst vor der Einsamkeit, die aus dem eigenen unruhigen, umgetriebenen Herzen kommt.

Sowie sie – immer zwei und zwei – im Bett beisammen lagen, umschlangen sie sich und kuschelten sich eng aneinander, als könnten sie so gemeinsam mit ihren Leibern die andringende Allgewalt der nächtlichen Verlassenheit der Welt von sich abwehren. Rosa das Aas aber, die ganz allein in ihrem finsteren Kämmerchen lag und es doch so gar nicht gewöhnt war, niemanden dabei im Arm zu haben, überkam ein noch viel unheimlicheres und beklemmenderes Gefühl. Sie wälzte sich hin und her auf ihrem Lager und fand keinen tröstenden Schlaf. Da hörte sie mit einemmal leises Schluchzen; es klang durch den Holzverschlag zu ihren Häupten herüber, als weinte ein Kind. Aufgeregt rief sie halblaut, was denn los sei, und ein von Schluchzern unterbrochenes Stimmchen gab ihr Antwort. Das Mädelchen war es, das sonst immer bei seiner Mutter schlief und nun auf dem finsteren, einsamen Hängeboden Angst bekommen hatte.

Rosa sprang glückselig aus den Kissen, tappte leise, um niemanden zu wecken, hinüber und holte die Kleine zu sich ins schöne, warme Bett. Sie drückte das Kind an ihre Brust, hätschelte, summte, wiegte es in Schlaf und wurde selber darüber ruhiger und auch müde und schlief zu guter Letzt mit ein. Und als der Morgen des heiligen Festtages anbrach, ruhte immer noch friedlich das Unschuldsgesicht der kleinen Kommunikantin auf den nackten Brüsten des Freudenmädchens.

Schon früh um fünf hob schwungvoll das Gebimmel der kleinen Glocke an, die den *Angelus* einläutete, und weckte die Da-

men, die eigentlich gewohnt waren, bis in den Tag hinein sich auszuruhen, da sie ja doch die Nacht durch auf den Beinen sein mußten. Im Dorf herrschte schon Leben. Die Frauen liefen geschäftig hin und her, zeigten sich in den Türen, machten ein Schwätzchen miteinander, brachten vorsichtig die steifgestärkten Musselinkleidchen an und hatten in der andern Hand riesenlange Kerzen, an denen goldbefranste Seidenschleifen baumelten und die eine Einbuchtung im Wachs hatten, an der die Kinderhand sie umfassen konnte.
Die Sonne strahlte schon hoch vom makellos blauen Himmel hernieder; nur am Horizont war noch ein Hauch Rosa zu sehen, ein letzter Abglanz der Morgenröte, der langsam verblich. Hühnerfamilien spazierten vor den Häusern auf und ab, und bald hier, bald da reckte ein schwarzer Hahn sein schimmerndes Halsgefieder und den purpurgeschmückten Kopf, schlug mit den Flügeln und schmetterte sein metallisches Kikeriki in die Luft, auf das ihm sofort seine gespornten Artgenossen Antwort krähten.
Aus den Nachbargemeinden rollten schon Karren und Wagen herein ins Dorf, hielten vor den Türen und luden ihre Fracht ab: Hochgewachsene Normanninnen entstiegen ihnen in ihrer dunklen Tracht, mit dem übergeschlagenen Brusttuch, das eine Silberspange, ein hundertjähriges Erbstück, zusammenhielt. Die Mannsleute hatten ihre blaue Bluse über den neuen Abendmahlsrock oder den altmodischen, grünlichen Schwenker gezogen, dessen Rockschöße darunter hervorhingen.
Die Pferde wurden in die Ställe gebracht, und bald reihte sich längs der Dorfstraße eine Doppelzeile bäuerlicher Fahrzeuge aneinander: zweirädrige Karren, offene Kabrioletts, Dogcarts, Kremser – Fuhrwerke jeder Art und jeglichen Alters; die einen vornübergekippt, die andern hintübergestellt, Deichsel in die Luft.
Im Schreinerhaus entwickelte sich ein Leben wie in einem Bienenstock. Die Damen standen noch in Korsett und Unterrock

da, mit offenem Haar, recht kurzem, schütterem, vom ewigen Kräuseln mit der Brennschere weggesengtem Haar – und putzten erst einmal die Kleine festtäglich heraus.
Das Dingelchen stand auf dem Tisch und rührte sich nicht, während Madame Tellier um so schwungvoller die Bewegungen ihres fliegenden Leibkorps leitete und lenkte. Das Mädelchen wurde gewaschen, gekämmt, frisiert, angezogen; mit einer Unmenge Nadeln wurde ihr das Kleid in Falten gesteckt, die zu weite Taille enger gerafft, ihrem Feiertagsstaat der nötige

Schick gegeben. Als man endlich damit fertig war, durfte sich das kleine zusammengeschnürte und in Gala gesteckte Leidensgeschöpf setzen; aber es wurde ihr dringend eingeschärft, sich nicht zu rühren und zu regen. Und dann stob der aufgeregte Weiberschwarm davon, um sich selber schön zu machen.
Wieder läutete es von der kleinen Kirche herüber. Das helle Gebimmel des armseligen Glöckchens verlor sich wie dünnes Gewisper in das unermeßliche Blau des Himmels.
Die Kommunikanten kamen aus den Türen und strömten zum

Gemeindeamt, in dem die beiden Schulklassen und die Bürgermeisterei untergebracht waren. Das Amtsgebäude lag am einen Ende des Ortes, das Gotteshaus am entgegengesetzten.
Den Sprößlingen folgten die Eltern und Anverwandten im Feiertagsstaat. Linkisch, mit dem schweren Gang von Menschen, die harte Arbeit krumm gemacht hat, stapften und schlurften sie dahin. Die kleinen Mädchen verschwanden fast in ihrer Wolke aus schneeweißem Tüll, der wie Schlagsahne glänzte und schimmerte, während die Buben mit ihren glatten, geölten Scheiteln wie frischgebackene Pikkolos aussahen und breitbeinig einherstaksten, um beim Gehen sich nicht die neuen langen Hosen zu beschmutzen.
Da es seit je der Stolz einer jeden Bauernfamilie ist, wenn ein mächtiger Haufen Bekannter und Verwandter von auswärts herzuströmt, um dem Sohn oder der Tochter des Hauses zur Einsegnung das Ehrengeleit zu geben, so konnte Meister Rivet geradezu die größten Triumphe feiern. Das ganze Damenkorps Tellier mit seiner Kommandeuse an der Spitze marschierte als Ehrenparade hinter der kleinen Constance einher! Voran der stolze Papa mit seiner Schwester am Arm, dann die Mutter, Raphaële zur Seite gesellt, dahinter Fernande mit Rosa, und als Beschluß die beiden Pumpen – so setzte sich die Gesellschaft in Glanz und Pracht, gleich einem Generalstab in Galauniform, in Bewegung.
Der Eindruck im ganzen Dorf war gewaltig.
Im Schulhaus sammelten sich die kleinen Himmelsbräute um die Flügelhaube der »lieben Schwester«; im Klassenraum daneben ordneten sich die kleinen Männer um den Schlapphut des Herrn Lehrers, eines stattlichen Mannes, der sehr würdig dreinschaute; dann setzte sich der jugendliche Festzug, einen Choral anstimmend, in Gang.
Die Buben marschierten in Zweierreihen voraus, zwischen der Doppelzeile der ausgespannten Wagen hindurch, die Mädchen schlossen sich in gleicher Ordnung an; und unmittelbar hinter

den Kindern folgte der Damenflor – da alle Dorfbewohner den Herrschaften aus der Stadt den Vortritt gelassen hatten. Drei Damen links, drei Damen rechts, so verlängerte die Gästedeputation des Etablissements Tellier die Doppelreihe der Dorfjugend, und die Toiletten der Damen leuchteten wie das reinste Brillantfeuerwerk.

Als sie durch das Kirchenportal einzogen, ging eine heftige Bewegung durch die versammelte Gemeinde. Alles drängte nach vorn, reckte sich nach ihnen den Hals aus, stieß und schubste einander zur Seite, um sie besser anschauen zu können. Und unter den Betschwestern ging ein Gemurmel und Getuschel los, das lauter und lauter wurde vor Staunen über die prachtvol-

len Roben der Damen, die wahrhaftig die Meßgewänder noch überstrahlten!
Der Herr Gemeindevorsteher bot den Herrschaften gleich seine Bank an: vorn die erste, rechts vom Altar. Und Madame nahm dankend darin Platz mit ihrer Schwägerin, Raphaële und Fernande. Rosa das Aas und die beiden Pumpen besetzten die zweite Bank, und der Schreinermeister schob sich auch noch zu ihnen mit hinein.
Der Altarchor hatte sich mit den Firmlingen gefüllt; an der einen Seite knieten die Mädchen, an der andern die Buben, und die langen Kerzen, die sie in den Händen hielten, schwankten wie ein Wald glitzernder Lanzen durcheinander.
Vor dem Chorpulte standen drei Männer in Meßgewändern und stimmten mit dröhnender Stimme die Liturgie an. Unendlich gedehnt sangen sie die klangvollen Silben des lateinischen Textes heraus und kamen mit ihren in die Länge gezogenen, ewigen »A-A-Amen« schier nicht zu Ende. Unterstützt wurden sie in ihrem Bemühen noch durch das Schlangenhorn, ein Blasinstrument, aus dessen breitmäuligem Blechtrichter in endloser Wiederkehr immer derselbe tiefe Muhlaut heraustutete. Eine spitze Kinderstimme sang schrill das Responsorium – den Gegenpart – dazu. Von Zeit zu Zeit erhob sich aus einem Chorstuhl ein Kaplan, der ein viereckiges Barett aufhatte, murmelte irgend etwas herunter und setzte sich wieder, während die drei Vorsänger von neuem mit ihrer Litanei anhuben, die Blicke starr auf das große Chorbuch geheftet, das aufgeschlagen vor ihnen stand und von den ausgebreiteten Fittichen eines hölzernen Adlers getragen wurde, der über seinem Drehzapfen auf der Pultsäule saß.
Dann wurde es plötzlich still. Die ganze Festgemeinde sank wie auf Kommando auf die Knie nieder; aus der Sakristei trat der Priester, der die Messe zelebrieren sollte. Ehrwürdig, weißhaarig schritt er einher, über den Kelch geneigt, den er in der Linken trug. Vor ihm her wandelten die beiden Ministranten in ih-

ren roten Chorröcken und weißen Meßhemden, und hinter ihm drein polterte eine Menge ländlicher Chorsänger nach, die sich zu beiden Seiten des Altars aufstellten.

In das tiefe Schweigen hinein klingelte ein Glöckchen. Das Meßopfer nahm seinen Anfang. Würdevoll wandelte der alte

Priester vor dem goldenen Hostienschrein auf und ab, beugte immer wieder vor ihm die Knie und psalmodierte mit seiner zittrigen Greisenstimme die einleitenden Gebete. Sowie er aufhörte zu murmeln, setzten jedesmal schlagartig alle Chorsänger samt dem Tuthorn ein, und auch im Kirchenschiff unten sangen einige Stimmen mit, aber weniger laut und demütiger, wie es sich für andächtig fromme Laien geziemt.

Mit einemmal brauste – aus allen reuigen Kehlen und Herzen hinausgeschmettert – das *Kyrie Eleison* zum Himmel empor. Von oben, aus dem uralten Gewölbe, das unter dem mächtigen Schwall und Getöse der Stimmen erzitterte, rieselten Kalkplättchen, stoben Moderwolken hernieder. In dem kleinen Kirchlein, auf dessen Schieferdach die Maisonne herunterbrannte, herrschte eine wahre Backofenhitze. Eine angstvolle Spannung, die bange Erwartung des Gotteswunders, der Verwandlung des Brotes und des Weines in göttliches Fleisch und Blut, preßte die Herzen der Kinder zusammen und verschlug den Müttern den Atem.

Der alte Priester, der während des Gesanges von Chor und Gemeinde im Gebet in seinem Chorstuhl gesessen hatte, stieg wieder zum Altar hinan und verkündete mit entblößtem Haupt, auf dem sein Silberhaar schimmerte, und mit zitternden Handbewegungen das Nahen des göttlichen Mysteriums.

Er wandte sich den Gläubigen zu, breitete seine Arme aus und sprach das *Orate, Fratres* – Betet, meine Brüder. Alle beteten. In dem allgemeinen Gemurmel gingen die letzten geflüsterten Worte des greisen Seelsorgers unter. Wieder und wieder erklang das Glöckchen. Bußfertig lag die Menge auf den Knien und rief den Höchsten an; die kleinen Sünder wollten vor Bängnis schier umsinken.

In diesem Augenblick geschah es, daß Rosa, die ihre Stirn in den Händen barg, sich plötzlich wieder ihrer Mutter erinnerte. Ihr war, als kniee sie wieder in der Kirche ihres Heimatdorfes und erlebe noch einmal ihre eigene Erste Heilige Kommunion.

Sie fühlte sich zurückversetzt in jene Zeiten, als sie noch klein war; sie sah sich selbst als die kleine Kommunikantin hier knien, im weißen, duftigen Kleide, in dem sie fast versank. Da kam es über sie. Sie mußte weinen, erst still und leise: Sacht tropfte Träne um Träne ihr zwischen den Wimpern hervor; dann aber, als ihr mehr und mehr aus jenen Zeiten einfiel, wurde ihr immer schwerer ums Herz. Es quoll ihr höher in die Kehle, ihre Brust hob und senkte sich, sie fing zu schluchzen an. Sie hatte ihr Taschentuch hervorgenestelt, tupfte und wischte sich in einem fort über die Augen und preßte es dicht vor Mund und Nase, um nicht laut herauszuheulen – aber vergebens. Ein stoßweises Röcheln drang aus ihrer Kehle herauf, und zwei andere, herzzerreißend tiefe Seufzer gaben ihr Antwort. Louise und Flora, die neben ihr knieten, waren von den gleichen Kindheitserinnerungen überwältigt und schwammen ebenfalls in Tränen.
Tränen sind nun einmal ansteckend! Und so fühlte denn auch Madame bald, daß ihr die Augen feucht wurden. Und als sie zur Seite blickte, sah sie, daß die Schwägerin und die beiden anderen Mädchen auch weinten...
Der Priester hob die goldene Monstranz empor: Die heilige Wandlung vollzog sich! Die Kinder sanken nieder auf die Steinfliesen im Gebet; inbrünstig beteten sie, vor Ehrfurcht und vor Herzensangst. Im Kirchenschiff unten fing in dieser Bank und in jener Bank eine Frau, eine Mutter, eine Schwester an, es den schönen Damen nachzumachen, die da vorn knieten und schluckten und schluchzten. Eine nach der andern wurden diese Bäuerinnen ergriffen von der Erregung und angesteckt von der Tränenseligkeit. Und so weinten und schluchzten sie um die Wette mit den Stadtdamen und heulten ihre karierten Kattuntücher naß und preßten die Linke stürmisch auf das wogende Herz.
Wie ein fliegender Funke ein ganzes Feld trockener Gräser in Flammen setzt, so breitete sich Rosas Geschluchz im Nu über die kniende Menge der Gläubigen aus: Weiber, Männer, Alte

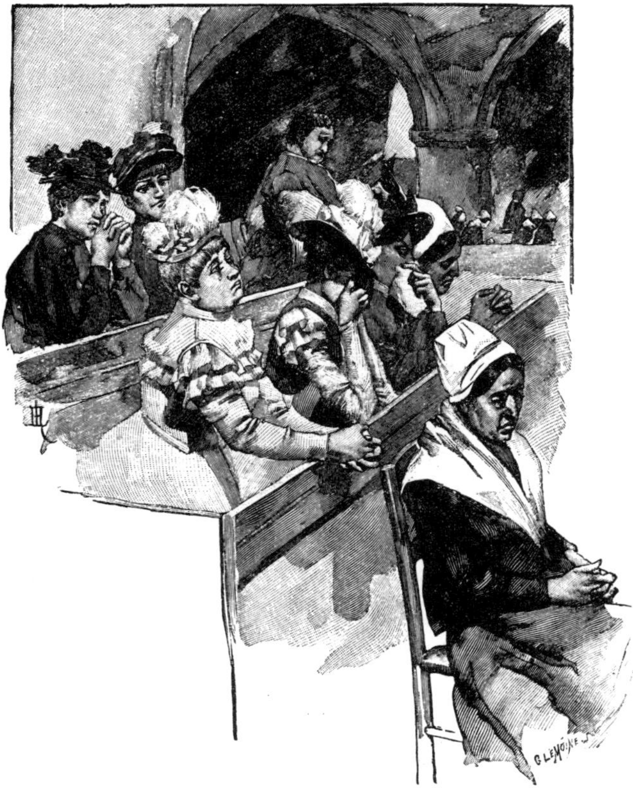

und Junge – alles schluchzte und seufzte einmütig mit. Es war, als sei über diese Bauernschädel etwas Übermenschliches herabgefahren, der Geist der Gemeinschaft herniedergeströmt, als wehe der mächtige Atem eines unsichtbaren, allwaltenden, allgegenwärtigen Wesens durch den Raum...
Da hallte plötzlich vom Altarchor ein kurzes, trockenes Pochen herüber. Die »liebe Schwester« hatte mit ihren Fingerknöcheln auf das Gebetbuch geklopft: das Zeichen zur Kom-

munion. Mit frommem Schauern nahten die Firmlinge dem Tisch des Herrn.

Die erste Reihe kniete nieder. Der greise Priester trat, das Ziborium aus vergoldetem Silber in der Linken, vor die Kinder und reichte jedem mit zwei Fingern seiner Rechten die geweihte Hostie, den Leib Christi, des Erlösers der Welt. Krampfhaft, mit bleichen, nervös verzerrten Gesichtern und geschlossenen Augen öffneten sie ihren Mund, und das lange Kommuniontuch, das von Kinn zu Kinn vor ihnen entlanglief, zitterte wie bewegte Wellen.

Mit einem Male kam es wie wilde Verzückung über die im Gotteshaus zu Boden gesunkene Masse Menschen: Ein Sturmwind von Schluchzern, von erstickten Ausrufen wogte durch die Kirche. Es scholl und schwoll durch den weiten Raum wie Windstöße, unter denen Wälder sich rauschend und ächzend beugen. Und der Priester stand regungslos über der Menge aufgerichtet da, die Hostie in der Hand, und spürte: ›Das ist Gott, das ist Gott, der mitten unter uns weilt, der uns seine Allgegenwart bekundet, der auf mein Bitten und Rufen sich über sein kniendes, betendes Volk niederbreitet... !‹ Und er stammelte Gebete, verworrene Worte ohne Zusammenhang, Stoßgebete der Seele, die er voll inbrünstigen Eifers zum Himmel emporschickte.

Er vollzog die Kommunion in solch übermächtigem Glaubensgefühl seiner Sendung, daß seine alten Beine ihm fast den Dienst versagen wollten; und als er das Blut unseres Herrn und Heilandes in sich getrunken hatte, da versank er in einen Taumel glühenden, tiefen Dankes für sein Hirtenamt.

Hinter seinem Rücken kam das Volk allmählich wieder zur Ruhe. Die Liturgiesänger hatten sich, in der Würde ihrer weißen Chorhemden, wieder erhoben und setzten von neuem ein, allerdings mit etwas weniger festen, noch tränendurchzitterten Stimmen. Und sogar das Tuthorn klang etwas verquollen und heiser, als schluchze es ebenfalls noch nach.

Dann hob der Priester die Hände und gebot Schweigen; er schritt zwischen den beiden Reihen der Kommunikanten hindurch, die immer noch ganz vom Erlebnis benommen und mit Glanz in den aufgerissenen Augen dastanden, und trat an das Gitter des Altarchores vor.
Unterdessen hatte sich die Festgemeinde unter lautem Stühlerücken gesetzt, und ein gewaltiges Schnauben und Schneuzen hub an. Als Hochwürden am Gitter erschien, wurde alles wieder still.
Hochwürden begann in gedämpftem Ton, mit stockender und verschleierter Stimme: »Meine lieben Brüder, meine lieben Schwestern, meine lieben Kinder im Herrn!
Aus tiefstem Herzen danke ich euch: Die schönste Freude meines ganzen Lebens habt ihr mir heute bereitet! Ich habe verspürt, wie der Herr auf mein Rufen über uns alle niedergekommen ist. Wahrlich, ER ist gekommen, ER, der Allgegenwärtige, ER war da! ER hat euch die Seelen erfüllt und euch die Augen übergehen lassen.
Ich bin der älteste Seelenhirte der Diözese, und ich bin auch, ja, heut darf ich es einmal aussprechen: Ich bin auch ihr überglücklichster! Ein Wunder ist unter uns geschehen, ein wahres, großes, erhabenes Wunder! Dieweil unser Herr und Heiland all diese Kinderherzen hier tief mit seiner Liebe durchdrang, alldieweil ist der Heilige Geist, die weiße, reine Taube, auf euch niedergefahren, alldieweil hat der Odem Gottes euch alle angeweht und euch durch und durch geschüttelt und gerüttelt und euch niedergebogen, wie der Wind das Schilfrohr niederwärts beugt . . . !«
Nach einer kleinen Atempause wandte er sich zu den Bänken hin, wo die Ehrendamen des Schreinerpaares saßen, und fuhr mit klarerer Stimme fort:
»Vor allem aber danke ich auch euch, meine lieben Schwestern im Herrn, die ihr von so weit hergeeilt seid!
An euch, die ihr an diesem Tage unter uns weilt, an eurer tiefen

menschlichen Hingabe, kann jeder von uns sich ein heilsames Beispiel nehmen! Ihr seid das leuchtende Vorbild für meine ganze Gemeinde! Euer Herzensfeuer hat alle Gemüter entflammt! Und ich weiß nicht, ob ohne euch und eure tiefe Inbrunst dieser große Tag so weihevoll geworden wäre. Zuweilen bedarf es nur eines auserwählten Schäfchens, das sich in Liebe hinopfert, um den Höchsten zu bewegen, sich über seine Herde niederzubeugen und zu erbarmen...«
Die Stimme versagte ihm. Er schloß: »... Der Segen von oben komme über euch und bleibe auf euch. Amen.«
Damit kehrte er sich wieder dem Altar zu und führte die heilige Handlung zu Ende.
Nun begann etwas hastig der allgemeine Aufbruch der Teilnehmer des Festgottesdienstes. Besonders die Kinder, die von der übermäßig langen Geistesanspannung müde geworden waren, wurden wieder lebendig und drängelten dem Ausgang zu. Zudem meldete sich der Appetit bei ihnen, und die Hausfrauen und Mütter warteten auch nicht mehr die Verlesung des Evangeliums bis zu Ende ab; denn an die letzten Vorbereitungen fürs Mittagsmahl mußte ja auch gedacht werden.
Ein tappendes Schieben, lärmendes Schwirren von durcheinanderrufenden Stimmen erhob sich, in denen sich der normannische Tonfall in beredter Weise kundtat. Die gesamte Einwohnerschaft bildete links und rechts zwei dichte Spaliere; und als die Kinder herausströmten, stürzte sich jede Familie auf das ihre.
Die kleine Constance sah sich sofort umringt von der ganzen Frauengesellschaft; alle Damen wollten sie zugleich in ihre Arme ziehen. Rosa zumal wollte gar nicht aufhören, sie immer wieder an sich zu drücken und sie abzuküssen. Zu guter Letzt faßte sie »ihr Mädel« bei der einen Hand und ließ sie nicht wieder los. Madame bemächtigte sich der andern Hand; und Raphaële im Verein mit Fernande erhaschten den Saum des langen Musselinkleides und hoben ihn hoch, damit er nicht im Staube

nachschleppe; Louise und Flora beschlossen mit Mutter Rivet den Zug.
Von solcher Ehreneskorte geleitet, schritt die kleine Himmelsbraut, ganz glückselig und gotterfüllt, dem elterlichen Hause zu.

Das Festmahl war in der Werkstatt aufgetischt auf langen und breiten Planken, die über hölzernen Böcken lagen.
Durch die Tür, die nach der Straße offenstand, scholl der fröhliche Festlärm des ganzen Dorfes herein. Überall saß man jetzt bei Tisch und schmauste. Hinter allen Stubenfenstern sah man tafelnde Leute im Sonntagsstaat sitzen, und in jedem Haus erklangen lustiges Rufen und fröhlicher Gesang. Die Bauern thronten in Hemdsärmeln an ihren Tischen und tranken ihren Cidre, den schäumenden normannischen Apfelwein, in vollen Zügen aus mächtigen Gläsern. Mitten in jeder Tafelrunde waren zwei von den festlich geschmückten kleinen Kommunikanten zu erblicken, da zwei Mädchen, dort zwei Buben, die im nachbarlichen Austausch zu den befreundeten Familien zum Essen geschickt worden waren.
In der glühenden, drückenden Mittagshitze ratterte ab und zu ein polternder, zweirädriger Bankwagen, von einem müden, alten Klepper im Zuckeltrab gezogen, durch das feiernde Dorf, und der Mann im Arbeitskittel, der auf dem Kutscherbock saß, warf im Vorüberfahren einen etwas neidvollen Blick auf all die üppige Tafelei und Festerei da.
Im Schreinerhaus wollte die Heiterkeit und lustige Laune nicht so recht aufkommen; ein Rest der ernsten Stimmung, die am Vormittag die Gemüter erfüllt hatte, hielt immer noch an. Nur Meister Rivet war bereits tüchtig in Fahrt und trank frisch und fröhlich drauflos. Madame sah alle Augenblicke auf die Uhr, denn um nicht gleich zwei Feiertage lang den Betrieb geschlossen zu halten und das Geschäft zu vernachlässigen, mußte man unbedingt mit dem Zug drei Uhr fünfundfünfzig heimfahren, mit dem man gegen Abend wieder in Fécamp sein würde.
Der Bruder Schreinermeister gab sich alle Mühe, den Blick seiner Schwester von der Uhr abzulenken und seine Damengesellschaft zum Bleiben bis zum anderen Morgen zu bewegen; aber Madame ließ sich nicht von ihrem festen Entschluß abbringen;

und sie verstand nun mal keinen Spaß, wenn es sich um das Geschäft handelte!
Sowie der Kaffee hinuntergeschlürft war, wie sie ihre Begleiterinnen an, sich rasch fertig zu machen; dann wandte sie sich ihrem Bruder zu: »Und du, du wirst sofort anspannen!« Darauf ging sie selbst an ihre letzten Reisevorbereitungen. Als sie wieder nach unten kam, lauerte bereits die Schwägerin auf sie und versuchte, sie in ein Gespräch über die Zukunft der Kleinen zu verwickeln; eine längere Unterhaltung entspann sich daraus, die aber zu keinem rechten Ergebnis führte. Die Bäuerin schmuste und schmeichelte, aber Madame, die ihr kleines Nichtchen auf dem Schoß wiegte, ging auf nichts recht ein und versprach nur so halb und halb: Um die Kleine würde man sich schon kümmern, und bis dahin sei ja noch Zeit, und inzwischen würde man einander doch wohl noch wiedersehen.
Vom Wagen war immer noch nichts zu hören und zu sehen, und auch die Damen kamen nicht nach unten. Dafür ließ sich aus dem Oberstock Leben und Bewegung vernehmen: Lachen, Gebums und Gepolter, Aufkreischen und Händeklatschen! Während die Schreinermeistersgattin nach dem Stall hinausging, um nachzugucken, wie weit ihr Alter mit dem Anspannen sei, entschloß sich Madame, hinaufzugehen und da oben nach dem Rechten zu sehen.
Sie kam gerade zurecht, um mit ansehen zu müssen, wie der halb ausgezogene Rivet drauf und dran war, Rosa – wenn auch erfolglos – Gewalt anzutun; das Mädchen fiel bald um vor Lachen. Die beiden Pumpen zerrten ihn an den Armen zurück und versuchten ihn zu bändigen; sie waren mächtig aufgebracht über »so ein Benehmen«, »so einen Auftritt« nach dem »weihevollen Akt am Morgen«. Aber Raphaële und Fernande wanden sich vor Lachen, hielten sich die Seiten und feuerten ihn mit Zurufen immer noch mehr an; und sie kreischten jedesmal schrill auf, wenn der Torkelnde einen neuen erfolglosen Anlauf unternahm. Der schnaufende Kerl, mit wutverzerrter Miene, pu-

terrotem Gesicht und halbnackt, suchte immer von neuem mit gewaltigen Rucken die beiden Weiber abzuschütteln, die ihn umklammert hielten, und zerrte zugleich mit allen Leibeskräften Rosa zu sich heran und röchelte: »Was, du Schneppe, du willst nicht...?!« Aber Madame stürzte ganz empört sofort auf Bruder Joseph zu, packte ihn bei den Schultern und schob ihn so heftig durch die Tür hinaus, daß er draußen gegen die Wand flog.
Eine Minute später hörte man schon die Pumpe drunten im Hof quietschen und sah ihn, wie er sich den eiskalten Brunnenstrahl über den Schädel plätschern ließ. Dann fuhr er mit seiner Karrete vor und war schon wieder ganz friedsam und nahezu nüchtern.
Und los ging's auf demselben Wege, auf dem man am Vortage hergerollt war. Der kleine Schimmel trabte lebhaft und tänzelnd davon.
Unter der glühendheißen Sonne brach von neuem die übermütige Laune hervor, die während des feierlichen Mahls nicht recht hatte aufkommen wollen. Die Mädchen machten ihre Witze über das Stoßen und Schaukeln des Wackelkastens, schubsten sich gegenseitig von den Sitzen. Alle Augenblicke erinnerten sie sich kichernd und aufkreischend an die danebengegangene »Hobelei« von Meister Rivet.
Ein Licht, grell zum Verrücktwerden, gleißte über den Feldern, ein Licht, das in die Augen brannte und stach. Und die rollenden Räder wirbelten zwei Staubstreifen auf, die lange noch hinter dem Gefährt auf der Landstraße auf und ab tanzten.
Plötzlich schubste Fernande, die Musik für ihr Leben gern hörte, Rosa an und animierte sie, eins zu singen. Und Rosa stimmte sogleich heiter und mit aller Kraft das Lied von »Hochwürden Dick von Meudon« an. Aber Madame machte sofort »ps-st!« und sagte, sie fände, am heutigen Tage schicke sich so ein Gassenhauer wirklich nicht. Und dann fügte sie etwas milder hinzu: »Sing uns lieber etwas Nettes von Béranger!«

Da zögerte Rosa erst ein paar Augenblicke und gab zunächst mal gar keinen Ton von sich; dann fing sie kurz entschlossen mit ihrer abgeleierten Stimme das »Lied vom Großmamachen« an:

»Omachen hatte mal genippt, ei!
An ihrem Ehrenfest vom Wein,
Da sang sie wackelnd ganz beschwipst: Hei!
Verehrer hatt ich euch, du mein...!
Ach, Kinder, wie schade,
Wie ich euch beneid
Um Brust, Arm und Wade –
Wohin ist die Zeit...!«

Und die Mädchen wiederholten den Kehrreim, von Madame nun höchsteigen dirigiert, im Chor:

»Ach, Kinder, wie schade,
Wie ich euch beneid
Um Brust, Arm und Wade –
Wohin ist die Zeit...!«

»Ha, das, das haut hin! Das haut hin!« wieherte Rivet, hingerissen und angefeuert von Text und Tönen. Rosa sang gleich weiter:

»›Ei, Oma, bist nicht brav geblieben?‹
›– Mit fünfzehn brav?! Kind, geh mir bloß!
Da hat man doch Statur zum Lieben!
Da legt man doch grad richtig los –!‹«

Und wieder brüllte die ganze Gesellschaft den Kehrreim mit. Rivet tappte mit der Schuhsohle auf die Deichselstange und klatschte den Takt mit den Zügelriemen auf der Kruppe und den Hinterbacken seines Schimmels. Und das Pferdchen ging, als wäre es vom Rhythmus und Takt mitgerissen, in einen Galopp über, einen so stürmischen Galopp, daß die Damen wie die Kegel durcheinanderflogen und eine über die andere auf den Wagenboden hinpurzelte.

Sie zogen sich wieder gegenseitig auf die Beine und lachten dabei wie die Tollen. Und weiter ging's im Text. Strophe um Strophe wurde das Lied über die Felder und Fluren hingebrüllt und hingejuchzt; unter dem glühenden Himmel erscholl über die reifenden Saaten hin der lustige Wechselgesang. Und jedesmal, wenn die Fuhre den Refrain anstimmte, machte der kleine Klepper einen gewaltigen, nervösen Satz, riß den Wagen mit und preschte – zum größten Gaudium aller Insassen – seine hundert Meter im gestreckten Galopp durch.

An jedem Steinhaufen, an dem sie vorüberrasten, richtete sich ein Steinklopfer nach dem andern auf und starrte durch seine Drahtmaske dieser kreischenden und johlenden Weiberfuhre nach, die in einer Wolke von Staub davonsauste.
Als sie vor dem Bahnhof herauskletterten, meinte der Schreiner rührselig zu seinen Damen: »Schade, daß ihr schon abdampfen wollt! Es hätte noch soviel Spaß gegeben ... !«
Madame aber beschied ihn, vernünftig wie immer: »Alles zu seiner Zeit! Man kann sich nicht immer bloß amüsieren.«

Da hatte Rivet einen Einfall: »Halt«, schlug er vor, »ich komme mal nächsten Monat zu euch nach Fécamp!« Dabei zwinkerte er – ein Auge zugekniffen, das andere blitzte vielsagend – Rosa zu.
»Na, von mir aus kannst du kommen, wann du willst«, gab Madame ihm Bescheid. »Aber – immer schön vernünftig sein! Und keine Dummheiten mehr machen!«
Er sagte nichts dazu und begann – der Zug pfiff schon zum Einsteigen – sich von seiner Damenwelt zu verabschieden. Eine

nach der andern schloß er in seine Arme. Als er Rosa an sich drückte, wollte er mit aller Gewalt ihren Mund erwischen. Aber sie preßte lachend ihre Lippen fest aufeinander und drehte sich jedesmal blitzschnell nach links oder rechts. Er hielt sie fest in seinen Pratzen und kam doch nicht zum Ziel, denn der lange Peitschenstecken, den er ja auch mit festhalten mußte, kam ihm dauernd dabei in die Quere: Zum Verzweifeln wackelte und wuppte er jedesmal neckisch hinter Rosas Rücken hervor und ihm ins Gesicht.

»Richtung Rouen bitte einsteigen!« rief der Schaffner. Die Damen kletterten ins Abteil.

Eine Trillerpfeife ließ ihr dünnes Zwitschern ertönen, dem das mächtige Getute der Lokomotive antwortete. Fauchend stieß sie ihre erste Dampfwolke aus, und mit sichtlicher Anstrengung fingen ihre Räder an, sich erst langsam, dann schneller und schneller zu drehen.

Rivet rannte vom Bahnsteig zur Barriere, um Rosa noch einmal zu sehen. Und als der Waggon voll Weiberfleisch an ihm vorüberrollte, da knallte er mit der Peitsche, sprang von einem Bein aufs andere und sang, so laut er konnte:

»Ach, Kinder, wie schade,
Wie ich euch beneid
Um Brust, Arm und Wade –
Wohin ist die Zeit ... !«

Und dann guckte er einem weißen Taschentuch nach, das aus dem Wagenabteil geschwenkt wurde, bis es in der Ferne ihm aus den Augen entschwand.

III

Bis Fécamp schliefen sie durch – den sanften Schlaf des guten Gewissens. Und als sie dann, erfrischt und gestärkt für den allabendlichen Lebensberuf, in ihrem Etablissement wieder einrückten, konnte Madame es sich nicht verkneifen kundzutun: »Es mag sein, wie's will, aber – mein Haus ist meine Welt!«

Rasch ging es ans Abendessen, und dann rüstete man sich und erwartete in voller Kriegsbemalung die Herren Stammkunden. Und über der Tür blinkte wieder die kleine Laterne in ihrem milden Madonnenschimmer und bekundete mit ihrem diskreten Schein den Nachtschwärmern, daß die Schäfchen wieder in den Stall eingetrippelt waren.

Im Handumdrehen, ja, man möchte sagen: im Augenzwinkern

verbreitete sich die Kunde. Wie sie weitergeflüstert wurde und durch wen – man hätte es nicht feststellen können. Jedenfalls war Monsieur Philippe junior vom Bankhaus Philippe und Co. so liebenswürdig, die Nachricht durch Eilboten sofort an Monsieur Tournevau, der im Schoße seiner Familie wohlgeborgen saß, weiterzuleiten.

Der Herr Fischsalzereibesitzer hatte gerade, wie gewöhnlich am Sonntagabend, ein paar Verwandte zum Diner da, und man saß eben gemütlich beim Kaffee, als ein Bote anpochte und einen dringenden Brief überbrachte. Monsieur Tournevau riß etwas nervös und unruhig den Umschlag auf und erblaßte beim Lesen folgender weniger, mit Bleistift flüchtig hingekritzelter Worte:

»Ladung frischer Kabeljaus wieder aufgefunden. Kutter im Hafen eingelaufen. Feine Sache für Sie. Fassen Sie rasch zu!«

Er fischte in seinen Taschen herum, brachte zwanzig Centimes zum Vorschein, drückte sie dem Briefboten in die Hand und sagte hastig, rot bis über die Ohren: »Ich muß sofort mal weg!« Damit reichte er seiner Ehehälfte den lakonisch kurzen und mysteriösen Zettel hin, drückte auf den Tischklingelknopf und befahl dem hereineilenden Mädchen: »Meinen Überzieher und Hut, rasch, rasch, machen Sie schnell!« Kaum war er draußen und auf der Straße unten, da setzte er sich auch schon in Trab und pfiff ein Lied, um seine Ungeduld zu meistern; denn der Weg kam ihm heute doppelt so weit vor wie sonst.

Das ganze Etablissement Tellier strahlte in festlichem Glanze. Aus dem Erdgeschoß quoll und scholl der vielstimmige, ohrenbetäubende Radau und Singsang der Seeleute heraus. Louise und Flora wußten gar nicht, wem sie sich zuerst widmen und zuwenden sollten: Sie prosteten diesem zu, sie stießen mit jenem an – und wenn sie, die beiden Pumpen, ihren Spitznamen ehrlich verdienten, so heute mehr denn je. Von allen Seiten rief und brüllte man nach ihnen, und sie konnten schon jetzt kaum ihrem vielseitigen Geschäft richtig nachkommen!

Die Nacht schien schön strapaziös zu werden!
Die Herrengesellschaft im ersten Stock war ab neun vollzählig versammelt. Handelsgerichtsrat Vasse, Madames würdigster, schon des längeren mit besonderer Gunst bedachter platonischer Verehrer, plauderte eifrig und gedämpft in einer Ecke mit seiner Herzensdame; und sie lächelten verständnisinnig, wie zwei, die sich so gut wie einig sind, einander immer wieder zu.

Monsieur Poulin, das ehemalige Stadtoberhaupt, ließ Rosa auf seinen dicken Schenkeln reiten. Sie drückte ihr Stupsnäschen an seine Nase und kraulte ihm mit ihren knubbeligen Pfötchen den weißen Backenbart. Unter ihrem hochgerutschten gelben Seidenrock kam ihr nackter Schenkel hervor und wetzte lustig auf dem schwarzen Hosenbein ihres Monsieurs hin und her; und um ihren roten Strumpf schmiegte sich das blaue Gummiband, das ihr der Strumpfband-Jüngling verehrt hatte.

Die lange Fernande lag auf dem Diwan und hatte ihre Beine auf dem Bauch von Monsieur Pimpesse, dem Herrn Steuereinnehmer, während ihr Oberkörper Monsieur Philippe junior an der Weste ruhte; mit ihrer Rechten umfaßte sie lässig den Hals des jungen Herrn, mit der Linken hielt sie eine Zigarette.
Raphaële schien mit Monsieur Dupuis, dem Generalvertreter für Lebensversicherungen, in Unterhandlungen zu stehen und schloß ihre Abmachung mit den Worten: »Ja, mein Liebling, heute abend kann man von mir haben, was man will...!« Und dann drehte sie ganz solo einen schnellen Walzer quer durch den Salon und rief: »Heute nacht könnt ihr alles haben, was ihr wollt...!«
Da ging mit einem Ruck die Tür auf, und Monsieur Tournevau stand auf der Schwelle. Alles brüllte und kreischte begeistert: »Hurra, Tournevau! Er lebe!« Und Raphaële, die sich immer noch im Kreis um sich selber drehte, sank ihm in die Arme und ans Herz. Er packte sie, ohne ein Wort zu sagen, mit festem Griff, hob sie wie eine Feder in die Höhe, ging quer durch den Salon zur hinteren Tür und verschwand unter prasselndem Applaus mit seiner lebenden Fracht über die Hintertreppe nach oben.
Rosa, die dem ehemaligen Stadtoberhaupt tüchtig einheizte, preßte ihn in einem fort an sich, zog immer wieder an beiden Enden seines Backenbartes zugleich, um seinen Kopf im Gleichgewicht zu halten, und feuerte ihn an: »Los, mach's ihm nach!« Da reckte und streckte sich der Ehrensenator, zog seine Weste gerade und folgte seiner Dame nach; und im Abgehen stöberte er seine Taschen durch, um festzustellen, wo seine Franken steckten.
Fernande und Madame leisteten gemeinsam den vier übrigen Herren Gesellschaft. Monsieur Philippe junior rief: »Ich stifte Champagner! Madame, drei Flaschen, auf meine Kosten!« Da preßte sich Fernande an ihn und lispelte ihm ins Ohr: »Mach doch mal 'n bißchen nette Tanzmusik, ja, los! Na, mach schon!«

Er kam ihrem Drängeln nach, setzte sich an das uralte Spinett, das in einer Ecke vor sich hin dämmerte, und entlockte dem wimmernden Klimperkasten einen dünn und zimperlich klingenden Walzer. Das starke Mädchen nahm den Steuereinnehmer in ihre Arme, und Madame überließ sich der Führung des Herrn Handelsgerichtsrats Vasse. Dann fingen die beiden

Paare an, sich zu drehen, und es gab zwischen den Partnern die nötigen Zärtlichkeiten – nicht nur Handküsse – dabei. Monsieur Vasse, der früher viel in ersten Kreisen verkehrt hatte, macht seine Honneurs ganz ausgezeichnet, und Madame sah berückt an ihm auf und blickte ihn an mit Augen, in denen ein ›Ja‹ zu lesen war, ein verschwiegenes ›Ja‹, das viel köstlicher, viel verheißender ist als ein gesprochenes.
Frédéric brachte den Champagner. Der erste Pfropfen knallte,

und Monsieur Philippe junior spielte die Anfangstakte einer Quadrille.
Die vier tanzten sie, wie man so eine Quadrille in der vornehmen Welt tanzt, würdevoll und gemessen, in tadelloser Haltung, mit Knicks und Verbeugung und allem, was dazu gehört.
Dann setzte man sich und erholte sich an den Sektkelchen. Da erschien Monsieur Tournevau wieder, zufrieden, beschwingt, glückselig vor guter Laune. Strahlend verkündete er: »Ich weiß nicht, was in Raphaële gefahren ist, so toll wie heut abend war sie noch nie in Form!« Und als man ihm ein Glas vor den Mund hielt, leerte er es auf einen Zug und murmelte: »Teufel, es geht doch nichts über solchen Luxus!«
Da wirbelte Monsieur Philippe eine feurige, wie Paprika ins Blut fahrende Polka herunter, und Monsieur Tournevau legte mit der »schönen Jüdin« als erster los. Er hatte sie um die Taille gepackt und derart hochgehoben, daß ihre Füße nicht mehr den Boden berührten. Monsieur Pimpesse und Monsieur Vasse stürzten sich gleichfalls mit neuem Feuer in den Tanz. Von Zeit zu Zeit hielt eines der drei Paare am Kamin inne, um ein Kelchglas voll prickelnden Sekts durch die Kehle zu schütten. Dann ging es weiter, und der Tanz schien sich bis ins Endlose ausdehnen zu wollen. Da tat sich die Hintertür auf, und Rosa guckte, das Haar aufgelöst, einen Leuchter in der Hand, zu den anderen herein. Sie war im Hemd und in Pantoffeln. Mit roten Bakken, ganz aufgeregt und animiert, rief sie dazwischen: »Ich will auch tanzen!«
»Na, und dein Opapa?« fragte Raphaële.
Rosa lachte laut auf: »Der –? Der pennt schon! Der pennt ja immer gleich ein!«
Damit holte sie sich Monsieur Dupuis, der auf dem Diwan saß und Mauerblümchen spielte. Und die Polka hob von neuem an.
In den Tanzpausen leerten sich rasch die Flaschen. Da rief

Monsieur Tournevau in die Runde: »Ich spendiere noch eine!« – »Ich dito!« bekundete Monsieur Vasse. »Ich nehme die dritte auf meine Kappe!« schloß sich Monsieur Dupuis an. Alles klatschte Beifall.

Es kam immer mehr Schwung in die ganze Gesellschaft. Es entwickelte sich ein regelrechter Ball daraus. Ab und zu ließen sich nun auch Louise und Flora sehen, um rasch eine Runde mitzutanzen; und wenn die Rufe nach ihnen von unten aus dem Café zu laut und ungeduldig heraufdröhnten, dann stolperten die beiden – wenn auch ungern – hastig wieder zu ihren Kunden hinunter. Um Mitternacht war der Tanz noch in vollstem Gange. Nur hin und wieder verschwand mal eine der Damen. Und wenn sie gesucht wurde, weil einer der Herren Tänzer eine Partnerin brauchte, da mußte man plötzlich feststellen, daß auch einer der Herren fehlte.

»Wo kommt ihr denn her?« näselte mit komischem Ernst Monsieur Philippe junior, als nach einer Weile Monsieur Pimpesse und Fernande gemeinsam wieder auf der Bildfläche erschienen.

»Wir – wir wollten nur mal fix Papa Poulin sein Schläfchen machen sehen«, antwortete schmunzelnd der Steuereinnehmer.

Diese witzige Bemerkung wirkte wie ein Stichwort. Reihum stand einer der Herren nach dem andern auf und stieg mit einer der Damen, die sich fabelhaft liebenswürdig und entgegenkommend in jener Nacht benahmen, die Treppe hinauf, um Papa Poulin sein Schläfchen machen zu sehen. Madame nahm von diesem neckischen Gesellschaftsspiel keine weitere Notiz. Sie führte, auf und ab wandelnd, im Salonwinkel immer wieder lange Gespräche unter vier Augen mit Monsieur Vasse; dabei schienen – wie es aussah – Angelegenheiten geregelt zu werden, die schon so gut wie abgemacht und vereinbart waren.

Als es eins schlug, erklärten Monsieur Tournevau und Monsieur Pimpesse, die beiden Verheirateten in der heiteren Herrengesellschaft, sie müßten nun wohl doch so langsam den

Heimweg antreten und würden gern ihre Rechnung begleichen. Sie brauchten nur den Champagner zu zahlen: die Flasche – ausnahmsweise zum Originalpreis – sechs Franken statt zehn wie sonst.
Und als alles staunte und sich erkundigte nach dem Grund solcher Großzügigkeit, da lächelte Madame vielsagend und gab mit strahlendem Blick zur Antwort:

»Alle Tage ist kein Sonntag...!«

EINE LANDPARTIE

Seit fünf Monaten schon war bei Dufours immer wieder erörtert worden, am Namenstag von Madame Dufour – sie hieß Pétronille – in der Umgebung von Paris ein Picknick zu veranstalten. Und als dann endlich der längst mit Ungeduld erwartete Morgen angebrochen war, hatte man sich schon beizeiten auf den Weg gemacht.

Monsieur Dufour hatte sich für die Festtagsfahrt den Wagen vom Milchhändler ausgeliehen und thronte höchstselbst auf dem Kutschbock.

Schmuck sah das zweirädrige Gefährt aus. Es hatte ein Sonnendach, das auf vier Eisenstangen schwebte. Die leinenen Schutzplanen zu beiden Seiten hatte man hochgerollt, um die Landschaft besser genießen zu können. Und das Stück Zeltleinwand, das die hintere Ausstiegseite schließen sollte, flatterte munter wie ein Banner im Winde. Madame Dufour saß strahlend an der Seite ihres Gemahls und entfaltete im kokett geschnittenen, kirschroten Seidenkleid all ihre Reize. Hinter dem Prinzipalspaar hatten es sich, so gut es ging, auf zwei Sitzen die alte Großmama und die Tochter des Hauses bequem gemacht. Und schließlich guckte noch über den Wagenrand der semmelblonde Schopf eines jungen Mannes hervor, der mangels sonstiger Sitzgelegenheiten sich auf den Bodenbrettern niedergelassen hatte.

So rollten sie die Avenue des Champs-Élysées entlang; und als sie durch die Porte Maillot hinaustrabten und die alten Wallanlagen hinter sich hatten, gaben sie sich uneingeschränkt der Betrachtung der Gegend hin.

Mitten auf dem Brückenbogen des Pont de Neuilly entfuhr Monsieur Dufour der Ausruf: »Da, seht doch mal die Landschaft –! Aah – endlich!« Das war für Madame Dufour gewis-

sermaßen das Stichwort, auch ihrerseits in Begeisterung über die Natur auszubrechen.
Am Rond-Point von Courbevoie, da, wo man den weiten Rundblick hat, waren alle bei der wundervollen Aussicht geradezu sprachlos vor Entzücken. Rechts drüben lag Argenteuil mit seinem hoch emporragenden Kirchturm: dahinter erhoben sich die Hügelwellen der Buttes de Sannois und die Mühle von Orgemont. Links zeichnete sich deutlich der Aquädukt von Marly am klaren Morgenhimmel ab, und weiter drüben war auch die Terrasse von Saint-Germain zu sehen. Gegenüber, am Ende einer Hügelkette, leuchteten hell die frisch aufgeworfenen Erdwälle des Forts von Cormeiles herüber. Und ganz weit, weit hinten am Horizont, hinter all den Wiesenbreiten, hinter all den Dörfern mit ihren Ackerflächen, halb im Dunstschleier der Ferne schon, konnte man den dunklen Kranz der Wälder erkennen.
Die steigende Sonne brannte immer stärker auf die Gesichter, und fortwährend flog ihnen der Staub in die Augen. Links und rechts der Fahrstraße dehnte sich eine endlos öde, graue Ebene hin, über der üble Dünste lagerten. Das ganze Land sah aus, als wenn rings die Lepra gewütet und auch die letzte menschliche Behausung zerfressen hätte. Überall starrten Gerippe einge-

stürzter Bauwerke in die Luft, reckten vier leere Wände ihre rohen Dachsparren zum Himmel empor, Häuserchen, die nie fertig geworden waren, weil den Bauunternehmern und Spekulanten die Gelder ausgingen.

Da und dort wuchsen aus dem unfruchtbaren Boden riesige Fabrikschornsteine empor – das einzige, was diese faulig riechende Ebene hervorbrachte. Der Frühlingswind trieb einen dicken Schwall von Petroleumdunst und Mergelstaub herüber, dem sich allerlei noch unangenehmere Düfte beimischten.

Nach einer Weile hatte das Dufoursche Gefährt einen weiteren Seinebogen erreicht; und als man über die Brücke rollte, brach alles von neuem in helles Entzücken aus. Der Fluß funkelte und glitzerte im Licht; aus den flutenden Wellen wehte, von den Sonnenstrahlen hochgesogen, ein frischer, kühler Dunsthauch herauf; und alles, was im Wägelchen saß, empfand eine sanfte, wohltuende Erquickung, als man endlich reinere Luft atmete, die nicht mehr durchschwängert war von dem schwarzen Qualm der Fabriken und den stickigen Düften aus Kläranlagen und Sickergruben.

Von einem Manne, der ihnen entgegenkam, erfuhren sie, daß der Ort hier Bezons hieß.

Vor einem Gasthaus brachte Monsieur Dufour sein Gefährt zum Halten und las das einladende Schild über der Pforte:

Restaurant Poulin
Sämtliche Fischgerichte nach Matrosenart
Gutbürgerliche Küche
Gesellschaftszimmer / Lustwäldchen und Schaukelplätze

»Na, Madame Dufour«, wandte er sich an seine bessere Hälfte, »wär das nicht was für dich? Hättest du nicht Lust, hier einzukehren?«
Sie sah sich nun ihrerseits erst mal eingehender das Schild mit den gastfreundlichen Lettern an:

Restaurant Poulin
Sämtliche Fischgerichte nach Matrosenart
Gutbürgerliche Küche
Gesellschaftszimmer / Lustwäldchen und Schaukelplätze

Dann warf sie einen umfassenden Blick auf das ganze Etablissement.
Es war ein ländliches Gasthaus, weißgetüncht, und stand dicht an der Straße. Durch die offene Tür war die blitzende Zinkplatte der Theke zu sehen, an der zwei Arbeiter im Sonntagsstaat lehnten.
Nach einiger Überlegung hatte sich Madame Dufour entschieden: »Ja, hier ist's richtig! Und außerdem ist die Aussicht prima.«
Auf diese ihre Worte lenkte Monsieur Dufour sein Gefährt von der Straße weg in einen geräumigen, mit hohen Bäumen umstandenen Hof hinein, der sich hinter der ländlichen Raststätte nach der Seine zu öffnete und vom Fluß nur durch einen schmalen Treidelpfad getrennt war.
Dann stieg man aus. Als erster sprang der Familienvorstand herab von seinem Bock und breitete unten seine Arme aus, um seine bessere Hälfte aufzufangen. Das Trittbrett schwebte an seinen beiden eisernen Barren so tief unten, daß Madame Dufour, um es zu erreichen, mindestens die Hälfte ihres Beines se-

hen lassen mußte, dessen einstige Wohlgeformtheit unter einem gewaltigen Fettpolster verschwand.
Monsieur Dufour war von der Landluft schon recht übermütig; er kniff unternehmungslustig seine Gefährtin in die Wade und faßte sie ziemlich weit oben um die Taille, um sie langsam wie ein stattliches, schweres Paket zu Boden zu stellen. Sie patschte mit der Hand auf ihr Seidenkleid, um den Straßenstaub abzuklopfen, und ließ dabei ihre Blicke rundum schweifen.
Mit ihren sechsunddreißig Jahren war sie gar keine so üble Erscheinung; mollig und blühend, ganz appetitlich sah sie aus. Ihre ansehnliche Brust wogte eingezwängt in dem zu straff geschnürten Korsett, und der stramme Druck dieses Schönheitsapparats ließ die wallende Bewegung ihres üppigen Busens deutlich noch bis hinauf in das sanft wabbelnde Doppelkinn sichtbar werden.
Der Mutter folgte das junge Mädchen. Graziös legte die Demoiselle ihre Hand auf die Schulter des Herrn Papa und sprang ohne Hilfe leichtfüßig zu Boden. Währenddessen war auch der semmelblonde Jüngling über das Wagenrad heruntergeklettert und legte neben dem Prinzipal mit Hand an, um schließlich noch der Großmama herunterzuhelfen.
Dann wurde der Gaul ausgesträngt und an einem Baumstamm festgebunden. Der Zweirädrige war vornüber gekippt; seine beiden Deichselstangen stippten mit ihren Spitzen in den Sand. Die Männer hatten sich ihres Bratenrocks entledigt, wuschen sich die Hände in einem Eimer Wasser und suchten dann ihre Damen wieder auf, die schon auf den Schaukeln hin und her wippten.
Mademoiselle Dufour versuchte ganz allein und stehend zu schaukeln, ohne doch recht in Schwung zu kommen. Sie war ein hübsches Mädchen, knapp zwanzig, so ganz eines jener holden weiblichen Wesen, die einem bei der ersten Begegnung auffallen, die gleich auf den ersten Blick ein heftiges Verlangen erregen und bei uns Männern den ganzen Tag lang leichte Un-

ruhe und Erregung der Sinne hinterlassen. Hochgewachsen war sie, schlank und doch rund in den Hüften. Ihr Teint war dunkel. Sie hatte sehr große Augen und ganz schwarzes Haar. Unter ihrem Kleid zeichneten sich ihre vollen, festen Formen ab, die mit jeder Bewegung ihrer Hüften, wenn sie sich hochzu-

schwingen suchte, noch runder hervortraten. Mit hochgestreckten Armen hielt sie sich an den Stricken fest, so daß bei jedem Schwung, den sie sich gab, ihre Brust sich mit vorwölbte. Der Wind hatte ihr den Hut vom Kopf geweht; er lag hinter ihr auf der Erde. Höher und höher flog die Schaukel mit ihr, ließ

beim Auf- und Absausen die wohlgeformten Beine der jungen Demoiselle sehen und wehte den beiden Männern, die lachend zusahen, den Duft des Kleides ins Gesicht, einen Hauch, der berauschender war als Weinduft.
Madame Dufour saß auf der anderen Schaukel und jammerte in einem fort im gleichen Ton: »Cyprien, los, komm doch und gib mir mal einen Schubs! Komm doch und stoß mich mal, los, Cyprien!« Schließlich ging er hin, krempelte sich die Hemdsärmel auf, als gelte es, eine gewaltige Arbeit zu verrichten, und setzte mit außerordentlicher Kraftanstrengung seine bessere Hälfte in Bewegung.
Sie klammerte sich an die Seile an und streckte ihre Beine steif von sich, um nicht am Boden entlangzuschleifen. Halb betäubt vor Entzücken genoß sie die Schaukelbewegungen. Ihr ganzer fülliger Körper schwabbelte bei diesen Erschütterungen wie Fleischsülze auf einer Schüssel. Als aber die Stöße immer stärker und die Schwünge immer höher wurden, überkamen sie Schwindel und Angst. Jedesmal, wenn sie auf der Schaukel nach unten sank, stieß sie einen so schrillen Schrei aus, daß alle Straßenjungen der Umgegend herzuliefen. Und so sah sie denn bald, jedesmal, wenn die Schaukel mit ihr wieder hochsauste, verschwommen über der Gartenhecke ihr gegenüber eine Reihe frecher Gesichter auftauchen, die ihr grinsend alle möglichen Fratzen und Grimassen schnitten.
Endlich ließ sich eine Kellnerin blicken, und man wandte sich nun dem Bestellen des Menüs zu; etwas außer Atem, aber mit ihrer sonstigen ganzen Gewichtigkeit kommandierte Madame Dufour: »Gebackenen Seinefisch, geschmortes Kaninchen, Salat und Nachtisch.« – »Und zwei Liter von Ihrem Landwein und eine Flasche Bordeaux!« schärfte der Herr Gemahl der Serviermamsell ein. »Wir wollen unser Picknick hier draußen auf dem Rasen einnehmen!« bekundete abschließend Mademoiselle Dufour.
In der Zwischenzeit hatte sich die Großmama – schon seit min-

destens zehn Minuten – an die Verfolgung der Hauskatze des ländlichen Idylls begeben. Als die alte Dame das Tier erblickte, wollte sie vor Zärtlichkeit fast aus dem Häuschen geraten und suchte, allerdings ohne sichtlichen Erfolg, das »Miezchen« mit den allersüßesten Kosenamen an sich zu locken. Von soviel Aufmerksamkeit fühlte sich das Tier wohl zwar innerlich geschmeichelt und hielt sich immer in greifbarer Nähe der guten Frau auf, aber fassen ließ es sich doch nicht und strich in ruhigem Bogen mit steif aufgerichtetem Schwanz um die Bäume herum, an deren Stämmen es sich, vor Behagen schnurrend, den Buckel rieb.
»Da, seht mal!« ließ sich plötzlich der semmelblonde junge Mensch, der am Ufergelände herumstöberte, hören, »das sind ja schicke Gondeln!« Alles strebte hin, um zu sehen, was es gäbe. Unter einem kleinen Holzschuppen waren an Tauen zwei prächtige Boote festgemacht, schnittig und fein gearbeitet wie Luxusmöbel. Sie ruhten Seite an Seite nebeneinander, wie zwei große, schlanke Mädchen, lang, schmal, leuchtend. Ihr Anblick machte einem geradezu Lust, sich mit ihnen auf den Wellen zu wiegen, an milden Sommerabenden oder in hellen Morgenstunden, mit ihnen an blühenden Ufern entlangzugleiten, wo Bäume ihre dichten Zweige tief ins Wasser tauchen, wo das Schilf in ewigen Schauern erbebt und Eisvögel im Zickzackflug wie blaue Blitze dahinhuschen.
Die ganze Familie stand voll Bewunderung vor den beiden Booten. – »Oha, oha, das ist wirklich was ganz Schickes!« unterstrich immer von neuem Monsieur Dufour seinen Eindruck. Es hörte sich an, als spräche ein Fachmann. Als Jüngling im lockigen Haar habe er – führte er aus – natürlich auch seine Kahnpartien gemacht. Da hätte man ihn mal sehen sollen! Mit so ein paar Dingern in den Händen – und er tat dabei so, als lege er sich kräftig in die Ruder –, da pfeife er auf alles übrige in der Welt. Mehr als einen Engländer habe er damals, in Joinville, bei der Ruderregatta um Nasenlängen hinter sich gelassen. Und er

renommierte mit dem Fachausdruck *dames* – mit dem jeder zünftige Rudersportler die beiden Gabelschenkel bezeichne, zwischen denen die Ruderstangen sich bewegen – und meinte, was ein richtiger Ruderer sei, der steche aus gewissen Gründen eben nie ohne seine »Damen« in See. Er schlug immer höhere Töne an, kam mehr und mehr in Feuer beim Erzählen und war schließlich bei der Behauptung angelangt, er gehe jede Wette ein, daß er mit einem so schnittigen Boot, wie dem hier, ohne

sich besonders in die Riemen zu legen, bequem seine sechs Meilen in der Stunde machen könne.
»Zu Tisch die Herrschaften!« rief die Serviermamsell dazwischen, die in der Tür erschien. Alles stürzte herzu. Aber an dem Platz, den Madame Dufour schon bei der Ankunft in Gedanken für sich ausgesucht hatte, ausgerechnet an diesem günstigsten Platz saßen bereits zwei junge Männer und frühstückten. Es waren zweifellos die Besitzer der beiden Boote, denn sie trugen Sportdreß.

Sie saßen, oder vielmehr, sie lagen fast ausgestreckt auf ihren Stühlen. Ihre Gesichter waren sonnverbrannt. Ihre breite Brust straffte sich unter dem enganliegenden hellen Baumwolltrikot, aus dem ihre nackten Arme mit Muskeln, wie ein Schmied sie hat, hervorkamen. Zwei stattliche Burschen waren es, die sich auf ihre Kraft und ihren Wuchs nicht wenig einzubilden schienen. Bei jeder Bewegung zeigten sie das elastische Spiel ihrer Glieder, das ein junger Mann durch Sport und Training erlangt; solch einer bietet doch einen so ganz anderen Anblick als ein plumper, schwerfälliger Mensch, dem der tägliche Umgang mit ungefügen Gegenständen schon rein äußerlich anzusehen ist.
Sie lächelten, als sie die Mutter sahen; als aber dahinter die Tochter zum Vorschein kam, wechselten sie rasch einen verständnisvollen Blick. – »Wir könnten ihnen eigentlich unsere Plätze anbieten«, meinte einer zum andern, »und dabei uns gleich mal näher bekannt machen!« Sofort stand der andere auf, zog seine rot-schwarz gestreifte Sportkappe und stellte mit ritterlicher Handbewegung den Damen den einzigen Platz im Garten zur Verfügung, auf den die Sonne nicht schien. Dieses kavaliersmäßige Anerbieten wurde mit nicht enden wollenden Entschuldigungen angenommen. Und damit es ganz ländlich würde, räumte man Tisch und Stühle beiseite und ließ sich im Kreis im Grase nieder.
Die beiden jungen Ruderer hatten sich mit ihren Tellern etwas abseits gesetzt und frühstückten weiter. Ihre nackten Arme, die sie unablässig bewegten, brachten die junge Demoiselle etwas in Verlegenheit. Sie tat, als drehe sie den Kopf weg und bemerke sie gar nicht mehr. Madame Dufour dagegen legte mehr Mut an den Tag und beschaute sich, ohne ein Auge abzuwenden, die beiden herkulischen Gestalten voll weiblicher Neugier, der sich offensichtlich ein Schuß persönlicheren Interesses beimischte. Mit dem Blick der Kennerin verglich sie zweifellos die beiden mit den verborgenen Unzulänglichkeiten ihres Gatten.
Mit übereinandergeschlagenen Beinen hockte sie auf ihrer statt-

lichen Sitzfläche und schüttelte sich in einem fort, weil ihr – angeblich – Ameisen mal dahin, mal dorthin krabbelten. Monsieur Dufour, dem das liebenswürdige Verhalten und die Nachbarschaft der beiden jungen Männer mit der Zeit etwas ungemütlich wurden, suchte vergebens, in eine bequeme Ruhelage zu kommen. Der semmelblonde Jüngling hatte sich hingelümmelt und entwickelte in aller Stille einen Appetit, der für vier gereicht hätte.
»Recht schön heute, nicht wahr, Monsieur?« nickte die dicke Dame dem einen der beiden Ruderer zu. Sie mußte bekunden, wie liebenswürdig sie es finde, daß der junge Herr ihr seinen Platz eingeräumt hatte. – »Ganz Ihrer Meinung, Madame!« erwiderte der Angeredete. »Sind Sie öfters hier draußen auf dem Lande?«
»Oh, nur so ein-, zweimal im Jahr, um ein bißchen frische Luft zu schnappen. Und Sie, Monsieur?«
»Ich, ich verbringe fast jede Nacht hier draußen.«
»Ach, muß das aber herrlich sein . . . !«
»Doch! Ist es auch, Madame!«
Und er kam ins Erzählen und berichtete, was er täglich so erlebe; und was er da erzählte, das klang so romantisch, daß es in den Herzen dieser Pariser, die nie weit aus ihrem Viertel herausgekommen waren und das ganze Jahr wohl kaum eine richtige Wiese gesehen hatten, gefühlvoll zu rumoren anfing. Es überkam sie wieder einmal das, was der Großstädter sentimental seine »Liebe zur Natur« nennt, die ihn immer wieder anwandelt, wenn er das ganze Jahr hinter seinem Kassentisch im Krämerladen verbringt.
Die junge Demoiselle schlug die Augen auf und warf dem Ruderer einen schmelzenden Blick zu. Monsieur Dufour wurde zum ersten Mal wieder gesprächig. »Oha, das nenn ich Leben!« äußerte er mit Schwung. Dann knüpfte er etwas unvermittelt die Frage daran: »Na, wie wär's noch mit so 'nem Schenkel da, meine Liebe?« »Nein danke, Dufour!«

Sie wandte sich wieder den jungen Männern zu und deutete auf die nackten Arme der beiden: »Friert Sie's denn nie so... so...?«
Alle beide brachen in ihr schallendes Lachen aus und gaben dann ihre Rderergeschichten zum besten. Geschichten von ihren fabelhaften körperlichen Leistungen, von Hechtsprüngen, die sie schweißtriefend ins eiskalte Wasser machten, von ihren Fahrten im nächtlichen Nebel... Und dabei schlugen sie sich mit der geballten Faust an die gewölbte Brust, um zu zeigen, was sie »auf dem Kasten« hätten. – »O wirklich, ganz stabil gebaut!« mußte der Familienvorstand zugeben. Er erwähnte dabei nichts mehr von den Engländern, die er aus dem Felde geschlagen hatte.
Die junge Demoiselle blickte sich doch jetzt die beiden etwas genauer von der Seite an. Da hustete plötzlich der Semmelblonde, dem offenbar beim stillvergnügten Trinken etwas in die falsche Kehle gekommen war, so heftig los, daß ein wahrer Sprühregen auf das kirschrote Seidenkleid von Madame Dufour niederrieselte; empört verlangte sie nach Wasser, um die befleckten Stellen aus ihrer Robe zu waschen.
Immer drückender wurde die Hitze. Der glitzernde Fluß strahlte Feuergluten aus, und der Wein umwölkte mehr und mehr die Sinne.
Monsieur Dufour stieß dauernd der Schluckauf. Er knöpfte sich Weste und Hosenbund auf, während seine Gattin, die vor Beklemmung kaum noch atmen konnte, immer weiter ihr Kleid aufhakte. Der semmelblonde Ladenschwengel wiegte sichtlich angeheitert seine Mähne hin und her und goß sich ein Glas Wein nach dem andern in den Rachen. Die Großmama, die das Gefühl hatte, es fange sich alles um sie zu drehen an, saß steif und sehr würdevoll da. Einzig die Demoiselle ließ sich nichts anmerken; nur in ihren Blicken funkelte es heller, und ihre braune Haut überhauchte, zumal an den Wangen, ein rosiger Schimmer.

Der Kaffee brachte die Gesellschaft vollends in Stimmung. Alles redete von Singen, jeder, reihum, kam mit seinem Verschen dran, wonach jedesmal alle andern wie rasend Beifall klatschten. Dann erhob man sich etwas umständlich. Und während die Damen noch ein wenig benommen nach Atem rangen, machten sich ihre beiden männlichen Partner auf ziemlich unsicheren Beinen ans Turnen. Mit purpurroten Backen und schlappen Bewegungen hängten sie sich wie zwei volle Säcke an

die Ringe, ohne einen Klimmzug zustande zu bringen. Und jeden Augenblick sah es aus, als rutsche ihnen das Hemd aus der Hose und werde gleich frei flattern wie ein Wimpel im Winde. Unterdessen hatten die Ruderer ihre Boote aufs Wasser gebracht und kamen zurück, um galant die Damen zu einer kleinen Spazierfahrt auf der Seine einzuladen.

»Monsieur Dufour, einverstanden? Na, sag schon ja!« rief seine Gattin herüber. Er starrte sie verständnislos aus seinen verschwommenen Augen an. Da brachte einer der beiden Ruderer

zwei Angelruten. Und im Nu leuchtete es in den glasigen Blikken auf bei der Aussicht, Gründlinge zu angeln, dieser idealen Betätigung aller Männer seines Schlags! Mochte man gondeln, wohin man Lust hatte! Er machte es sich im Schatten des nächsten Brückenbogens bequem und ließ die Beine über den Wellen baumeln; und neben ihm hatte sich sein semmelblonder Kommis hingerekelt und war schon halb im Einduseln.
Einer der beiden Sportfreunde opferte sich und nahm die Mutter. »Also los denn, zum Wäldchen auf der Engländer-Insel!« rief er und stieß vom Ufer ab.
Das andere Boot folgte langsam nach. Der Ruderer sah seine Bootspartnerin unverwandt an. Nichts anderes mehr beschäftigte seine Gedanken. Er war in einer inneren Erregung, die sich aller seiner Sinne bemächtigte.
Das junge Mädchen saß ihm gegenüber und gab sich ganz dem wohligen Empfinden hin, auf dem Wasser so dahinzutreiben. Sie fühlte, wie in ihr alles Denken schwach und schwächer wurde, wie Mattigkeit sich ihr über die Glieder legte, wie sie in einen ohnmächtig-süßen Rausch versank. Sie war sehr rot geworden und atmete schneller. Betäubt und schlaff von dem Wein, von der Glut, die rings in der Luft sie umrieselte, war ihr, als verneigten sich alle Bäume am Ufer. Ein unbestimmtes Gelüst überkam sie; in heißen Wellen jagte das Blut ihr durch den ganzen Körper, den die Schwüle dieses Tages immer mehr erregte. Es machte sie verwirrt, mit diesem jungen Mann so allein zu sein, mitten auf dem Wasser, rings um sie glühendes Sonnengeflimmer, weit und breit keine Menschenseele – und sie so ganz allein mit diesem jungen Mann ihr gegenüber, der sie fühlen ließ, wie schön sie sei, dessen Augen – sie spürte es – ihre Haut küßten, dessen heimliche Wünsche sie durchdrangen wie die heißen Sonnenstrahlen.
Sie fanden beide kein Wort zu sagen, doch immer mehr wuchs die Spannung in ihnen. Ihre Blicke wichen sich aus, und sie schauten eine Weile in die Gegend. Schließlich gab er sich einen

Ruck und fragte, wie sie heiße. »Henriette«, sagte sie. »Ach, so ein netter Zufall! Ich heiße – Henri!« gab er zurück.
Der Klang ihrer Stimmen hatte sie beide wieder ruhiger gemacht. Sie beobachteten gemeinsam die Ufer. Das vorausgeglittene Boot hatte gestoppt und schien auf sie zu warten. Der Kamerad des Ruderers rief herüber: »Im Wäldchen treffen wir uns wieder! Wir zwei wollen erst noch bis zum ›Robinson‹ hin, Madame hat Durst!« Damit legte er sich in die Ruder und schoß so rasch davon, daß er mit seiner Partnerin bald den Blicken der beiden Zurückbleibenden entschwand.

Ein donnerndes Getöse, das schon dumpf eine Zeitlang zu hören war, hallte näher und näher. Der ganze Fluß schien davon in seinen Tiefen zu erzittern; es hörte sich an, als dröhne und walle es aus seinem Grunde herauf.
»Was ist das?« fragte sie. Das sei der Wasserfall am großen Wehr, das den Fluß bei der Inselspitze in zwei Stromhälften teile. Er wollte sich gerade in eine längere Erklärung verlieren, da schlug plötzlich – durch das Getöse der Wassermassen herüber – wie aus weiter Ferne das flötende Singen eines Vogels an ihr Ohr. »Da!« sagte er, »die Nachtigall singt am Tage! Fürs Weibchen, wenn es brütet.«

Eine Nachtigall! Noch nie hatte sie eine Nachtigall gehört, und der Gedanke, daß sie in diesem Augenblick eine hörte, ließ in ihrem Mädchenherzen die zärtlichsten Wunschbilder aufsteigen. Eine Nachtigall! Welcher Zauber tönte auf aus diesem Wort! Die Nachtigall, das war sie, die heimliche Vertraute süßer Liebesstunden, die Julia auf ihrem Balkon anruft und beschwört, die himmlische Musik, die sich den Küssen zweier Menschen voll Wohllaut gesellt, – die immer und immer wieder alle Herzensbrecher zu ihren schmachtenden Romanzen begeistert, in denen sich den armen kleinen, ach, so sehnsüchtigen Mädchenherzen ein ganzer lichtblauer Himmel voll Liebe und Glück auftut... Jetzt hörte sie also wirklich die Nachtigall.

»Wir wollen ganz leise sein«, raunte der Gefährte ihr zu, »dann können wir an Land gehen und uns im Wäldchen ganz nah bei ihr hinsetzen!«

Lautlos glitt das Boot dahin, auf die Insel zu. Zwischen ihren Bäumen, die immer deutlicher sichtbar wurden, erstreckte sich der Ufersaum fast eben hin, so daß man tief in das Unterholz hineinblicken konnte. Sie hielten an, das Boot wurde festgemacht; und dann schritten sie durch das Gewirr der Zweige. Henriette ließ sich von Henri führen. »Bücken Sie sich!« riet er. Sie duckte sich und schlüpfte an seiner Seite durch ein dichtes Geflecht von Schlingpflanzen, Laub und Schilf tiefer und tiefer hinein ins Dickicht, bis sie zu einem lauschigen Plätzchen kamen, das nur Eingeweihte finden konnten. Lächelnd flüsterte der junge Mann: dies hier, das sei sein »Geheimkabinett«.

Da – war es wieder, gerade über ihnen, dies leidenschaftliche Getön. Der Vogel mußte in einem der Baumwipfel sitzen, die ihr schirmendes Blätterdach über sie breiteten. Erst kamen ein paar Anläufe, rollende Triller; dann ging das Geschmetter über in einzelne langgedehnte, zitternde, schmelzende Töne. Sie erfüllten rings die Luft und verloren sich dann langsamer ferner und ferner, zogen mit dem Fluß dahin und verschwebten leiser,

immer leiser über der Ebene, durch die glutende Stille, die dumpf und schwer über der Weite lag.
Sie sprachen kein Wort, um nicht den Vogel in seinem Gesang zu stören oder zu verscheuchen. Sie hatten sich nebeneinander hingesetzt. Sacht legte Henri seinen Arm um Henriettes Hüfte und zog sie sanft an sich. Sie nahm, ohne böse zu werden, die kühne Hand und schob sie, so oft sie ihr nahe kam, immer wieder leicht von sich. Sie war gar nicht weiter ungehalten über dies Zärtlichsein; ihr war, als gehöre es dazu als etwas ganz Natürliches; und ebenso natürlich wehrte sie es auch ab, fast wie im Spiel.
Wie berauscht von den süßen Tönen, lauschte sie hingegeben dem Gesang. Ein unendliches Verlangen nach Glück überkam sie, ein Sehnen nach viel Zärtlichkeit, Gefühle und halbe Gedanken an große, an übermenschliche Liebe. Weich und weh wurde ihr um Sinn und Herz; sie mußte weinen, sie wußte selbst nicht warum. Ihr Gefährte zog sie fester an sich. Sie dachte an nichts mehr und wehrte ihm nicht...
Da – plötzlich verstummte die Nachtigall. Von weitem rief eine Stimme: »Hen-ri-et-te!«
»Nicht antworten!« hörte Henriette leise neben sich sagen. »Sonst fliegt der Vogel davon...!«
Sie dachte auch gar nicht daran zu antworten.
So schwiegen sie miteinander eine Weile. Madame Dufour mußte sich irgendwo in der Nähe niedergelassen haben; denn von Zeit zu Zeit vernahm man das Kichern der dicken Dame. Ihr Ruderer schien sich lustig mit ihr herumzunecken.
Das junge Mädchen weinte noch immer leise vor sich hin, ganz den süßen Empfindungen hingegeben, die ihr die Sinne erfüllten. Auf ihrer warmen Haut fühlte sie ein wohliges Prickeln, das sie noch nie verspürt hatte. Henris Kopf lag auf ihrer Schulter; und plötzlich küßte er sie auf den Mund. Sie sträubte sich empört und warf sich rücklings ins Gras, um ihm zu entgehen. Da warf er sich über sie. Lange suchte er den kleinen Mund, der

sich ihm entzog; und als er ihn endlich hatte, drückte er den seinen darauf. Und da gab sie ihm – ganz toll vor Verlangen – den Kuß zurück und preßte ihn an sich; ihr Widerstand sank zusammen, wie niedergebrochen unter einer allzu schweren Last. Ringsum war es still. Da fing der Vogel wieder an zu singen. Erst schmetterte er drei durchdringende Töne heraus. Es klang wie ein heller Lockruf der Liebe. Dann, nach einer kurzen Stille, setzte er neu ein, nun verhaltener, mit langsamen, schmelzenden Läufen.

Ein weicher Windhauch glitt durch die Wipfel; die Blätter wisperten leise. Aus dem dichten Gebüsch drangen zwei glühende Seufzer und verschmolzen mit dem Gesang der Nachtigall und dem leisen Atemwogen der Bäume.
Trunkene Leidenschaft schien den Vogel zu erfüllen. Sein Gesang schwoll mächtiger an und nahm zu an Inbrunst. Er klang wie die strahlend helle Begleitung zu dem dunkleren Duo von

Küssen unter dem Baum. Immer glühender wurde der Wonnejubel, der seiner kleinen Kehle entströmte. Er jubilierte in kurzen, rasenden, in langsam verhallenden Tönen, es war wie eine Art melodischer Krampf.
Manchmal verhielt er ein wenig, flötete nur zwei, drei leise, zarte Töne und brach dann jäh und schrill ab. Dann wieder setzte er mit einemmal wie toll ein, mit einem Schwall von Tönen und Trillern, einer sprühenden, rieselnden Kaskade lokkender, sehnsuchtstrunkener Laute. Wie ein feuriger Liebesgesang klang es auf, der in hellen Triumphschreien verhallte.
Sein Lied war jäh aus. Unter ihm stöhnte es so tief auf, daß es war, als verhauche eine Seele ihre letzten Seufzer. Das Stöhnen dauerte ein Weilchen an; dann endete es in einem erlösenden Schluchzen...
Als das Paar sich von seinem grünen Lager erhob, war es recht blaß. Der blaue Himmel schien beiden dunkler geworden; sie nahmen fast die glühende Sonne nicht mehr wahr; sie fühlten nur noch die Einsamkeit und die Stille. Rasch brachen sie auf. Sie gingen nebeneinander, ohne sich zu berühren. Es sah aus, als hätten sie sich für immer entzweit, als hätten sie einen Widerwillen, eins gegen das andere, einen Ekel vor dem Körper, als haßten sich ihre Seelen.
Henriette rief von Zeit zu Zeit: »Mama! – Mama!«
Unter einem Gebüsch regte sich etwas. Henri schien es, als habe er da eben gesehen, wie drüben hastig ein weißer Unterrock über eine dicke Wade heruntergezogen wurde. Dann tauchte zwischen den Zweigen Madame Dufour in ihrer ganzen Leibesfülle auf, etwas verlegen und noch röter im Gesicht als sonst, mit glänzenden Augen und wogendem Busen – und vielleicht, wenn man genauer hinsah, ein paar Fingerbreit zu dicht neben ihrem Partner. Der mußte wohl ganz neckische Dinge gesehen haben; denn über sein Gesicht lief mit tausend Lachfältchen ein Schmunzeln, das er nur schwer verbergen konnte. Mit zärtlicher Miene nahm Madame Dufour den Arm ihres Ka-

valiers und ließ sich zum Anlegeplatz zurückführen. Henri ging immer noch stumm an der Seite des jungen Mädchens voraus. Plötzlich war es, als höre er hinter sich ein Geräusch; es klang wie das halberstickte Schmatzen eines langen Kusses. Schließlich landete man zu viert wieder in Bezons.

Monsieur Dufour war inzwischen sichtlich nüchterner geworden und erwartete sie bereits mit einiger Ungeduld. Der semmelblonde Freund und Helfer des Hauses Dufour verschlang im Stehen rasch noch ein paar Happen, als man sich zum Aufbruch rüstete. Das Gefährt stand abfahrbereit im Hof. Die Großmama saß schon oben und mahnte jammernd zur Eile: Sie habe Angst, es könne sie da in der stockdusteren Nacht irgendso 'n Kerl auf der Landstraße anfallen – denn in der Umgegend von Paris trieben sich ja immer so viele dunkle Individuen herum!

Nach wechselseitigem Händeschütteln rollte die Familie Dufour wieder ab in Richtung Paris. »Auf Wiedersehen!« riefen die Ruderer.

Ein Seufzer und eine Träne waren die Antwort...

Zwei Monate danach führte Henri der Weg durch die Rue des Martyrs. Über einer Ladentür las er ein Schild:

Dufour, Eisen- und Stahlwarenhandlung.

Er trat ein.

An der Kasse thronte Madame Dufour in ihrer ganzen Fülle. Man erkannte einander gleich wieder; und nach den üblichen Komplimenten erkundigte er sich, was es Neues gäbe. »Ja, und Mademoiselle Henriette? Wie geht es Ihr?«

»Oh, sehr gut, danke! Sie ist verheiratet.«

»Ah...!« Etwas gepreßt setzte er hinzu: »Und... mit wem denn?«

»Nein aber...! Natürlich mit dem jungen Mann, der damals mit war; Sie kennen ihn doch. Er wird unser Nachfolger.«

»O der – ach so, allerdings ... !«
Er verabschiedete sich, etwas gedrückt; er wußte eigentlich selbst nicht recht, was ihn betrübte. Madame Dufour hielt ihn fest: »Und was macht ... Ihr Freund?«
»Dem geht's, wie immer, gut!«
»Grüßen Sie ihn recht, recht herzlich von ... von uns, ja? Und sagen Sie ihm, wenn er's im Vorbeigehn so einrichten kann, dann soll er doch mal auf 'nen Sprung mit rankommen!«
Sie wurde sehr rot und fügte rasch hinzu: »Das wäre mir eine ganz besondere Freude! Sagen Sie es ihm!«
»Ich werde es ihm ausrichten – Adieu!«
»Nein, auf recht baldiges Wiedersehen!«

Ein Jahr war ins Land gegangen. An einem heißen Sonntag kam Henri sein Erlebnis vom letzten Mai wieder einmal in den Sinn, das Erlebnis, das er nie ganz vergessen konnte. So deutlich und so verlockend stand es ihm wieder vor Augen, daß er sich ganz allein nach dem lauschigen Platz im Wäldchen aufmachte.
Erstaunt blieb er am umbuschten Eingang stehen. Da war *sie* ja, – *sie*! Dort saß sie auf dem Rasen, traurig, in sich versunken; und neben ihr im Grase lag sorglos in Hemdsärmeln der semmelblonde Kerl, ihr Ehemann, und schnarchte wie ein Vieh.
Als sie Henri erblickte, wurde sie so blaß, daß er glaubte, eine Ohnmacht übermanne sie. Er setzte sich zu ihr. Dann kamen sie allmählich in ein unbefangenes Plaudern, als ob nie etwas zwischen ihnen gewesen wäre.
Aber als er sagte, er liebe diesen Platz sehr und er komme sonntags oft her, um hier im Grase zu liegen und sich schöner Stunden zu erinnern, da sah sie ihm lange in die Augen und flüsterte: »Ich – ich träume jeden Abend davon ... !«
In diesem Augenblick erwachte ihr Herr Gemahl, erhob sich gähnend und brummte: »Los, Kind, los! Zeit, scheint mir, daß wir aufbrechen!«

IM FRÜHLING

Wenn die ersten schönen Tage wieder da sind und die Natur zu neuem Leben erwacht, wenn die Erde ihr junges Grün anlegt und die Luft uns lind Stirn und Wangen umschmeichelt, wenn ihr duftiger Hauch uns die Brust erfüllt und das Herz weit macht, dann überfällt es uns immer wieder von neuem, dies dunkle Verlangen nach Glück, nach einem nie gekannten Glück, die unbändige Lust, ins Blaue hineinzulaufen, aufs Geratewohl loszustreunen, Abenteuer zu erleben und den Frühling in vollen Zügen zu genießen.

Der vergangene Winter war ungewöhnlich rauh und lang gewesen, und so brach denn, als es nun Mai wurde, dieser Drang nach Leben wie ein mächtiger, wie ein überschäumender Rausch in mir aus.

Eines Morgens beim Aufwachen sah ich über die Nachbardächer hinweg mitten in den sonnigen, leuchtenden, blauen Himmel hinein. An den offenen Fenstern zwitscherten wie toll die Kanarienvögel, aus allen Etagen trällerten die Dienstmädchen. Von der Straße schallte fröhlicher Lärm herüber. Und so machte ich mich denn festlich gestimmt auf und schlenderte los, auf gut Glück, dem unbekannten Erlebnis entgegen.

Alle Menschen, die mir begegneten, zeigten heitere Gesichter. Ein Hauch von Glück spielte im warmen Licht des jungen, neuen Frühlings. Es war, als striche ein köstlich frischer Morgenschauer der Liebe durch die ganze Stadt. Und die jungen Frauen, die in ihren duftigen Kleidern vorübertänzelten, Zärtlichkeit in den Augen und wiegende Anmut im Gang, ließen vollends mein Mannesherz höher schlagen.

Ohne zu wissen wie und warum, stand ich mit einem Male am Seineufer. Vergnügungsdampfer rauschten nach Suresnes stromab. Plötzlich packte mich die unbändige Lust, auch so an

den Ufern dahinzutreiben und dann drüben durch die Wälder zu streunen.
Auf dem Deck der »Mouche« wimmelte es schon von Ausflüglern – denn so ein erster Sonnenstrahl lockt alles, was Leben in sich fühlt und Mensch heißt, immer wieder hinaus ins Freie. Und so war denn ein Kommen und Gehen, ein Lachen und Plaudern rings um mich auf dem Schiff.
Ich hatte eine hübsche Nachbarin, ein einfaches Mädchen aus dem Volk wohl, aber von der Grazie, die eben nur die Pariserin hat – ein entzückender Blondkopf, mit Löckchen an den Schläfen. Wie schimmernde Sonnenkringel flimmerte dies Haar, wellte sich um das kleine Ohr, kräuselte sich bis zum Nacken hinab, spielte im Wind und lief in ein zartes Büschelchen Flaum aus, so fein, so leicht, so licht, daß man es kaum sah – und doch erregte es die unwiderstehliche Lust, Küsse über Küsse daraufzudrücken.
Während ich sie so beharrlich ansah, wandte sie sich plötzlich um. Ihr Blick streifte den meinen. Dann senkte sie gleich wieder die Augen. Dabei kniff sich ihr kleiner Mundwinkel leicht zusammen zu weichen Fältchen, wie von einem Lächeln, das

eben entstehen will; und auch über diesem Grübchen schimmerte es zart und seidig hell wie sonniger Goldstaub.
Die Ufer blieben zurück, der Fluß strömte in ruhigen Wellen breit dahin. Ein wohliges Behagen lag in der warmen Luft, und Nähe und Weite durchwogte lebendiges Murmeln und Raunen. Meine Nachbarin hob wieder den Blick, und diesmal – ich sah sie immer noch an – lächelte sie deutlich. Sie war so reizend,

und in ihrem flüchtigen Blick wurde ich tausend Geheimnisse gewahr, tausend Geheimnisse, die ich noch kaum geahnt hatte. Ich sah hinein in unerschlossene Herzenstiefen, in allen Zauber der Liebe, von der wir immer schwärmen, immer träumen –; ich sah es vor mir, leibhaftig, das Glück, das wir ohne Unterlaß suchen. Und mich überkam ein ganz tolles Verlangen, sie in meine Arme zu ziehen, sie irgendwohin zu tragen und ihr die süßesten Liebesworte ins Ohr zu flüstern.

Eben wollte ich den Mund auftun und sie ansprechen, da tippte mich jemand auf die Schulter. Überrascht drehte ich mich um und sah einen alltäglich aussehenden Mann neben mir stehen. Weder jung noch alt schien er zu sein. Er blickte mir tief und trübsinnig in die Augen.

»Ich habe Ihnen etwas mitzuteilen«, murmelte er.

Er mußte mein Mienenspiel wohl deutlich verstanden haben, denn er setzte hinzu: »Äußerst wichtig!«

Ich erhob mich und folgte ihm an die andere Bordseite.

»Monsieur!« fing er an, »– wenn der Winter herannaht mit Frost und Kälte, mit Regenschauern und Schneetreiben, dann schärft Ihnen doch Tag für Tag Ihr Arzt ein: ›Recht schön warm halten – vor allem die Füße! Sehr sich in acht nehmen vor jeder Art Erkältung, Schnupfen, Bronchitis, Brustfellentzündung!‹ Tja, und dann sehn Sie sich doch sofort vor an allen Ekken und Enden, ziehen Flanellhemd und wollne Unterhosen an, hüllen sich in einen dicken Überzieher ein und gehn nur aus in Schnürstiefeln mit Doppelsohlen! Und trotzdem kommen Sie durchaus nicht immer darum herum, doch noch Ihre acht Wochen im Bett zu verbringen. Aber – wenn erst das Lenzen losgeht, die Knospen schwellen und die Säfte steigen, die linden Lüfte Tag und Nacht säuseln und weben, ein betäubender Duft die ganze Welt einhüllt und Ihnen den Verstand umnebelt, daß es Ihnen so grundlos weich ums Herz wird, daß Sie die ganze Welt umarmen könnten, dann kommt nie einer und warnt Sie: ›Monsieur! Achtung – Lebensgefahr! Vorsicht vor der Liebe!

Überall liegt sie auf der Lauer, an jeder Ecke wartet sie! Umgarnt Sie mit Listen, läßt Sie über Fallstricke stolpern, schärft alle Waffen, hält alle Niedertracht bereit, um Sie, Monsieur, zu Fall zu bringen! Vorsicht vor der Liebe! Vorsicht vor der Liebe!! Sie ist gefährlicher als Schnupfen und Bronchitis und Brustfellentzündung! Wen sie hat, den läßt sie nie mehr los! Die besonnensten Männer verführt sie zu Dummheiten, zu Dummheiten, die nie wieder gutzumachen sind ... !‹ Ja, Monsieur, ich, ich sage immer wieder: Jedes Jahr müßte unsere Regierung an allen Ecken weithin sichtbare Plakate ankleben lassen, Riesenplakate mit der Aufschrift:

ACHTUNG! ACHTUNG!
FRÜHLING SCHLEICHT IM STAATE UM!
BÜRGER FRANKREICHS!
VORSICHT VOR DER LIEBE!

Solche Riesenplakate! In der gleichen Weise, nur natürlich viel größer im Format, wie man an die Haustüren das Schild hängt: Achtung! Frisch gestrichen! Na, und sehn Sie, weil hier unsere Regierung versagt, darum stehe ich auf dem Standpunkt: dann muß *du* es eben an ihrer Stelle tun. Und darum warne ich Sie dringend: Vorsicht, größte Vorsicht vor der Liebe! Sie ist drauf und dran, Ihnen den bekannten Ring durch die Nase zu ziehen und ... ! Wirklich, ich habe geradezu die Pflicht, Sie davor zu warnen, so wie man zum Beispiel in Rußland jeden Daherkommenden darauf aufmerksam machen muß, daß seine Nase auf dem besten Wege ist, ihm zu erfrieren ...«
Verblüfft hatte ich bis dahin den Redeschwall dieses komischen Sonderlings über mich ergehen lassen. Die kurze Atempause, die er machte, benutzte ich, um etwas überlegen zu erwidern: »Guter Mann, mir scheint, Sie mischen sich da sehr in Angelegenheiten, die Sie wirklich nichts angehen!«
Er machte eine heftige Bewegung und redete weiter auf mich ein: »Oho, Monsieur! Oho, Monsieur! Wenn ich aber sehe,

wie einer da ganz gefährlich hineinschlittert, soll ich den da so einfach futschgehn lassen? Halt! Hören Sie sich doch erst mal meine Geschichte an, dann wird Ihnen klarwerden, weshalb ich Ihnen das alles erzählen muß.
Also, voriges Jahr geschah's, um die gleiche Zeit. Aber vorher muß ich noch erwähnen, Monsieur: Ich bin Staatsangestellter, Sekretär im Marineministerium, in der hohen Behörde, in der sich unsere Herren Kommissäre mit ihren Bürooffizierslitzen so wichtig tun, daß sie sich einbilden, sie könnten uns wie die Schiffsjungen kommandieren! Na, wenn alle Vorgesetzten von dieser Sorte wären – aber Schwamm drüber. Also, wie ich eines schönen Morgens so an meinem Schreibtisch sitze, da guck ich

doch unversehens in ein Streifchen wunderbar blauen Himmel hinein, über den die Schwalben nur so hinschossen. Und da packte mich mit einemmal eine unbändige Lust, zwischen meinen verräucherten Aktenständern einen Tanz aufzuführen.
Mein Freiheitsdrang wuchs derartig, daß ich, trotz meines Widerwillens, doch zu meinem Alten ging. Er war ein kleiner, immer bissiger Nörgler. Ich meldete mich krank. Erst stierte er mich an, dann fauchte er los: ›Können Sie mir nicht erzählen, Monsieur! Machen Sie, daß Sie wegkommen! Aber bilden Sie sich etwa ein, mein Büro käme mit solchen Angestellten, wie Sie einer sind, auch nur einen Schritt vorwärts?‹
Ich machte, daß ich fortkam, und strebte schnurstracks der Seine zu. Ein Wetter, sag ich Ihnen – wie heute! Eins, zwei, drei

war ich an Bord der ›Mouche‹, um eine kleine Spritztour nach Saint-Cloud zu unternehmen.
Ach, Monsieur, hätte mich doch bloß damals mein Chef abschlägig beschieden: ›Urlaub...? Kommt nicht in Frage!‹
Mir war's an dem Tag, als ginge mir das Herz auf unter der Sonne. Alles begeisterte mich: der Dampfer, der Fluß, die Bäume, die Häuser, alles, was um mich herumsaß – alles! Ich hätte sonstwas umarmen können, ganz egal was. Sehn Sie, Monsieur, das war die Liebe – und ich war auf dem allerbesten Wege, ihr in die Netze zu gehn.
Plötzlich, am Trocadéro, steigt so ein nettes, kleines Mädchen zu – kleines Päckchen in der Hand – und setzt sich mir gegenüber.
Reizend sah das Ding aus! Ja, Monsieur, sonderbar, wie die Frauen in unsern Augen schöner werden, sozusagen mit dem Wetter, wenn's Frühling wird. Etwas Berauschendes, etwas geradezu Bestrickendes haben sie da an sich, so ein ganz unbeschreibliches Etwas. Da ist es einem so, als genieße man edlen Wein nach Käse.
Also, ich sehe sie an, sie sieht mich an, aber nur so mal hin und wieder, genau, wie's da eben die Ihre mit Ihnen gemacht hat. Als wir uns so gegenseitig eine Weile in die Augen geschaut haben, dünkte mich's, unsere Seelenbekanntschaft genüge nun wohl und wir könnten uns nun mal auch auf andre Weise etwas näherkommen. Und so sprach ich sie an. Sie antwortete. Sie war entschieden nett, in jeder Hinsicht, Monsieur! Sie berauschte mich geradezu, mein Lieber!
In Saint-Cloud stieg sie aus – ich natürlich hinterher. Sie hatte da etwas Geschäftliches zu erledigen. Als sie wieder erschien, war die ›Mouche‹ schon weitergedampft. Wir wandelten auf und ab. Ich immer an ihrer Seite. Es war so lind, so schwül, daß wir beide unwillkürlich leise aufseufzen mußten.
›Oh, wie angenehm mag es jetzt im Walde sein!‹ meinte ich.
Sie hauchte zurück: ›Ach ja!‹

›Wie wär's denn mit einem kleinen Bummel dahin? Haben Sie Lust, mein Fräulein?‹

Sie blitzte mich aus ihren halbgeschlossenen Lidern von der Seite her an, als wolle sie feststellen, was an mir dran sei. Dann zauderte sie einige Augenblicke, und dann sagte sie: ›Ja.‹ Und so schlenderten wir Seite an Seite in den Wald hinein. Über uns nur das lichte, schüttere Laubdach, und unter uns das hohe, weiche, schwellende Gras, leuchtend grün, blitzblank, von Sonnenglanz übergossen und voll von kleinen Lebewesen, die sich auch liebten. Und aus allen Zweigen zwitscherten die Vögel. Meine Begleiterin begann zu hüpften und Unsinn zu treiben, wie berauscht von der köstlichen Luft, vom Odem der freien Natur. Und ich, ich rannte hinter ihr her und machte Sprünge wie sie. Was für ein Esel man doch sein kann, Monsieur!

Und dann fing sie schmelzend zu singen an, alles mögliche durcheinander, Opernmelodien und ihren Hauptschlager: – das Lied der Musette! Das Lied der Musette! Wie wundervoll poetisch fand ich es damals ... ! Mir kamen fast die Tränen. Oh, so fängt es immer an, das blöde Gesäusel, das uns den Kopf verdreht. Ich kann Ihnen bloß dringend raten: Nehmen Sie ja keine Frau, die draußen im Grünen zu trällern anfängt – und vollends noch das Lied der Musette!

Sie fühlte sich bald müde und sank an einer Grasböschung nieder. Ich setzte mich ihr zu Füßen und nahm ihre Hände in meine – die kleinen Fingerchen, die von dem ewigen Sticheln ganz zerstochen waren, und das rührte mich so. Ich Schwärmer betete sie heimlich an: ›Da, betrachte sie dir – die heiligen Wundmale der Arbeit!‹ Ha, Wertester, ha, Wertester, ahnen Sie, was es mit ihnen auf sich hat, mit diesen ›heiligen Malen der Arbeit?‹ Sie könnten erzählen von all dem Geklatsch und Getratsch im Damenatelier, dem zweideutigen Geflüster und Gewisper, von der Verderbtheit, der verlorenen Unschuld, von all den Streichen und Prahlereien, von den miserablen Ange-

wohnheiten, von der gemeinen Alltäglichkeit, deren Name ›Weib‹ ist – und die sich mir ganz besonders verkörpert in so einem holden Wesen, das solche ›geheiligten Wundmale der Arbeit‹ an den Fingerspitzen trägt.
Und dann schauten wir uns tief und lange in die Augen...
Oh, was so ein Frauenauge für eine Macht haben kann! Wie einen das verwirren, einen an sich saugen kann, einen nie wieder losläßt, geradezu behext! Welche Tiefen sich da aufzutun scheinen, voll von unendlichen Verheißungen! Man nennt das – einander bis auf den Grund der Seele schaun. Oha, Wertester, nichts als Geflunker! Wenn man wirklich hineinguckte, in diese Seele, dann wäre man klüger, bestimmt...
Schließlich hatte sie mich denn soweit: ich war verrückt! Ich wollte sie in meine Arme ziehen. Da zischelte sie lächelnd: ›Tatzen weg!‹
Da kniete ich nieder vor ihr und tat ihr mein ganzes Herz auf. Alles, was an Zärtlichkeit in mir war, wovon mir das Herz überquoll, alles schüttete ich aus in ihren Schoß. Sie schien erstaunt über mein plötzliches Umschlagen in Ton und Haltung und sah mich wieder von der Seite her an, so, als sagte sie sich: ›Aha, mein Kleiner, also auf *die* Art kriegt man dich rum! Na schön, sehn wir mal weiter.‹
In der Liebe, Wertester, bleiben wir Männer doch immer die dummen Jungen und die Weibsbilder die Berechnenden.
Ich hätte sie haben können, damals, ohne Frage. Ich war ein Dussel, begriffen habe ich das erst hinterher. Aber wonach ich damals verlangte, war nicht bloß ein Körper, das war zärtliche, ›ideale‹ Liebe! Ich wurde gefühlvoll, ich war sentimental, wo ich meine Zeit wirklich hätte besser nutzen sollen.
Als sie genug von meinen Erklärungen hatte, erhob sie sich, und wir schlenderten zurück nach Saint-Cloud. Bis an ihre Pariser Bleibe brachte ich sie. Auf der Heimfahrt machte sie ein so trauriges Gesicht. Ich fragte, was sie hätte. Sie gab mir leise zur Antwort: ›Ach, ich denk gerade dran, daß es solche Tage wie

heute wohl nicht viele im Leben gibt...‹ Da schlug mir das Herz höher, so, als wollte es mir die Brust sprengen.
Am nächsten Sonntag sahen wir uns wieder, am übernächsten auch, und dann auch die andern Sonntage alle. Ich führte sie aus: nach Bougival, nach Saint-Germain, nach Maisons-Laffitte, nach Poissy – kurz, überallhin, wo Pariser Liebesleute ihre Schäkerstunden verleben. Das Teufelsding hatte den Dreh weg und spielte die Leidenschaftliche.
Schließlich ging mir der Verstand restlos durch und – drei Monate später führte ich sie heim.
Was sollte ich machen, Wertester? Ein Mann wie ich, Staatsdiener, allein, ohne eine Menschenseele, mit der man sich wirklich aussprechen konnte! Da bildet man sich eben ein, wie wundervoll das Leben sein müßte mit einer kleinen Frau. Tja – und dann heiratet man sie, diese Frau.
Und nun macht sie einem das Leben zur Hölle! Das Gekeife vom Morgen bis in die Nacht hinein! Nichts, aber auch nicht die Spur von Gefühl und Verständnis! Nichts kann sie als in einem fort nur plappern. Und wie sie mit ihrem ewigen Lied der Musette einem die Ohren zerreißt! Oh, dieses Lied der Musette! Diese Nervensäge! Und dann geht das Gepolter los mit dem Kohlenmann, das Getratsch mit der Hausmeisterin über Eheangelegenheiten, das vertrauliche Gewisper mit dem Dienstmädchen der Nachbarin über unsere Schlafzimmergeheimnisse. Und die Blamage, wenn sie den eigenen Mann bei allen Lieferanten um letztes Ansehn und Kredit bringt! Dazu hat so eine ihr bißchen Hirn gestopft voll von so dummen Geschichten, von so blödsinnigen Ansichten, von so grotesken Einbildungen, von so maßlosen Vorurteilen, daß mich jedesmal schon das Heulen ankommt, wenn sie nur ihren Mund auftut.«

Er brach ab in seinem Redeschwall und schnaufte sehr erregt. Ich sah ihn etwas mitleidig an, diesen armen, dummen Teufel,

und wollte ihm gerade einiges erwidern, da legte die »Mouche« an der Landungsbrücke an. Wir waren in Saint-Cloud.
Die reizende Kleine, die es mir angetan hatte, erhob sich, um auszusteigen. Sie kam dicht an mir vorbei und streifte mich wieder mit ihrem Blick, ihrem lächelnden Blick, der einen ganz toll machen konnte. Dann sprang sie auf die Landungsbrücke.
Ich wollte ihr nachstürzen, aber mein Beschützer hielt mich am Ärmel fest. Ich riß mich mit einem Ruck los. Da packte er mich an den Rockschößen, zerrte mich rückwärts und redete in einem fort auf mich ein: »Sie werden doch so einer nicht nach-

steigen! Sie werden doch so einer nicht nachsteigen!« – und zwar so laut, daß alle Leute zu uns herschauten.
Rings brach schallendes Gelächter los, und ich stand da – in mir kochte es! Aber ich wagte nicht einen Schritt nach dem Ausgang hin zu tun, um den lächerlichen Auftritt nicht noch zu verlängern.
Und so dampfte die »Mouche« mit uns weiter.
Die reizende Kleine war auf der Landungsbrücke stehengeblie-

ben. Mit enttäuschter Miene blickte sie mir nach, mir und meinem Quälgeist, der sich neben mir die Hände rieb und mir ins Ohr zischelte: »Da habe ich Ihnen aber wirklich einen großen Liebesdienst erwiesen, was?«

ÇA IRA

Eigentlich hatte ich meine Fahrt nur deshalb in Barviller unterbrochen, weil in meinem Reiseführer (weiß Gott, welcher Sachverständige ihn herausgegeben hat) folgende kunsthistorische Bemerkung zu lesen stand:

BARVILLER
Gemälde-Museum
sehenswert: zwei Rubens, ein Teniers, ein Ribera.

Also – steigen wir mal aus, gehen wir mal hin und sehen uns in Ruhe an, was Barviller zu bieten hat. Diniert wird im Hôtel de l'Europe, das mein Reiseführer als erstes Haus am Platze empfiehlt; darauf folgt gemütlicher Stadtbummel mit Übernachtung; und am nächsten Morgen geht die Reise weiter. So dachte ich mir das!

Das Museum war verschlossen. Auf mein lebhaftes Pochen wurde mir schließlich geöffnet, und ich durfte in dies Heiligtum der Kunst eintreten und mir in Muße einige düstere Pinseleien betrachten, die von ihrem reichlich phantasiebegabten Konservator jenen großen Meistern der Malerei zugeschrieben waren.

Nachdem ich das hinter mir hatte, sah ich wirklich nicht, was ich sonst noch an dem Tag unternehmen konnte, und so bummelte ich denn etwas ziel- und planlos durch die langweilige Hauptstraße dieses unrühmlichen Provinznestes, das zudem mitten im Flachlande liegt. Während ich seine »Hauptverkehrsader« entlangschlenderte, blieb ich einmal da, einmal dort stehen und besah mir die Auslagen einiger ärmlicher Lädchen. Als es von irgendwoher vier schlug, legte sich mit jedem Glockenschlag eine entnervende, öde Stimmung über mich, wie sie

auch den Tatkräftigsten an solchen Orten befallen und manchmal zur Verzweiflung bringen kann.
Was sollte ich mit den vielen Stunden, die ich hier noch vor mir hatte, anfangen? Mein Gott, was bloß? Fünfhundert Franken hätte ich sofort hingegeben für den erstbesten Vorschlag, wie ich die viele Zeit hier totschlagen könnte. Da mir nichts Besse-

res einfallen wollte, beschloß ich einfach, mir einstweilen mal eine gute Zigarre anzustecken, und machte mich auf die Suche nach einem Tabakladen. An der nächsten Ecke blinkte mir schon die wohlbekannte rote Laterne des »Staatlichen Tabaktrafiks« entgegen. Ich trat ein. Die Händlerin stellte mir ein paar Kistchen Zigarren zur Auswahl hin. Während ich mir die Glimmstengel, die nicht allzu genießbar aussahen, etwas un-

schlüssig anschaute, warf ich zwischendurch einen Blick auf die Dame hinter dem Ladentisch.
Mitte Vierzig mochte sie sein, sah rundlich und schon etwas angegraut aus. Auf ihrem wohlgenährten Gesicht spiegelten sich Behäbigkeit und Würde. Irgendein Zug in diesem Gesicht sprach mich wie vertraut an. Vielleicht war es eine gewisse Ähnlichkeit mit irgend jemandem aus meiner Bekanntschaft. Wie konnte es auch anders sein, ich kannte ja diese Frau nicht, nein, bestimmt nicht! Oder – doch vielleicht? Von irgendeiner früheren Begegnung her? Doch möglich! Dies Gesicht da mußte ich schon gesehen haben, irgendwo, irgendwann! Es konnte eine alte Bekannte sein, die ich aus den Augen und aus der Erinnerung verloren hatte, eine Frau, die sich in der Zwischenzeit verändert haben mochte, eine ganz andere Figur, vielleicht ein ganz anderes Aussehen bekommen hatte.
Ich sagte: »Entschuldigen Sie, Madame, daß ich Sie immer wieder ansehe! Aber – Sie kommen mir so bekannt vor!«
Sie wurde etwas rot und erwiderte: »Wirklich komisch – Sie mir nämlich auch!«
Da fuhr es mir heraus: »Ah –? Ça ira!*!«
Sie zuckte etwas zusammen, winkte mir in komischer Verzweiflung mit beiden Händen ab und zischelte erschreckt: »Oh, nicht so laut! Wenn das jemand gehört hätte!«
Dann schrie sie plötzlich leicht auf: »Ja, du bist es, Georges!«
Gleich darauf blickte sie sich ganz ängstlich um, ob es auch wirklich niemand gehört hätte. Aber es war tatsächlich niemand weiter da als nur wir, wir beide ganz allein.
Ça ira! – Ja, wie war das nur möglich? Wie hatte ich hier, in dieser behäbigen, würdevollen Staatsdame hinterm Tabakladentisch, wie hatte ich in ihr die kleine, schmächtige, kümmerliche Ça ira, unsere Ça ira von einst wiedererkennen können?

* Ça ira! (wörtlich: »Es wird schon gehen!«) ist eine zum geflügelten Wort gewordene Wendung aus dem gleichnamigen französischen Revolutionslied des Jahres 1790.

Ça ira! – Was für Erinnerungen weckte dies Wort in mir! Bougival, La Grenouillère, Chatou, das Restaurant Fournaise, die herrlichen, langen Tage im Boot, das Liegen, das Treiben auf dem Wasser, an den Seineufern hin, zehn volle Jahre, die schönsten Jahre meines Lebens, die ich in jenem idyllischen Wasserwinkel, in der bezauberndsten Flußlandschaft verbracht habe.

Wir waren damals unser zwölf, eine lustige Bande, und kampierten in unserem Klubhaus Galopois in Chatou. Da führten wir ein Leben wie die Urmenschen, immer halb nackt und immer halb blau.

Wie gewaltig haben sich seither doch die Sitten und Gebräuche in den Ruderklubs gewandelt! Heutzutage tragen die Herren vom Rudersport Monokel.

Zu unserem Haufen gehörten auch an die zwanzig »Bootsdamen«, ordentliche und außerordentliche. An manchen Sonntagen hatten wir nur vier bei uns draußen, an andern alle zwanzig. Einige blieben ständig da, genossen bei uns sozusagen Dauersommerfrische; die andern kamen, wenn sie gerade nichts Besseres zu tun hatten. Fünf, sechs wurden auf gemeinsame Kosten von denen ausgehalten, die keine besondere »Frau« hatten; und eine von diesen war Ça ira.

Sie war ein ziemlich unansehnliches, armseliges Ding, und dazu hinkte sie auch noch etwas. Wenn sie daherkam, wirkte das immer, als bewege sich ein Grashüpfer heran. Ein scheues und linkisches Wesen hatte sie, und ungeschickt benahm sie sich bei jeder Gelegenheit. Mit geradezu beängstigender Anhänglichkeit klammerte sie sich an die von unserer Bande, die wir die »Ersatzmänner« nannten, die Mitläufer, die Talentlosen, die Zahlungsschwachen. Diese verkannten Genies waren ihre Beschützer, der eine für einen Tag, der andere für vier Wochen, je nachdem, wie den Kavalieren die Geldmittel reichten. Wie sie bei uns gelandet war, wußte keiner mehr genau. War sie uns an einem unserer Saufabende oder auf einem Ball unseres Ruderklubs vor den Bugspriet geraten? War sie uns einmal beim so beliebten »Weiberfischen« mit ins Garn gegangen? Hatte sie einer von unserer Bande irgendwann mal zum Frühstück eingeladen und mitgebracht, als er sie im hintersten Winkel ganz für sich an ihrem Tischchen sitzen sah? Keiner von uns hätte darüber klare Auskunft geben können. Auf jeden Fall aber gehörte sie mit zur Bande.

Wir hatten sie »Ça ira« getauft, weil sie dauernd über ihr angebliches Pech, ihr hartes Los und ihre sonstige Misere klagte. Jeden Sonntag bekam sie von uns bei der Begrüßung zu hören: »Na, Ça ira, wie geht's denn?«

Und jedesmal antwortete sie prompt: »Na ja, könnte besser sein! Aber 's kommt schon noch mal der Tag...«

Wie hatte es dies reizlose, tapsige Ding nur fertiggebracht, im »Metier« Erfolg zu haben, zu dem doch allerhand Grazie, Gewandtheit und Schläue, zum mindesten aber ein hübsches Lärvchen gehört? Schleierhaft, wirklich schleierhaft! Aber Paris wimmelt ja von solchen Freudenmädchen, die so wenig erfreulich aussehen, daß sogar einem nicht gerade wählerischen Gendarm der Appetit vergehen kann.

Was sie trieb während der anderen sechs Tage der Woche –? Ab und zu hatte sie uns erzählt, sie gehe arbeiten. Was sie da tat, danach fragten wir nicht weiter. Ihre sonstige Existenz war uns eben ziemlich gleichgültig.

Und dann verlor ich sie mehr und mehr aus den Augen. Unsere Bande hatte sich allmählich verkrümelt. Wir überließen der nächsten Rudergeneration unsere Tummelplätze und vermachten ihr unter anderem auch unsere Ça ira. Ich erfuhr noch ab und an etwas über sie, wenn ich wieder einmal zu Fournaise frühstücken ging.

Unsere Nachfolger, die keine Ahnung hatten, daß wir ihr den Namen Ça ira angehängt hatten, hielten ihn für irgendeinen morgenländischen Vornamen und redeten sie mit »Zaïra« an. Und auch diese Liebhaber des Rudersports räumten mit der

Zeit ihre Ruderplätze der nächstfolgenden Generation ein und überließen den Sportrivalen dabei auch die noch übriggebliebenen »Beifahrerinnen«. (So eine Rudergeneration bringt es im allgemeinen auf drei Lebensjahre: drei Jahre ausgelassenen Lebens auf dem Wasser. Dann verläßt man die Seine und wird ein mehr oder weniger großes Tier der Gattung Bürodirektor, Medizinalrat oder Parlamentarier.)
Inzwischen war aus der »Zaïra« eine »Zara« geworden. Und mit der Zeit verwandelte sich die »Zara« sogar noch in eine »Sarah«. Man rechnete sie damals bereits zu den Töchtern vom Stamme Israel.
Die Wassersportler der jüngsten Rudergeneration, die Herren mit Monokel, nannten sie nur noch »die Jüdin«.
Dann war sie mir ganz aus den Augen entschwunden.
Und nun stand sie mit einemmal wieder vor mir, als Tabakhändlerin in diesem weltverlorenen Nest Barviller.
Ich fragte sie: »Na, es klappt doch wohl jetzt, wie?«
Sie meinte: »Na ja, so einigermaßen.«
Es reizte mich, mehr von ihrem Leben zu erfahren. Früher hätte ich kaum viel Anteil daran genommen. Im Augenblick aber empfand ich das lebhafteste Mitgefühl, fühlte ich mich wieder hineingezogen in dies Schicksal, wollte Mitwisser ihres Erlebens sein. Ich fragte: »Wie hast du es denn angestellt, daß du doch noch deine Chance hattest?«
»Ich weiß gar nicht mal, wie's eigentlich kam. Damals war ich am wenigsten drauf gefaßt!«
»Wann? Wo? Hast du's damals, in Chatou, noch beim Zipfel erwischt, dein Glück?«
»O nein!«
»Nun, wo dann?«
»In Paris, in meinem Hotel!«
»Ah...! Hattest du denn nicht eine feste Stelle in Paris?«
»Natürlich. Bei Madame Ravelet.«
»Wer ist das – Madame Ravelet?«

»Du weißt nicht, wer Madame Ravelet ist?«
»Nein, wirklich nicht!«
»Na, der Modesalon, der große Modesalon in der Rue de Rivoli!«
Und dann kramte sie aus und erzählte mir und erzählte mir: tausend Geschichten aus ihrem Leben von damals, Geschichten, die man nur in Paris erleben kann, von all dem, was sich hinter den Scheiben eines Modehauses so tagtäglich abspielt, von den Abenteuern und Einfällen solcher Dämchen, wie sie eins war – die ganze Herzensgeschichte, die ganze Alltagschronik der kleinen Modistin, dieser munteren Haubenlerche des Großstadtpflasters, die morgens durch die Straßen von Paris an ihren Arbeitsplatz huscht, mittags in der Pause keck ohne Hut herumspaziert und abends wieder heimtrippelt in ihr Nest unterm Dach.
Sie war glücklich darüber, daß sie wieder einmal jemanden hatte, mit dem sie von damals plaudern konnte.
»Wenn du wüßtest, was für eine kleine Kanaille man da so wird ... und was man für tolle Sachen anstellt! Jeden Tag hatten wir uns was davon zu berichten. Na und die Männer, die haben wir immer schön an der Nase herumgeführt, du weißt ja!
Meine erste tolle Schwindelei, die hab ich mit einem Regenschirm fertiggebracht. Ich hatte ein ganz altes Regendach aus Baumwolle, ein Ding, mit dem man sich wirklich schämen mußte. Wie ich an einem Regentag damit im Geschäft ankomme und das Ding zuklappe, sieht das die lange Louise und sagt zu mir: ›Was! Mit so was wagst du dich auf die Straße?‹
›Aber ich hab doch nun mal keinen andern!‹ sag ich drauf, ›und außerdem ist gerade Ebbe in meiner Kasse.‹
Ebbe war eigentlich immer in meiner Kasse!
Da sagt die Louise so leichthin: ›Geh doch in die Madeleine und such dir da einen aus!‹
Ich mach ganz große Augen und versteh sie nicht.

Sie erklärte: ›Da holen wir uns die Dinger doch alle her! Dort stehn so viele Krücken rum, wie man haben will!‹
Und sie gibt mit den Tip, wie man so was macht. Höchst einfache Sache.
Wir, die Irma und ich, wir steigen also los zur Madeleine-Kirche. Wir sprechen den Mesner an und machen ihm klar, daß wir hier letzte Woche einen Schirm haben stehenlassen. Da fragt er uns, wie denn der Griff aussieht, und ich, ich flunkere ihm nun was vor von einem Griff mit Achatknauf. Darauf führt er uns in so eine Art Sakristei, in der an die fünfzig stehengelassene Schirme an der Wand lehnen. Wir schauen sie uns der Reihe nach an, suchen und suchen, und finden ihn natürlich nicht, ›meinen‹ Schirm mit dem Achatknauf! Aber ich, ich hatte mir in aller Stille währenddessen einen richtigen ausgesucht, einen reizenden, mit geschnitztem Elfenbeingriff. Und ein paar Tage danach ist die Louise dann hin und hat ihn beim Mesner reklamiert. Erst wollte er wissen, wie er aussieht, und da hat sie ihn ganz genau dem Mesner beschrieben, na, und daraufhin hat er ihr das feine Schirmchen ohne weiteres ausgehändigt.
Für so etwas muß man sich natürlich sehr schick anziehen!«
Sie hielt inne vor Lachen und ließ den Deckel der großen Tabaksdose, die vor ihr stand, auf und zu schnappen.
Dann nahm sie ihren Faden wieder auf: »Oh, man drehte noch ganz andere Sachen – ganz komische! Hör nur mal weiter zu: Also – wir waren zusammen fünf im Atelier, wir vier, na, das war so Durchschnittsware, aber unsre Erste, die war wirklich erstklassig; Irma hieß sie: die ›schöne Irma‹! Sie hatte eine so vornehme Art, und sie hatte ja auch ihr Verhältnis mit einem Herrn Staatsrat. Na, dafür setzte sie ihm denn auch ganz große Hörner auf. – Also, eines schönen Winterabends winkt sie uns alle zusammen: ›Ratet mal, was für eine herrliche Sache ich mir ausgedacht habe!‹
Und sie weihte uns ein in ihre Idee.

Du mußt sie dir so richtig vorstellen, die Irma: Eine Turnüre* verstand die sich aufzusetzen! Damit verdrehte sie gleich allen Männern den Kopf. Und eine Taille hatte sie dazu! Und Hüften, daß den Herrn Genießern das Wasser im Munde nur so zusammenlief. – Sie hatte also in ihrem Köpfchen den Plan ausgeheckt, daß jede von uns sich sofort hundert Franken zusätzlich verdienen könne. Sie fädelte die ganze Sache wirklich großartig ein, du wirst gleich sehn wie.

Wie du ja wohl noch weißt, war ich immer etwas knapp bei Kasse, und meine Kolleginnen auch. Es langte bei uns nur grade so hin mit dem Geld. Mit dem Nähen im Modesalon verdienten wir hundert Franken im Monat – aber mehr auch nicht! Da mußte man eben sehen, wo man noch Moneten herkriegte. Natürlich, wir hatten wohl jede unsere zwei, drei Liebhaber, die einem etwas gaben, aber viel war das auch nicht. Mitunter, beim Promenadenbummel in der Mittagspause, kam unsereinem auch mal so ein dicker Karpfen vor die Angel, der am nächsten Tage wieder aufkreuzte. Vierzehn Tage ließ man ihn zappeln, und dann gab man nach. Aber diese Kerle – da ist nie viel dahinter! Na, und euch da draußen in Chatou, euch hatte man eigentlich nur so zum Vergnügen. Ach, wenn du dir vorstellen könntest, wie gerissen wir das immer hindrehten! Wahrhaftig – zum Totlachen! Na, wie uns die Irma da so etwas vorerzählte, von wegen Geldverdienen und gleich hundert Franken, da waren wir alle sofort Feuer und Flamme. Es ist ja wohl 'n bißchen sehr starker Tobak, was ich dir da jetzt vorsetze, aber es bringt einen doch nicht gleich um. Du weißt ja selber, wie das Leben so ist, und zumal, wenn man vier Jahre in Chatou gelebt hat...

Also, die Irma, die sagte zu uns: ›Wißt ihr was? Wir schwirren mal los auf den Opernball, in die Opéra, und angeln uns da die

* Modischer Taillenwulst der Damenmode des ausgehenden 19. Jahrhunderts, mit dem die Robe auf der Rückseite aufgepufft wurde.

nobelsten und reichsten Lebemänner von ganz Paris. In so was, da kenn ich mich aus dem Effeff aus!‹

Wir andern, wir meinten zuerst, es würde doch nicht so recht klappen, denn *die* Sorte Messieurs sind nicht für Modistinnen zu haben. Für eine wie die Irma, na ja, schon. Aber für uns andere doch wohl nicht. Oh, diese Irma, die hättest du mal sehen sollen! Was die für einen Schick hatte! Im ganzen Atelier, weißt du, da hieß es bloß immer von ihr: ›Wenn der Kaiser die kennengelernt hätte, die hätte er sich bestimmt zur linken Hand antrauen lassen!‹

Also – für das Gockelrupfen ließ uns die Irma erst mal unser ›Bestes‹ anziehn, und dann gab sie uns folgende Verhaltungsmaßregeln: ›Ihr vier, ihr rauscht natürlich nicht mit mir hinein auf den Ball, verstanden! Ihr bleibt mir, jede schön für sich, in den Straßen um die Opéra herum in eurer Droschke sitzen. Dann wird nach einem Weilchen ein befrackter Monsieur kommen und zu euch einsteigen. Sowie er bei euch im Kasten ist, fallt ihr ihm gleich um den Hals und tut so verliebt, wie ihr könnt! Dann müßt ihr mit einemmal aufschrein, daß ihr euch geirrt habt und einen ganz andern erwartet! Das macht den Hahn scharf, wenn er merkt, er ist einem andern ins Gehege gekommen, und da wird er noch mehr rangehn. Ihr sträubt euch erst mal ein Weilchen, ihr müßt ihn mal dahin stoßen, mal dorthin puffen, als wolltet ihr ihn hinausdrängeln... na, und dann... dann laßt ihr doch mit euch reden und soupiert mit ihm... Dann fühlt sich so einer immer verpflichtet und entschädigt euch, wie ich die Brüder kenne, fürstlich für das angenehme Beisammensein!‹

Du kannst dir das alles noch nicht so richtig vorstellen, nicht wahr? Na, paß auf, wie sie das drehte, das schlaue Biest:

Sie bugsierte erst mal uns vier in unsere Kutschen hinein, natürlich gesellschaftsfähige, piekfeine Kästen, so was für die höheren Kreise. Dann ließ sie uns abrollen an unsre Standorte rings um die Opéra herum. Und dann rauschte sie auf den Ball – ganz solo! Sie kannte nämlich – vom Ansehn her – eine ganze Reihe Männer aus den oberen Zehntausend von Paris, deren Damen bei uns arbeiten ließen. Und da nahm sie sich denn gleich einen von diesen Messieurs aufs Korn, um ihn einzuwickeln. Sie mimte ihm zuerst mal die ›Grande Dame‹ vor – denn Köpfchen hatte sie auch. Als sie ihn dann soweit hatte, da zeigte sie ihm lächelnd die Zähne, und er, er war restlos hin vor Entzücken! Er wollte sie sofort entführen, er bat um ein Stelldichein, und sie, sie sagte huldvoll zu: in einem halben Stündchen, in der Chaise, vis-à-vis Nummer zwanzig, Rue Taitbout. Und in dieser Chaise, da saß ich! In tadelloser Schale, das Gesicht tief verschleiert. Wie ich so sitze und warte, da guckt mit einemmal so ein eleganter Monsieur durch den Wagenschlag zu mir herein und näselt: ›Teuerste – sind's doch wohl ... ?‹

Ich, ich flüstre zurück: ›Ja, doch – nur rasch herein!‹

Er steigt ein, und ich zieh ihn in meine Arme und umhalse ihn so und drücke ihn so ab, daß ihm die Luft wegbleibt; und zwischendurch juchze ich: ›Oh – bin ich glücklich! Oh – bin ich glücklich!‹

Und dann schrei ich auf: ›Ha – aber du bist's ja gar nicht! O Gott! ... O Gott!‹

Und schluchze auch schon los.

Du kannst ja selbst sagen, ob das einem Mann nicht auf die Nerven geht! Erst will er mich beruhigen und sagt zehnmal: ›Oh, entschuldigen Sie ... !‹ und behauptet, er hätte sich natürlich auch geirrt!

Und ich, ich schluchze immer noch, aber schon nicht mehr so heftig, und seufzte dafür um so stärker dazwischen. Da wird er richtig zart und redet mir lieb zu ... Es war wirklich ein feiner Mann – so ganz comme il faut! Und wie dem die gute Laune wiederkam, als er sah, wie bei mir die Tränen weniger und weniger tröpfelten!

Kurz, die Sache war einigermaßen eingefädelt, und dann lud er mich ein zum Souper. Ich?! Nein, nein, danke! Ich lehnte ab,

ich würde aus der Chaise springen..., und er, er legte mir seinen Arm schon um die Taille und zog mich an sich, so, wie ich es gemacht hatte, als er zu mir einstieg.
Und dann... und dann... haben wir miteinander soupiert... du verstehst... und er, er hat mir... nun rate mal... du wirst staunen... er hat mir... fünfhundert Franken als Geschenk überreicht! Na, nun sag selber, es gibt doch noch noble Männer auf der Welt!
Bei meinen drei Kolleginnen hat es ähnlich geklappt wie bei mir.
Am wenigsten hat die Louise ergattert – ganze zweihundert Franken! Aber, na ja, an der langen Louise, weißt du, an der war wirklich nicht viel dran!«
So erging sich meine Ça ira hinter ihrem Tabakladentisch weiter und weiter. Alles, was sich im verschlossenen Innern dieser staatlich angestellten Verkaufsdame angestaut hatte, schüttete sie in einem einzigen Wortschwall vor mir aus. Die Erinnerung an ihr ganzes früheres Dasein, das eigentlich so armselig, so fragwürdig gewesen war, bewegte sie lebhaft. Es war ihr anzusehen, wie sie dem schnoddrigen, leichtsinnigen Leben von damals, dem Herumzigeunern auf dem Pariser Pflaster, den echten Tränen und den bezahlten Küssen, dem Lachen und Weinen, diesem Spiel von reizender Heuchelei und List und ab und an auch aufblitzendem wahrem Gefühl – wie sie all dem im tiefsten Grunde ihres Herzens doch nachtrauerte.
Ich warf die Frage dazwischen: »Und wie bist du eigentlich zu deinem Tabakladen gekommen?«
Sie lächelte. »Oh – das ist auch wieder so eine Geschichte! Stell dir vor, in meinem Hotelchen wohnte Tür an Tür mit mir ein Student, ein Jurist, aber einer von denen, weißt du, die überall, nur nicht hinter den Büchern sitzen. Der hockte vom Morgen bis in die Nacht nur immer in seinem Stammcafé. Und er hing mit so einer ganz besonderen Liebe an seinem Billard, mit so ei-

ner Leidenschaft, sag ich dir, wie ich sie noch nie an einem Menschen beobachtet habe.
Wenn ich mal sonst niemanden hatte, dann verbrachten wir unsre Abende miteinander. Von dem stammt nun der Roger...«

»Wer ist denn das wieder?«
»Na, der Sprößling!«
»Ah – so...!«
»Ja, und – er gab mir zwar regelmäßig etwas Geld, damit ich den Jungen großziehen konnte. Aber sonst hatte ich nicht allzu große Hoffnung, daß es mit dem da noch mal klappen würde, – denn so einen Faulenzer wie den habe ich noch nie in meinem

ganzen Leben kennengelernt, wirklich, noch nie! Zehn Jahre waren rum, und er, er hatte noch nicht mal sein Vorexamen gemacht! Und als seine Leute daheim denn sahen, daß mit dem jungen Herrn wohl kein großer Staat zu machen war, da riefen sie ihn nach Hause in die Provinz zurück. Aber ich schrieb mich mit ihm noch ab und zu, schon wegen dem Roger. Und dann, stell dir vor, da erfahr ich doch eines schönen Tages, daß er bei den letzten Wahlen, vor zwei Jahren, in seinem Bezirk zum Abgeordneten gewählt worden ist! Und seitdem hat er schon Reden über Reden in der Kammer gehalten. Na, es heißt ja immer: ›Unter den Blinden ist der Einäugige König...‹ Kurz und gut, da hab ich ihn mal aufgesucht, und es dauerte gar nicht lange, da hatte ich, durch seine Vermittlung, als Tochter eines Deportierten meinen staatlich konzessionierten Tabakhandel. Es stimmt natürlich, daß mein Vater mal deportiert gewesen ist – aber ich hätte doch nie geglaubt, daß mir das noch mal so nützen würde.
Na, kurz und gut, und... ach, da kommt ja Roger!«

Ein etwas aufgeschossener junger Herr trat ein, sehr gewichtig und sehr würdevoll in Haltung und Auftreten.
Er küßte seine Frau Mama auf die Stirn. Sie stellte uns einander vor: »Monsieur: Mein Sohn, städtischer Bürodirektor... Sie haben sicher schon gehört... unser angehender Unterpräfekt!«
Ich grüßte den künftigen Herrn Regierungsrat mit angemessener Höflichkeit und drückte, als ich mich empfahl, um mein Hotelzimmer für die Nacht aufzusuchen, meiner Freundin Ça ira verständnisvoll die dargebotene Rechte.

»Jaja, mein Lieber, die Frauen haben's faustdick hinter den Ohren!«
»Warum?«
»Sie haben mir einen ganz infamen Streich gespielt!«
»Dir?«
»Ja, mir!«
»Die Frauen oder eine Frau?«
»Zwei Frauen.«
»Zwei auf einmal?«
»Ja.«
»Wieso?«
Die beiden jungen Männer saßen vor einem großen Café am Boulevard und tranken ihren Aperitif, einen Likör mit Selter. Er schillerte in allen Regenbogenfarben.
Sie mochten etwa gleichaltrig sein, fünfundzwanzig bis dreißig Jahre, einer blond, der andere dunkel. Ihre Eleganz war zweiten Ranges. Es waren Männer, die von Gelegenheitsgeschäften leben, die sich auf der Börse und in den Salons umhertreiben, überall zu Hause sind, sich überall breitmachen und überall Liebschaften anknüpfen. Der Dunkelhaarige redete weiter:
»Ich hab dir von dem Techtelmechtel mit der kleinen Beamtenfrau am Strande von Dieppe erzählt, nicht?«
»Ja.«
»Also mein Lieber, du weißt ja, was das heißt! Ich hatte doch in Paris schon eine Geliebte, die ich sogar verdammt gern hatte, eine alte Freundin, eine gute Freundin. Die Frau war mir eine liebe Gewohnheit geworden, und ich mochte sie nicht missen.«
»Die Gewohnheit?«
»Jawohl, die Gewohnheit, und die Frau auch.

Sie ist übrigens verheiratet, und zwar mit einem ausgezeichneten Manne, den ich ebensosehr schätze, einem Prachtmenschen, einer treuen Seele, einem großartigen Kerl, kurz und gut, ich saß dort hübsch und gut im warmen Nest.«

»Na und?«

»Na und –! Sie konnte nicht von Paris fort, und ich war in Dieppe unbeweibt.«

»Warum bist du denn da überhaupt nach Dieppe gegangen?«

»Ich mußte mal eine Luftveränderung haben! Immer auf dem Boulevard – das hält doch kein Mensch aus!«

»Na, und weiter?«

»Ja, und da ist mir eben am Strande die Kleine über den Weg gelaufen, von der ich dir schon erzählt habe.«

»Die Frau des Bürovorstehers?«

»Ja, die! Sie hatte Langeweile. Ihr Mann kam nur an Sonntagen und ist ein ekliger Mensch. Ich verstand mich bald ausgezeichnet mit ihr. Und da haben wir viel miteinander gelacht und getanzt.«

»Na, und weiter?«
»Kommt alles! Also wir haben uns bekannt gemacht, wir haben uns gefallen, ich habe es ihr gesagt, sie hat mich's immer wieder sagen lassen, weil sie es recht genau hören wollte, und alle Wege waren glatt.«
»Hast du sie geliebt?«
»Gewiß – schon! Es ist eine ganz reizende Frau.«
»Und die andre?«
»Die andre war ja in Paris!
Wir haben sechs traumschöne Wochen verlebt und kehrten schließlich in herzlichem Einvernehmen zurück nach Paris. Sag, würdest du mit einer Frau brechen können, die dir nicht das geringste angetan hat?«
»Aber ja, selbstverständlich!«
»Wie machst du das?«
»Ich lasse sie einfach sitzen!«
»Aber wie fängst du das an?«
»Ich gehe nicht mehr hin.«
»Wenn sie aber zu dir kommt?«
»Dann... bin ich nicht zu Hause.«
»Und wenn sie wiederkommt?«
»– bin ich krank.«
»Und wenn sie dich pflegt?«
»– werde ich gemein.«
»Und wenn sie es geduldig hinnimmt?«
»Dann schreibe ich dem Ehemann anonyme Briefe, damit er an den Tagen, an denen sie mich besuchen will, ein wachsames Auge auf sie hat.«
»Das ist toll! Soviel Energie bringe ich nicht auf; ich kann mit keiner Schluß machen und habe schon eine ganze Sammlung. Manche sehe ich einmal im Jahr, andere alle zehn Monate, andere alle Vierteljahre, wieder andere, wenn sie mal auswärts dinieren wollen. Die ich mir schon etwas vom Leibe geschafft habe, die machen mir keinen Kummer, aber mit neuen

gibt's oft Ärger, bis ich sie erst wieder etwas vom Halse habe.«
»Na ja...«
»Na ja, mein Lieber! Die Kleine war ganz Feuer und Flamme, nichts auszusetzen, wie schon gesagt! Und da ihr Alter den ganzen Tag im Büro sitzt, kommt sie einfach an und besucht mich, ohne mir vorher was zu sagen. Zweimal wäre sie beinah der alten Freundin in die Arme gelaufen.«
»Donnerwetter!«
»Ja. Da habe ich für jede feste Tage angesetzt, damit es keinen Verdruß geben sollte: Montag und Sonnabend für die alte, Dienstag, Donnerstag und Sonntag für die neue.«
»Warum kommt sie besser weg?«
»Sie ist jünger, mein Lieber!«
»Und in der Woche zwei Ruhetage?«
»Das genügt mir.«
»Hochachtung!«
»Nun paß auf, was für eine dumme, lächerliche Geschichte das gegeben hat! Vier Monate ging alles ausgezeichnet. Ich ahnte nichts Böses und fühlte mich glücklich und froh, als plötzlich am letzten Montag die Sache aufflog.
Ich wartete zur gewohnten Stunde, um ein Uhr fünfzehn, auf meine alte Liebe und rauchte eine Zigarre.
Höchst zufrieden gab ich mich angenehmen Träumen hin, da sah ich, daß die verabredete Zeit längst vorüber war. Das überraschte mich, denn die Gute ist sehr pünktlich. Aber ich tröstete mich mit einer zufälligen Verzögerung. Doch verging eine halbe Stunde, dann eine Stunde, anderthalb Stunden, und ich nahm an, daß irgendein ernstlicher Grund sie abhielt, vielleicht eine Migräne oder ein lästiger Besuch. Solch Warten ist langweilig... unnötig langweilig und sehr zermürbend. Schließlich galt es, etwas zu unternehmen, ich ging aus, und weil ich nicht wußte, was ich anfangen sollte, suchte ich sie auf.
Sie war zu Haus und las einen Roman.

›Nanu?‹ fragte ich.
Sie antwortete mit größter Seelenruhe: ›Liebling, ich konnte nicht kommen, ich war verhindert.‹
›Wodurch?‹
›Durch... Abhaltungen.‹
›So... was für Abhaltungen?‹
›Ach, ein sehr ärgerlicher Besuch.‹
Ich dachte, sie wollte den wahren Grund verbergen. Weil sie aber sehr ruhig war, machte ich mir auch weiter keine Gedanken. Ich gedachte schon wieder auf meine Rechnung zu kommen, am nächsten Tage. Da wollte mich die andere besuchen.
Es wurde Dienstag. Ich war sehr aufgeregt. Recht liebehungrig wartete ich auf die kleine Beamtenfrau. Um so mehr war ich erstaunt, als sie nicht, wie sonst, schon vor der vereinbarten Zeit erschien. Ich sah immer wieder nach der Uhr. Ungeduldig beobachtete ich die Zeiger.
Sie rückten eine Viertelstunde weiter, dann eine halbe, auf zwei Uhr... ich hielt es auf meinem Stuhl nicht mehr aus und lief mit großen Schritten durchs Zimmer. Ich stierte durch die Fensterscheiben.
Ich lauschte nach der Tür, ob ich sie nicht auf der Treppe hörte. Es wurde halb drei, es wurde drei Uhr. Da nahm ich den Hut und lief zu ihr. Was denkst du, sie las in einem Roman!
›Nanu?‹ sagte ich verwundert.
Sie antwortete ebenso seelenruhig wie meine alte Liebe: ›Ich konnte nicht kommen, Liebling, ich war verhindert.‹
›Wodurch?‹
›Durch... Abhaltungen.‹
›So... was denn für Abhaltungen?‹
›Ein ärgerlicher Besuch.‹
Natürlich vermutete ich wohl einen Augenblick, ihr wäre ein Licht aufgegangen. Aber sie gab sich so sanft, so friedlich, daß ich meinen Verdacht fallenließ und an ein sonderbares Zusam-

mentreffen glaubte. Wie konnte ich eine so ausgeklügelte Verstellung für möglich halten! Wir plauderten eine Stunde gemütlich. Aber mindestens zwanzigmal kam ihr Töchterchen ins Zimmer, und schließlich zog ich ab wie ein begossener Pudel. Und stelle dir vor, das nächste Mal...«

»War es wieder so?«

»Jawohl... und am anderen Tag auch wieder. So ging das drei Wochen, und keine tat den Mund auf, keine sagte mir den Grund für ihr merkwürdiges Verhalten. Ich konnte es bloß ahnen.«

»Sie waren dahintergekommen?«

»Verflixt noch mal, ja! Aber wie?! – Ich habe lange gebraucht, bis ich das heraus hatte!«

»Und wodurch ist dir's gelungen?«

»Durch Briefe. Beide haben mir am gleichen Tage mit denselben Worten den Laufpaß gegeben.«

»Na, und wie ist es gewesen?«

»Folgendermaßen... Du weißt, Frauen haben immer eine Unmenge Nadeln an sich. Haarnadeln kenne ich; denen mißtraue ich von vornherein und passe auf. Aber andere sind viel niederträchtiger, diese verflixten kleinen Stecknadeln mit dem schwarzen Glasknöpfchen. Männern scheinen sie alle gleich, wir sind ausgewachsene Rindviecher. Aber Frauen unterscheiden sie ganz genau und so sicher wie du ein Rennpferd von einem Straßenköter. Und nun ist von der kleinen Beamtenfrau eins dieser verräterischen Dinger in der Wandbespannung neben dem Spiegel steckengeblieben.

Meine alte Liebe hat das kleine, schwarze Pünktchen, nicht größer als ein Floh, auf dem Stoff bemerkt, stillschweigend an sich genommen und eine Nadel von sich hingesteckt, ebenfalls schwarz, aber ein anderes Fabrikat.

Am andern Tage suchte die kleine Neue ihre vergessene Nadel und sah, daß sie vertauscht war. Das war verdächtig, und sie steckte zwei Nadeln in die Wand, über Kreuz.

Die alte gab auf dies Zeichen Antwort mit drei Kugeln, eine über der andern.
So kamen sie miteinander in Fühlung, ohne noch ein Wort gewechselt zu haben, aber es paßte eine auf die andre auf. Schließlich hat die alte Liebe, die unternehmendere, um ihre Stahlnadel ein winziges Streifchen Papier gerollt, auf dem stand: ›Postlagernd Boulevard Malesherbes, C. D.‹
Nun schrieben sie sich Briefe. Jetzt war ich verraten und ver-

kauft. Es ist klar, daß sich noch manches getan hat, aber sie gingen mit all der Vorsicht zu Werke, mit tausend Schlichen, mit der ganzen Durchtriebenheit, die eine so heikle Sache verlangt! Die alte Liebe blieb nicht auf halbem Wege stehn. Sie verabredete mit der andern ein Zusammentreffen.
Was sie da besprochen haben, weiß ich nicht, aber ich bin sicher, daß ich die Kosten der Unterhaltung getragen habe. Und nun hab ich die Bescherung!«

»Das ist alles?«
»Ja.«
»Und du bekommst sie jetzt nicht mehr zu sehen?«
»O doch, wir sehen uns noch so rein aus Freundschaft. Wir haben uns nicht etwa gezankt!«
»Und haben sich denn die beiden wiedergesehen?«
»Klar, mein Lieber, sie sind Herzensfreundinnen.«
»Sieh an! Und da merkst du nichts?«
»Nein, was denn?«
»Ach, du Rindvieh! Sie möchten ihre Nadeln nebeneinanderstecken!«

DIE AUSZEICHNUNG

Es gibt Menschen, die werden schon mit einem gewissen Instinkt, einer inneren Stimme geboren oder einfach von einem Verlangen beherrscht, das wach wird, sobald sie anfangen zu denken und zu sprechen.

Monsieur Sacrement hatte seit Kindheit nur einen Gedanken im Kopfe: Er wollte eine Auszeichnung erwerben. Als er noch ganz klein war, trug er das Kreuz der Ehrenlegion aus Zink, wie andere Kinder das Käppi tragen, und stolz reichte er seiner Mutter auf der Straße die Hand, während er seine kleine mit dem roten Bändchen und dem metallenen Stern geschmückte Brust herausstreckte.

Nach kümmerlichen Studien fiel er im Bakkalaureatsexamen durch, und da er nicht wußte, was er weiter anfangen sollte, heiratete er ein hübsches Mädchen. Er besaß ja Vermögen.

Das Paar lebte in Paris, wie reiche Bürger leben, verkehrte mit seinesgleichen, vermied, sich unter die Menge zu mischen, war stolz auf die Bekanntschaft mit einem Abgeordneten, der einmal Minister werden konnte, und war auch befreundet mit zwei Divisionären.

Aber der Gedanke, der sich in frühester Kindheit im Kopf von Monsieur Sacrement eingenistet hatte, saß fest. Er litt große Pein, daß er auf seinem schwarzen Überrock nicht das schmale, farbige Bändchen zeigen durfte.

Wenn er auf dem Boulevard ordengeschmückten Männern begegnete, gab ihm das jedesmal einen Stich durchs Herz. Verstohlen betrachtete er sie von der Seite mit neiderfüllten Blikken. An den langen, mit Nichtstun verbrachten Nachmittagen vertrieb er sich die Zeit damit, sie unterwegs zu zählen. Er stellte sich die Aufgabe: ›Wieviel mögen es wohl sein von der Madeleine bis zur Rue Drouot?‹

Langsam schritt er dahin und beobachtete genau die Kleidung der Vorübergehenden. Sein Auge lernte, schon von weitem den kleinen, roten Knopf zu erspähen. Hatte er seine Strecke durchmessen, dann staunte er über die Höhe der Zahlen: ›Acht Offiziere, siebzehn Ritter. So viele! Wie unsinnig, so verschwenderisch mit den Kreuzen umzugehen! Ob ich wohl zurück ebenso viele entdecke?‹

Langsam ging er seinen Weg zurück, untröstlich, wenn die drängende Menge der Vorübergehenden seine Nachforschungen behinderte oder wohl gar dazu führte, daß er jemanden übersehen konnte.
Er wußte, in welchen Stadtvierteln die meisten zu finden waren. Im Überfluß tauchten sie beim Palais Royal auf. Die Ave-

nue de l'Opéra kam der Rue de la Paix nicht gleich; die rechte Boulevardseite pflegte besser besucht zu sein als die linke.
Sie schienen auch gewisse Kaffeehäuser, bestimmte Theater zu bevorzugen. Jedesmal wenn Monsieur Sacrement eine Gruppe alter, weißhaariger Herren mitten auf dem Bürgersteig stehen und den Verkehr behindern sah, dachte er: ›Das sind sicher Offiziere der Ehrenlegion!‹ Und dann wandelte ihn die Lust an, den Hut zu ziehen.
Die Offiziere – das hatte er oft bemerkt – haben wieder eine andere Art, sich zu benehmen, als die gewöhnlichen Ritter. Sie tragen den Kopf anders. Man merkt ihnen sofort an, daß sie im Staat und in der Öffentlichkeit ein anderes Ansehen genießen und daß sie eine gewichtige Stellung einnehmen.
Bisweilen packte aber Monsieur Sacrement auch eine rasende Wut gegen alle Ordensträger. Dann haßte er sie mit einem geradezu umstürzlerischen Ingrimm.
Wenn er an solchen Tagen nach Hause kam, war er von der Begegnung mit so vielen Kreuzen erbittert wie ein armer, ausgehungerter Mensch, der immer an großen Lebensmittelgeschäften vorbeigehen muß, ohne etwas kaufen zu können, und erklärte mit schallender Stimme: »Wann werden wir endlich von dieser schmutzigen Regierung befreit werden?« Seine überraschte Frau pflegte dann zu fragen: »Was hast du nur heute?«
Und er antwortete: »Ich habe nichts weiter, als daß ich entrüstet bin über die große Ungerechtigkeit, die ich allerorten sehe. Oh, die Männer der Kommune hatten schon recht!«
Aber nach dem Essen ging er wieder aus, und diesmal sah er sich die Fenster der Ordensgeschäfte an. Genau betrachtete er die Auszeichnungen aller möglichen Formen und Farben. Am liebsten hätte er alle besessen und wäre damit zu einer öffentlichen Feier in einen riesigen Saal einmarschiert.
Er stellte sich vor, wie er feierlich an der Spitze eines Zuges schritt, den Klapphut unterm Arm, und auf der Brust funkelten

die Streifen nebeneinander- und übereinandergereihter Nadeln und Spangen. An den Seiten drängte sich eine ehrfürchtige Menge, die respektvoll und staunend raunte.
Aber leider hatte er kein Recht, irgendeine Auszeichnung zu tragen.
Nun überlegte er: ›Die Ehrenlegion ist viel zu schwierig zu erlangen für einen Mann, der nicht im öffentlichen Leben steht. Ich müßte versuchen, mich zum Offizier der Akademie ernennen zu lassen!‹
Aber er wußte nicht, wie er das anfangen sollte. Er sprach mit seiner Frau darüber. Sie war aufs höchste erstaunt.
»Offizier der Akademie! Was hast du denn dafür getan?«
Er fuhr auf: »Aber begreif doch, was ich sagen will! Ich suche ja gerade danach, was man zu tun hat. Bisweilen bist du wirklich begriffsstutzig.«
Sie lächelte: »Tatsächlich, du hast recht. Aber ich kenne mich da nicht aus!«
Da kam ihm ein Gedanke: »Wenn du nun einmal mit dem Abgeordneten Rosselin die Rede darauf brächtest? Der könnte mir sicher einen wertvollen Rat geben. Du wirst verstehen, daß ich diese Frage nicht selber bei ihm anschneiden möchte. Dazu ist die Angelegenheit zu heikel und schwierig. Geht die Sache von dir aus, dann ergibt sich alles ganz natürlich.«
Madame Sacrement tat, was er verlangte, und Monsieur Rosselin versprach, es beim Minister vorzubringen. Nun gab Sacrement überhaupt keine Ruhe mehr. Der Abgeordnete ließ ihm schließlich sagen, er solle ein Gesuch machen und darin seine Titel aufzählen.
Seine Titel? Er war ja nicht einmal Bakkalaureus!
Aber er machte sich ans Werk und fing eine Broschüre an: »Über das Recht des Volkes auf Bildung.«
Er kam damit nicht zu Rande, weil ihm nichts einfiel.
Er suchte nach leichteren Themen und nahm verschiedene in Angriff. Zunächst versuchte er es mit der »Bildung des Kindes

durch das Auge«. Er verlangte, daß man in den ärmeren Vierteln eine Art unentgeltlichen Theaters für die Kleinen errichte. Die Eltern sollten ihre Kinder von frühester Jugend an dorthin führen, und hier würde ihnen mit Hilfe einer Laterna magica ein erster Begriff allen menschlichen Wissens übermittelt. Es würde sich um richtige Kurse handeln. Das Wissen wird dem Hirn durch die Augen vermittelt. Angeschaute Bilder bleiben im Gedächtnis haften. Sie machen sozusagen die Wissenschaft sichtbar.
Was könnte es Einfacheres geben, als Geschichte, Erdkunde, die Naturwissenschaften, Botanik, Zoologie, Anatomie und so weiter auf diese Weise zu lehren?
Er ließ die Denkschrift drucken und übersandte jedem Abgeordneten ein Exemplar, zehn Exemplare an jedes Ministerium, fünfzig an den Präsidenten der Republik, zehn an jede Pariser Zeitung, fünf an alle Provinzblätter.
Darauf behandelte er die Frage der Straßenbüchereien. Er forderte, daß der Staat, ähnlich den Wagen der Südfruchthändler, kleine Wagen mit Büchern durch die Straßen fahren lasse. Jeder Einwohner solle bei Zahlung eines Abonnementspreises von einem Sou das Recht haben, monatlich zehn Bände zu entleihen.
»Das Volk«, sagte Monsieur Sacrement, »bemüht sich nur, wenn es um sein Vergnügen geht. Um seiner Bildung willen rührt es keinen Fuß. Darum muß die Bildung zu ihm kommen usw.«
Niemand nahm Notiz von diesen Aufsätzen. Er selbst richtete eine Anfrage an die verantwortliche Stelle. Man gab ihm zur Antwort, daß man sich der Angelegenheit annehmen werde. Er glaubte sich des Erfolges sicher und wartete. Nichts geschah.
Da entschloß er sich, persönlich Schritte zu unternehmen. Er suchte um eine Audienz beim Volksbildungsministerium nach und wurde von einem noch ganz jungen, aber schon sehr würdigen, ja gewichtigen Kabinettsattaché empfangen, der eine

Reihe kleiner weißer Knöpfe wie die Tasten eines Klaviers bediente, um die Pförtner, die im Vorzimmer Beschäftigten sowie die nachgeordneten Angestellten herbeizurufen. Er versicherte dem Bittsteller, daß seine Angelegenheit vorwärtsgehe, und gab ihm den Rat, seine bemerkenswerten Studien fortzusetzen.

Monsieur Sacrement stürzte sich erneut in die Arbeit.

Monsieur Rosselin, der Abgeordnete, schien jetzt sehr an seinem Erfolg interessiert zu sein und machte ihm ausgezeichnete praktische Vorschläge. Er selbst übrigens trug das Ordensbändchen der Legion im Knopfloch, ohne daß man eigentlich wußte, welche Verdienste ihm diese hohe Auszeichnung eingebracht hatten.

Er wies Sacrement auf neue Studiengebiete hin, er führte ihn in die gelehrten Gesellschaften ein, die sich mit der Lösung besonders schwieriger wissenschaftlicher Fragen befaßten, in der Absicht, zu ehrenvoller Anerkennung zu gelangen; ja, er versuchte sogar, ihm durch seine Fürsprache im Ministerium behilflich zu sein.

Eines Tages, als er zu seinem Freunde zum Essen kam – seit einigen Monaten speiste er oft im Hause –, flüsterte er ihm ganz leise zu und drückte ihm dabei die Hand: »Eben ist es mir gelungen, für Sie eine große Gunst zu erlangen. Der Ausschuß für geschichtliche Arbeiten überträgt Ihnen eine ehrenvolle Aufgabe. Es handelt sich um Nachforschungen, die in verschiedenen Bibliotheken Frankreichs durchzuführen sind.«

Sacrement war einer Ohnmacht nahe. Es schmeckte ihm weder Essen noch Trinken. Und acht Tage darauf ging er auf die Reise.

Er fuhr von Stadt zu Stadt, studierte die Kataloge der Bibliotheken, durchwühlte die Dachböden, die voller staubiger Schmöker steckten, und wurde der Schrecken der Bibliothekare.

Eines Abends – er befand sich gerade in Rouen – wandelte ihn der Wunsch an, rasch einmal seine Frau, die er seit einer Woche

nicht gesehen hatte, in die Arme zu schließen. Mit dem Neunuhrzug war er um Mitternacht daheim.
Den Schlüssel hatte er bei sich. Geräuschlos trat er ein, zitternd vor Freude und ganz glücklich, die Frau überraschen zu können.
Sie hatte sich eingeschlossen – ärgerlich! Er rief durch die Tür:

»Jeanne, ich bin es!«
Sie mußte große Angst haben; denn er hörte sie aus dem Bett springen und allein für sich sprechen wie im Traum. Dann lief sie nach dem Ankleidezimmer, öffnete es und schloß es wieder, durchquerte eiligen Schrittes barfuß mehrmals ihr Zimmer, daß die Möbel zitterten und das Geschirr darin klirrte.

Dann endlich fragte sie: »Bist du es wirklich, Alexandre?«
Er antwortete: »Aber ja, ich bin es, so öffne doch!«
Die Tür gab nach, seine Frau warf sich ihm an die Brust und stotterte: »Oh! Welcher Schrecken, welche Überraschung, welche Freude!«
Dann begann er sich auszukleiden, ganz methodisch, wie alles, was er tat. Von einem Stuhl nahm er seinen Überzieher, den er gewöhnt war im Vorzimmer aufzuhängen. Aber plötzlich hielt er überrascht inne. Im Knopfloch war ein rotes Bändchen!
Er stammelte. »Dieser... dieser... dieser Paletot trägt ein Ordensband!«
Mit einem Sprung stürzte seine Frau auf ihn zu und entriß seinen Händen das Kleidungsstück: »Nein... du täuschst dich... gib ihn her!«
Aber er hielt ihn an einem Ärmel fest, ließ ihn nicht los und wiederholte immer wieder in tiefster Verwirrung: »Wie?... Warum?... Erkläre mir!... Wem gehört der Paletot?... Das ist nicht der meinige, da er das Band der Ehrenlegion trägt.«
Sie strengte alle Kräfte an, ihm den Paletot zu entreißen, und stotterte verlegen: »Höre... hör doch... gib ihn mir... ich kann es dir nicht sagen... es ist ein Geheimnis... aber hör doch!«
Er erbleichte und wurde böse: »Ich will wissen, wie dieser Paletot hierherkommt. Das ist nicht mein Paletot!«
Da schrie sie ihm ins Gesicht: »Doch, schweig still, schwör mir... höre...: Du bist ausgezeichnet worden!«
Das wühlte ihn so bis ins tiefste Innere auf, daß er den Paletot fahren ließ und in einen Sessel sank.
»Ich bin... sagst du... ich bin... ausgezeichnet worden?«
»Ja... es ist noch ein Geheimnis, ein großes Geheimnis...«
Sie hatte das glorreiche Kleidungsstück in einen Schrank eingeschlossen und kehrte zu ihm zurück. Sie zitterte noch. Auch sie war blaß. Und dann sagte sie: »Ja, es ist ein neuer Überzieher, den ich dir habe machen lassen. Aber ich hatte geschworen, dir

nichts davon zu sagen. In spätestens einem Monat oder vielleicht in sechs Wochen wird es amtlich sein. Erst muß noch dein Forschungsauftrag erfüllt sein. Bei deiner Rückkehr solltest du es erfahren. Monsieur Rosselin hat es durchgesetzt...«

Sacrement, dem fast die Kräfte schwanden, stammelte: »Rosselin... ausgezeichnet... er hat mir eine Auszeichnung verschafft... mir... er... oh!...«

Er mußte ein Glas Wasser trinken.
Ein kleines, weißes Papier glitt zu Boden, das aus der Tasche des Paletots gefallen war. Sacrement raffte es auf, es war eine Visitenkarte. Er las: »Rosselin – Abgeordneter.«
»Hier siehst du es!« sagte seine Frau.
Und da kamen ihm die Tränen der Freude.
Acht Tage später gab das Amtsblatt kund, daß Monsieur Sacrement zum Ritter der Ehrenlegion ernannt worden sei, und zwar in Anbetracht ganz besonderer Verdienste.

HAUTOT VATER UND SOHN

I

Vor der Tür eines großen Hauses, das halb Bauernhaus, halb Herrenhaus, Sitz eines wohlhabenden Großbauern war, bellten und jaulten auf dem Hof die an den Apfelbäumen angelegten Hunde laut auf, als der Feldhüter und die Jungen mit den Jagdtaschen vorübergingen. Hautot der Vater und Hautot der Sohn, dazu Steuereinnehmer Monsieur Bermont und Notar Monsieur Mondaru stärkten sich in der weiten Küchenhalle noch mit einem kräftigen Frühstück, ehe sie aufbrachen, um die Jagd zu eröffnen.

Hautot war stolz auf seinen Besitz. Er prahlte sogar ein wenig, was die Gäste auf seinem Grund und Boden alles an jagdbarem Wild finden würden. Er war ein hoch aufgeschossener Normanne, ein bärenstarker, vollblütiger, starkknochiger Mann, der wohl mit seinen Schultern einen Ackerwagen ausheben konnte. Halb Bauer, halb Edelmann, reich, angesehen, von Einfluß, unabhängig, hatte er seinen Sohn bis zur Tertia die Schule besuchen, dann aber den Besuch abbrechen lassen, weil er fürchtete, ihn der Arbeit und dem Acker zu entfremden. César Hautot war fast ebenso groß wie sein Vater, nur schlanker. Er war ein guter Sohn, war fügsam, immer zufrieden und bewunderte seinen Vater. Was der Vater anordnete und sagte, das galt!

Der Steuereinnehmer Monsieur Bermont, ein kleiner, wohlbeleibter Mann, auf dessen Wangen sich feine Netze bläulicher Adern schlängelten, wie Flüsse sich mit ihren Nebenflüssen auf einer Landkarte abzeichnen, fragte: »Wie ist's mit Hasen – gibt es auch Hasen?«

Hautot Vater antwortete: »Soviel Sie wollen, hauptsächlich im Grund von Puysatier.«

»Wo fangen wir an?« fragte der Notar. Sein feistes, blasses Genießergesicht saß auf einem stattlichen Dickwanst. Ein funkelnagelneuer Jagdanzug, den er sich erst vor einer Woche in Rouen gekauft hatte, umschloß ihn.

»Selbstverständlich dort unten im Grund. Wir treiben da die Rebhühner heraus und machen uns dann über sie her.«
Hautot stand auf. Die anderen folgten. Sie griffen nach ihren Jagdgewehren, die in den Ecken lehnten, und prüften noch einmal die Hähne. Dann stampften sie mit den Füßen auf, um die harten, von der Körperwärme noch nicht genügend ge-

schmeidig gewordenen Stiefel einzutreten, und schließlich brachen sie auf. Die Hunde bäumten sich an den Leinen, jaulten wild und schlugen mit den Vorderpfoten in die Luft, ehe die Jagdgesellschaft sich in Bewegung setzte.
Man ging nach dem »Grunde«. Das war ein kleines Tal, oder

besser, eine tiefe Einbuchtung, die wegen ihres schlechten Erdreichs nicht bebaut wurde. Sie war von Sturzbächen durchfurcht, von Farnkraut überwuchert und bildete eine ausgezeichnete Zuflucht für Wild aller Art.
Die Jäger gingen in gehörigen Zwischenräumen vor, Hautot der Ältere am rechten Flügel, Hautot der Jüngere am linken, die beiden Gäste in der Mitte. Der Feldhüter und die beiden Burschen mit den Jagdtaschen folgten hinterdrein. Und nun war jeder aufs äußerste gespannt, wer zuerst zum Schuß kommen würde. Jedem schlug das Herz, jeder hatte den Finger abzugsbereit.

Da knallte es. Beim älteren Hautot war der Schuß gefallen. Alle verhielten den Schritt und sahen, daß sich aus einem Volk, das pfeilschnell davonschwirrte, ein Rebhuhn trennte und im dichten Gebüsch einer Schlucht verschwand.
Der vom Jagdeifer gepackte Mann lief schneller; er sprang, zerriß die Brombeerhecken, die ihm im Wege waren, und war im hohen Farn bald nicht mehr zu sehen.
Und schon rollte ein zweiter Schuß übers Feld.
»Oh, der Halunke«, schrie Monsieur Bermont, »jetzt hat er da unten noch einen Hasen aufgestöbert!«
Alle warteten und sahen gespannt nach dem Dickicht, das ihr Blick nicht durchdringen konnte.

Der Notar nahm die hohlen Hände vor den Mund und rief: »Haben Sie ihn erwischt?« Hautot der Ältere antwortete nicht. Da wandte sich César zum Feldhüter und sagte: »Joseph, geh ihm zur Hand! Wir müssen sehen, daß wir in einer Linie vorrücken. Wir warten hier solange.«
Joseph, ein bejahrter, hagerer, schwerfälliger Mann mit alterskrummen Gliedern, ging bedächtigen Schrittes hinab in die Schlucht. Vorsichtig wie ein streifender Fuchs suchte er in dem Gewirr gangbare Lücken. Plötzlich rief er: »Hallo, hierher, hierher, hierher! Ein Unglück!«
Alle liefen herzu und drangen in das Gebüsch ein. Da fanden sie

Hautot, auf die Seite gefallen, bewußtlos liegen. Beide Hände hielt er auf den Leib gepreßt. Durch den von der Kugel durchbohrten Rock rann unaufhaltsam das Blut hinab ins Gras. Als er das getroffene Rebhuhn ergreifen wollte, war ihm die Waffe entglitten. Beim Aufschlagen hatte sich der zweite Schuß gelöst und ihm den Leib aufgerissen. Man zog ihn aus der Schlucht empor und entkleidete ihn. Da zeigte sich, daß die Verletzung sehr schwer war. Die Eingeweide traten heraus. Man legte, so gut es ging, einen Verband an und brachte den Bewußtlosen in seine Wohnung. Man schickte nach dem Arzt und nach dem Priester.

Der Arzt untersuchte die Wunde, dann schüttelte er bedenklich den Kopf und wandte sich dem Sohne zu, der auf einem Stuhl saß und schluchzte.
»Armer Junge«, sagte er, »das geht nicht gut!«
Als der Arzt einen neuen Verband angelegt hatte, bewegte der Verwundete die Finger. Dann öffnete er den Mund, schlug die Augen auf, sah erschreckt und verstört vor sich hin und schien in seinem Gedächtnis zu kramen, bis ihm die Erinnerung kam und er seine Lage begriff. Da murmelte er: »Heiliges Kanonenrohr, mit mir ist's aus!«
Der Arzt hatte seine Hand ergriffen.

»Aber nein doch, nein doch, ein paar Tage Ruhe, und es wird schon wieder gut werden!«
Aber Hautot wehrte ab: »Es ist zu Ende. Mein Leib ist zerfetzt. Ich weiß es.«
Dann sagte er plötzlich: »Ich habe mit meinem Sohn zu sprechen, hoffentlich reicht meine Zeit noch.«
Der Sohn jammerte vor sich hin, immer wieder, wie ein kleiner Junge: »Papa, Papa, armer Papa!«
Aber der Vater verwies es ihm: »Hör auf, flenne nicht, dazu ist keine Zeit, ich habe dir was zu sagen. Setz dich hier dicht ran, es dauert nicht lange. Aber wenn ich's hinter mir habe, kann ich ruhig sterben. Ihr andern, laßt uns bitte eine Minute allein!«
Sie singen alle hinaus. Sohn und Vater waren unter sich.
Da sagte der Vater: »Höre, mein Junge, du bist jetzt vierundzwanzig, und man kann schon ein vernünftiges Wort mit dir reden, und außerdem ist die ganze Sache gar nicht so geheimnisvoll, wie wir immer tun. Du weißt, daß deine Mutter vor sieben Jahren gestorben ist, nicht wahr, und daß ich erst fünfundvierzig Jahre alt bin. Mit neunzehn habe ich geheiratet, nicht wahr?«
Der Sohn stammelte: »Ja, das ist wahr.«
»Also deine Mutter ist vor sieben Jahren gestorben, und ich war Witwer. Nun siehst du, ein Mann wie ich kann mit siebenunddreißig Jahren nicht Witwer bleiben, siehst du das ein?«
Der Sohn erwiderte: »Ja, das ist wahr.«
Der Vater keuchte. Das verzerrte Antlitz war leichenblaß, und er fuhr fort: »Gott, ist mir schlecht! – Na, du weißt ja –! Der Mensch soll nicht allein sein! Aber ich wollte keine neue Bäuerin ins Haus bringen, weil ich's deiner Mutter versprochen hatte. Also... verstehst du?«
»Ja, Papa.«
»Also habe ich mir eine kleine Frau in Rouen gesucht, Rue de l'Éperlan 18, im dritten Stock, zweite Tür. Merk dir's genau, damit du's nicht wieder vergißt! Es ist eine kleine Frau, die im-

mer lieb zu mir gewesen ist und nur mich hatte. Sie hatte mich lieb wie eine wahre Frau. Verstehst du, Junge?«

»Ja, Papa.«

»Wenn ich nun abfahre, bleibe ich ihr viel schuldig, und sie muß so gestellt werden, daß sie davon leben kann. Verstehst du?«

»Ja, Papa.«

»Ich versichere dir, es ist ein braves Mädchen. Ohne dich und ohne die Erinnerung an deine Mutter und die Zeit, die wir hier zu dritt verlebt haben, hätte ich sie ins Haus genommen und geheiratet, darauf kannst du dich verlassen! Nun... hör zu... Junge... ich hätte ja 'n Testament machen können... Ich habe keins gemacht!... So was soll man nicht aufschreiben... solche Dinge... das ist immer verdrießlich für die Erben... es gibt 'n Durcheinander... Das richtet in der ganzen Welt nichts als Schaden an! Glaub mir's, ein Papier mit einem Stempel drauf ist nie nötig. Laß die Finger davon! Wenn ich's zu was gebracht habe, ist's darum, weil ich mein ganzes Leben lang darauf gepfiffen habe. Verstehst du, Junge?«

»Ja, Papa.«

»Also paß auf... hör gut zu...! Darum habe ich kein Testament gemacht... Ich wollte es nicht... und ich kenne dich! Du hast ein gutes Herz und bist kein Knicker – knauserst nicht. Da habe ich mir gesagt: Wenn es einmal mit mir soweit ist, dann werde ich dir sagen, was zu sagen ist, und dich bitten, die Kleine nicht zu vergessen – Caroline Donet, Rue de l'Éperlan 18, dritter Stock, zweite Tür, vergiß es nicht! – Und höre weiter! Geh sofort, wenn's mit mir vorbei ist – und ordne die Sache so, daß sie sich nicht beklagen kann, ich hätte sie vergessen! – Du hast es dazu. Du kannst es – ich hinterlasse genug... Hör weiter... Fast die ganze Woche ist sie nicht zu Hause. Sie steht in Arbeit bei Madame Moreau, Rue Beauvoisin. Du mußt sie am Donnerstag besuchen. Das ist der Tag, an dem sie mich erwartet. Seit sechs Jahren ist das mein Besuchstag. Die arme

Kleine, sie wird sehr weinen!... Ich rede so mit dir, mein Junge, weil ich dich kenne. So was erzählt man nicht aller Welt, auch nicht dem Notar und nicht dem Priester. Das ist nun mal so. Alle Welt weiß es, aber kein Mensch spricht darüber, wenn es nicht sein muß. Darum braucht auch kein Mensch etwas davon zu wissen, außer der Familie; aber die Familie gehört zusammen. Verstehst du?«

»Ja, Papa.«

»Versprichst du mir's?«

»Ja, Papa.«

»Schwörst du?«

»Ja, Papa.«

»Ich bitte dich drum, ich bitte dich sehr, mein Sohn, vergiß es nicht! Es liegt mir am Herzen!«
»Nein, Papa.«
»Und du gehst selber. Ich möchte, daß du selber nachsiehst.«
»Ja, Papa.«
»Dann... wirst du ja hören... wirst du hören... was sie dir noch sagt. Das ist ihre Sache... Also du hast geschworen?«
»Ja, Papa.«
»Gut, mein Sohn! Gib mir den Abschiedskuß. Leb wohl! Mit mir ist's aus, bestimmt aus. Laß die andern hereinkommen!«
Der Sohn seufzte schmerzlich auf und küßte den Vater. Dann öffnete er die Tür, wie ihm geheißen. Der Priester trat ein, im weißen Chorhemd und mit den heiligen Sakramenten.
Aber der Sterbende hatte die Augen geschlossen. Er öffnete sie auch nicht wieder, er antwortete auf keine Frage, er gab nicht das geringste Zeichen, daß er noch etwas höre.
Dieser Mann hatte gesagt, was zu sagen war, nun mochte er nicht mehr. Sein Herz war beruhigt, nun wollte er in Frieden sterben. Wie sollte er noch danach verlangen, dem Geistlichen zu beichten, nachdem er dem Sohn gebeichtet hatte, der Familie!
Er wurde losgesprochen von seinen Sünden und im Kreis seiner Freunde und seiner Leute, die vor dem Lager knieten, mit den Sterbesakramenten versehen, ohne daß sein Antlitz noch ein Lebenszeichen verriet.
Gegen Mitternacht starb er, nach einem Todeskampf, der mit allen Anzeichen schmerzhaften Leidens vier volle Stunden gedauert hatte.

II

Am Sonntag war die Jagd eröffnet worden, am Dienstag setzte man den Toten bei. Als César Hautot seinen Vater begraben hatte und wieder zu Hause war, gab er sich zunächst den

schmerzvollsten Tränen hin. In der Nacht fand er kaum Schlaf, und als er wieder aufstand, war er so niedergeschlagen, daß er sich fragte, wie er das Leben überhaupt weiter ertragen sollte.
Den ganzen Tag ging ihm durch den Kopf, daß er den Letzten Willen seines Vaters erfüllen und am Donnerstag in Rouen Caroline Donet aufsuchen müsse. Rue de l'Éperlan 18, dritter Stock, zweite Tür. Wie man ein Gebet vor sich hin murmelt, so sprach er Namen und Wohnung unzählige Male vor sich hin, und zuletzt plapperte er sie unaufhörlich und ganz gedankenlos daher, weil nichts anderes ihn beschäftigte.
Am anderen Morgen ließ er »Graindorge« vor den Tilbury spannen, und in weitausgreifendem Trab rollte er auf der Landstraße von Ainville nach Rouen. Er hatte den schwarzen Gehrock angelegt, den Zylinder auf dem Kopf und trug die Hosen mit Stegen. Auf die blaue Bluse hatte er verzichtet, die sich bei der Fahrt immer weit im Winde bläht, die guten Kleider gegen Staub und Schmutz schützt und die man dann nach der Ankunft schnell ablegt, sobald man vom Wagen gesprungen ist. Als es zehn Uhr schlug, traf er in Rouen ein und spannte wie immer im Hôtel des Bons-Enfants, Rue des Trois-Mares, aus.
Er ließ die Beileidsbezeigungen des Wirtes, der Wirtin und ihrer fünf Söhne über sich ergehen, denn man hatte von dem Unglück gehört und mußte später genau über den Unglücksfall berichten. Da kamen ihm wieder die Tränen, und alle waren sofort sehr beflissen, ihm beizustehen; aber er lehnte alles ab, sogar das Frühstück, was die guten Leute geradezu verdroß. Sorgfältig wischte er den Staub vom Hut, bürstete den Rock aus, rieb die Stiefel blank und machte sich auf, um die Rue de l'Éperlan zu suchen. Er wagte nicht, nach dem Wege zu fragen, weil er fürchtete, man erkenne ihn und er käme in falschen Verdacht.
Natürlich fand er sich nicht zurecht. Da sah er einen Priester. In

die Verschwiegenheit der Kirchenmänner setzte er Vertrauen, und so fragte er ihn.
Er hatte nur noch hundert Schritt zu gehen, gleich die zweite Straße rechter Hand war es.
Da zögerte er. Bis jetzt war er blindlings dem Willen des Toten gefolgt. Jetzt kränkte, verwirrte und demütigte ihn der Gedan-

ke, der Frau gegenüberzutreten, die die Geliebte seines Vaters gewesen war. Die Moral, die im Menschen schlummert, die angesammelten Lehren jahrhundertelanger Überlieferungen, die in uns stecken, alles, was der junge Mann seit dem ersten Katechismusunterricht über solche Weiber gehört hatte, die einen anrüchigen Lebenswandel führen, die instinktmäßige Verachtung, mit der ihnen jeder Mann begegnete, selbst wenn er ein solches Geschöpf heiratet, die ganze engherzige Ehrenhaftigkeit eines unerfahrenen Bauerngemüts – alles das empörte sich in ihm, hemmte seine Schritte und trieb ihm die Schamröte ins Gesicht. Aber er dachte: ›Ich habe es dem Vater versprochen, ich muß es tun.‹ Schon stieß er die halbgeöffnete Tür des Hauses Nummer achtzehn auf, sah eine dunkle Treppe und stieg die drei Stockwerke empor. Dort war eine Tür, dann eine zweite. Er fand eine Klingelschnur und zog daran.

Das Scheppern, das sich im Zimmer hören ließ, ging ihm durch und durch. Die Tür tat sich auf, und er fand sich einer jungen, sehr gut angezogenen Dame gegenüber. Sie war brünett, von frischer Gesichtsfarbe und sah ihn erstaunt an.

Er wußte nicht, was er sagen sollte, und sie, die nichtsahnend einen andern erwartete, forderte ihn nicht auf einzutreten. So standen die beiden wortlos wohl eine halbe Minute.

Schließlich fragte sie: »Sie wünschen, Monsieur?«

Er sagte leise: »Ich bin der Sohn von Hautot.«

Sie schrak zusammen, wurde blaß und sprach befangen, aber so, als ob er ihr schon längst bekannt wäre: »Monsieur César?«

»Ja.«

»Und was ist?«

»Ich habe etwas auszurichten von meinem Vater.«

Ihren Lippen entfuhr ein »O mein Gott«, und sie trat zurück, um ihn einzulassen. Er folgte und zog die Tür zu.

Auf dem Fußboden vorm Ofen, über dem der Dampf warmgehaltener Speisen sich kräuselte, saß ein kleiner Junge von vier bis fünf Jahren und spielte mit einer Katze.

»Bitte, nehmen Sie Platz«, sagte sie.

Er setzte sich.

Sie fragte: »Und was führt Sie her?«

Seine Augen waren auf den Tisch in der Mitte des Zimmers gerichtet, auf dem für zwei Erwachsene und ein Kind gedeckt war. Dann sah er den Stuhl, der mit der Lehne zum Feuer stand, den Teller, die Serviette, die Gläser, eine angebrochene Flasche Rotwein und eine noch nicht entkorkte Flasche Weißwein. Dort, mit dem Rücken zum Ofen, war der Platz seines Vaters! Der Vater wurde erwartet. Neben der Gabel lag für ihn das Brot bereit; seiner schlechten Zähne wegen war die Rinde schon abgeschnitten. Als César die Augen hob, gewahrte er an der Wand das Bild des Vaters, es war die große Photographie, die er zu Paris auf der großen Ausstellung hatte anfertigen lassen, die gleiche, die im Schlafzimmer zu Ainville über dem Bett hing.

Die junge Frau fragte noch einmal: »Also, was gibt es, Monsieur César?«

Er sah sie an. Sie war vor Angst kreidebleich und wartete; ihre Hände zitterten.

Endlich fand er Worte.

»Ja... Mam'zelle, am Sonntag ist Papa gestorben, als er bei uns die Jagd eröffnete.«

Das traf sie wie ein Blitz aus heiterem Himmel. Sie saß völlig starr vor Schreck. Erst nach Minuten ratlosen Schweigens sagte sie ganz leise: »Oh, das ist doch nicht möglich!«

Dann schossen ihr plötzlich die Tränen in die Augen. Sie hob die Hände, bedeckte ihr Gesicht und begann fassungslos zu schluchzen. Da hob der Kleine den Kopf, und als er sah, daß die Mutter weinte, heulte auch er los. Weil er fühlte, daß ihr Kummer von dem fremden Manne herkam, stürzte er auf César los, zog mit einer Hand seine Hose straff und patschte ihm mit aller Kraft auf den Hosenboden. Ergriffen fand César sich zwischen der Frau, die um seinen Vater weinte, und dem Kinde, das hier die Mutter verteidigte. Als auch ihn die Rührung zu übermannen drohte und die Augen feucht werden wollten, fing er an zu sprechen, um sich wieder zu fassen.

»Ja«, sagte er, »am Sonntag früh, in der achten Stunde ist das Unglück geschehen.« Und nun erzählte er mit der Genauigkeit

von Bauern die geringsten Einzelheiten und ließ nichts aus, wie wenn er die aufmerksamsten Zuhörer hätte. Der Kleine schlug immer noch auf ihn ein und stieß ihm jetzt sogar mit den Füßen gegen die Knöchel.
Als César dahin kam, wo der Vater von ihr gesprochen hatte, hörte sie ihren Namen, nahm die Hände vom Gesicht und fragte: »Entschuldigen Sie, ich habe nicht zugehört, und ich

möchte doch alles ganz genau wissen... Wäre es Ihnen zuviel, es mir noch einmal zu erzählen?«
Und er fing noch einmal an: »Am Sonntag früh, in der achten Stunde, ist das Unglück geschehen...«
Alles berichtete er umständlich, mit Pausen, Einzelheiten und flocht dann und wann auch Gedanken ein, die er sich darüber gemacht hatte. Sie hörte begierig zu, begriff mit der Feinfühligkeit einer Frau alle Andeutungen, die er machte, zitterte vor Entsetzen und ließ nur von Zeit zu Zeit ein »Oh, mein Gott!«

hören. Der Kleine glaubte wohl, daß sie beruhigt sei. Er schlug nicht mehr auf César ein, hatte die Hand der Mutter ergriffen und hörte zu, als ob er Verständnis hätte für das, was gesprochen wurde.

Als der junge Hautot seine Erzählung beendet hatte, fügte er hinzu: »Nun müssen wir uns miteinander verständigen, so wie es sein Wunsch war. Ich möchte Ihnen sagen, daß ich gut gestellt bin, er hat mir genügend hinterlassen. Und nun will ich auf keinen Fall, daß Sie sich zu beklagen hätten...«

Da unterbrach sie lebhaft: »Oh, Monsieur César, Monsieur César, nicht heute! Mein Schmerz ist zu groß... Ein andermal, an einem andern Tag... Nur heute nicht... Und wenn ich darauf eingehe, verstehen Sie... ist es nicht meinetwegen... nein, nein, nein, das schwöre ich Ihnen! Es ist für den Kleinen, und ich werde es für ihn sicherstellen.«

Da war César bestürzt, eine Ahnung ging ihm auf, und er stammelte: »Dann... ist er von ihm, der Kleine?«

»Ja, freilich«, sagte sie.

Von einer ungewissen, tiefen, quälenden Regung ergriffen, ließ der junge Hautot seine Augen auf dem Bruder ruhen.

Von neuem flossen der jungen Frau die Tränen. César fühlte sich unbehaglich, und nach langer Pause sagte er: »Also dann, Mam'zelle Donet, gehe ich wieder. Wann werden wir von der Sache sprechen können?«

Sie rief: »O nein, gehen Sie nicht, gehen Sie nicht, lassen Sie mich jetzt nicht ganz allein mit Émile! Ich sterbe vor Kummer. Nun habe ich niemanden mehr, niemanden als meinen Kleinen. Ach! Das Unglück, das Unglück, Monsieur César! Kommen Sie, bleiben Sie sitzen! Sie müssen mir noch mehr erzählen! Sie müssen mir erzählen, wie er die ganze Woche über da draußen gelebt hat!«

César setzte sich wieder, er war gewöhnt zu gehorchen.

Sie rückte noch einen Stuhl für sich vor den Ofen, wo immer noch das Essen dampfte, nahm Émile auf den Schoß und fragte

nach tausend Dingen über seinen Vater, nach ganz persönlichen Dingen, woraus zu erkennen war und woran auch César sofort spürte, daß sie Hautot mit der vollen Hingabe ihres kleinen Frauenherzens geliebt hatte.
Und es ergab sich ganz natürlich, daß er wieder auf das Unglück zu sprechen kam, und er erzählte es ihr noch einmal mit genau denselben Einzelheiten.
Als er wieder sagte: »Im Leibe hatte er ein Loch, daß man zwei

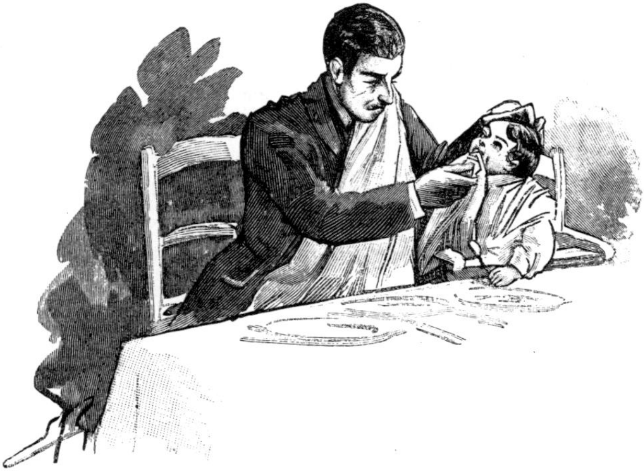

Fäuste hineinlegen konnte«, schrie sie auf, und wieder stürzten ihr die Tränen aus den Augen. Das steckte César an, und er weinte mit ihr zusammen, und da Tränen immer an die Herzen rühren, beugte er sich nieder zu Émile, dessen Stirn er mit dem Munde erreichen konnte, und küßte ihn.
Die Mutter faßte sich wieder und flüsterte: »Armer Junge, nun bist du ein Waise!«
»Und ich nicht auch?« sagte César.
Darauf schwiegen sie. Aber plötzlich wurde der praktische Sinn der Hausfrau wach, der gewöhnt ist, an alles zu denken.

»Sie haben sicher seit heute früh noch nichts wieder gegessen, Monsieur César?«
»Nein, Mam'zelle.«
»Oh, Sie müssen einen Hunger haben! Kommen Sie, essen Sie einen Bissen mit uns!«
»Vielen Dank«, sagte er, »aber ich habe keinen Hunger, ich bin zu aufgeregt.«
Sie erwiderte: »Mag sein, aber leben muß man, Sie dürfen es mir nicht abschlagen! Und dann müssen Sie noch etwas bleiben. Wenn Sie wieder weg sind, weiß ich nicht, wie ich mich mit dem Unglück abfinden soll!«
Nach einigem Widerstreben gab er nach. Er setzte sich ihr gegenüber, mit dem Rücken zum Ofen, und aß einen Teller von den sauren Flecken, die auf dem Ofen brodelten, und trank dazu ein Glas Rotwein. Aber er ließ nicht zu, daß sie den Weißwein entkorkte. Ein paarmal wischte er dem Kleinen den Mund, wenn er sich das Kinn beschmiert hatte.
Als er aufstand, um zu gehen, fragte er: »Wann soll ich nun wiederkommen, damit wir unsre Sache besprechen können?«
»Wenn es Ihnen recht ist, Monsieur César, nächsten Donnerstag. Dann verliere ich keine Arbeitszeit. Am Donnerstag habe ich immer frei!«
»Ist mir recht, nächsten Donnerstag.«
»Sie kommen zum Essen, nicht wahr?«
»Nun, was das anbetrifft, da kann ich noch nicht fest zusagen.«
»Aber es spricht sich besser beim Essen. Man hat dann auch mehr Zeit.«
»Na gut, meinetwegen, zu Mittag also!«
Er küßte noch einmal den kleinen Émile, drückte Mademoiselle Donet die Hand und ging.

III

Die Woche wurde César recht lang. Noch nie war er allein gewesen, und nun wurde ihm die Einsamkeit fast unerträglich. Bisher hatte er neben dem Vater wie sein Schatten gelebt. Mit ihm war er über die Felder gegangen, mit ihm hatte er darüber gewacht, daß alle seine Anordnungen ausgeführt wurden, und wenn er ihn einmal auf kurze Zeit verließ, dann fand man sich zum Essen wieder zusammen. Am Abend schmauchten sie beide ihr Pfeifchen Tabak und sprachen über Pferde, Kühe und Schafe, und wenn sie sich am Morgen zum Beginn des Tages die Hand reichten, dann lag darin der Ausdruck allerengster Verbundenheit.

Und nun war César allein. Er lief über die Felder und sah nach den Erntearbeiten. Immer war ihm, wie wenn im Hintergrund einer Ackerbreite die hohe Gestalt des Vaters auftauchen müsse, so, wie er mit weitausholenden Armen den Arbeitern ihre Arbeit anwies. Nur um die Zeit hinzubringen, besuchte er seine

Nachbarn und erzählte allen, die es noch nicht wußten, wie sich das Unglück zugetragen hatte, und denen, die es schon wußten, erzählte er es noch einmal. Und als er nichts weiter anzufangen wußte, setzte er sich an einen Wegrain und fragte sich, ob er ein solches Leben lange aushalten würde. Oft dachte er dabei an Mademoiselle Donet. Sie hatte ihm gefallen. Er hatte sie prächtig gefunden. Es war ein freundliches und ordentliches Mädchen, genau wie der Vater gesagt hatte, wirklich ein sehr ordentliches Mädchen. Er kam zu dem Entschluß, die Angelegenheit mit ihr nicht kleinlich zu regeln, ihr zweitausend Franken Rente auszusetzen und dem Kinde das Kapital sicherzustellen. Er freute sich schon darauf, sie am Donnerstag wiederzusehen und alles mit ihr ins reine zu bringen. Nur der Gedanke an den Bruder, an den kleinen Kerl von fünf Jahren, diesen Sohn seines eigenen Vaters, bereitete ihm Kopfzerbrechen. Der Kleine war ihm unbehaglich, und doch machte er ihm zugleich das Herz warm. Dieser Knirps gehörte zur Familie und würde doch niemals den Namen Hautot tragen, war ein Angehöriger der Familie, den er anerkennen oder verleugnen konnte, wie er wollte. Aber immer würde er ihn an seinen Vater erinnern!

Als ihm am Donnerstagmorgen der gleichmäßige Trab von »Graindorge« auf der Straße nach Rouen dahinführte, fühlte er sich jedenfalls froher und leichter ums Herz als je seit dem Unfall des Vaters.

Bei Mademoiselle Donet war der Tisch gedeckt, wie am Donnerstag vorher, nur daß vom Brot nicht die Rinde abgeschnitten war.

Er gab der jungen Frau die Hand, küßte Émile auf die Wangen und setzte sich, fast wie wenn er zu Hause wäre. Nun war ihm das Herz noch ein wenig schwer. Mademoiselle erschien ihm etwas magerer und etwas blaß. Sie hatte wohl viel geweint. Auch sie schien jetzt ein wenig benommen zu sein, wie wenn ihr erst zum Bewußtsein käme, was sie vor acht Tagen im ersten

Schrecken noch gar nicht bemerkt hatte, und sie begegnete César mit so betonter Achtung, so wehmütiger Bescheidenheit und rührender Fürsorge, wie wenn sie ihm mit Aufmerksamkeit und Ergebenheit die Güte vergelten wollte, die er ihr erwies. Die Mahlzeit wurde lange ausgedehnt, denn sie verhandelten über die Sache, die sie hier zusammengeführt hatte. Sie wollte nicht so viel Geld haben. Es war zuviel, viel zuviel. Sie verdiente genug zum Leben. Sie wollte nur, daß Émile ein paar Sous zur Verfügung hätte, wenn er groß sei. Aber César blieb fest und legte noch tausend Franken dazu, für die Trauerkleidung.

Als er Kaffee getrunken hatte, fragte sie: »Sie rauchen?«

»Ja... ich habe meine Pfeife mit.«

Er faßte in seine Tasche. Heiliges Kreuz – er hatte sie vergessen! Schon wollte er sich darüber kränken, da langte sie aus dem Wandschränkchen eine Pfeife seines Vaters und bot sie ihm an. Er war einverstanden, nahm sie in die Hand, erkannte sie, roch an ihr, rühmte mit bewegter Stimme, wie gut sie sei, stopfte sie und setzte sie in Brand. Dann nahm er Émile auf das Knie und ließ ihn reiten, während sie abdeckte und das gebrauchte Geschirr unten in der Anrichte verstaute, um es aufzuwaschen, wenn er gegangen wäre.

Gegen drei Uhr erhob er sich mit Bedauern von seinem Stuhl. Es tat ihm wirklich leid, daß er schon aufbrechen mußte.

»Ja, Mam'zelle Donet«, sagte er, »da sage ich nun Lebewohl. Hat mich gefreut, Sie kennengelernt zu haben.«

Sie stand vor ihm, errötend, innerlich ergriffen, sah ihn an und dachte dabei an den andern.

»Werden Sie wiederkommen?« fragte sie.

Er sagte nichts als: »Ja, Mam'zelle – wenn es Ihnen angenehm ist.«

»Aber gewiß, Monsieur César. Also nächsten Donnerstag, wird Ihnen das passen?«

»Ja, Mam'zelle Donet.«

»Zum Essen, nicht wahr?«

»Aber... nun, wenn Sie wollen, ich sage nicht nein.«

»Also abgemacht, Monsieur César, nächsten Donnerstag, zu Mittag, wie heute!«

»Donnerstag mittag, Mam'zelle Donet!«

AUF DIE PROBE GESTELLT

I

Die Bondels führten eigentlich eine ganz gute Ehe, wenn es auch von Zeit zu Zeit etwas kriegerisch zuging. Sie stritten sich oft um die nichtigsten Dinge; aber dann schlossen sie auch wieder Frieden. Bondel hatte so viel Vermögen zusammengebracht, daß es für bescheidene Ansprüche genügte, und hatte sich dann vom Geschäft zurückgezogen. In Saint-Germain mietete er ein Häuschen mit Garten, und hier, abgeschieden von aller Welt, lebte er mit seiner Frau.

Er war ein ruhiger, gesetzter Mann, nicht voreilig im Denken. Aber er kannte sich in der Welt aus, las ernst zu nehmende Zeitschriften und wußte geistreichen gallischen Witz zu schätzen. Er verfügte über Vernunft, konnte nachdenken und hatte soviel gesunden Menschenverstand wie jeder regsame französische Bürger. Unnötige Gedanken machte er sich nicht, überlegte aber genau und traf nicht eher eine Entscheidung, als bis er überzeugt war, alles bis aufs letzte erwogen zu haben.

Er war von mittlerer Statur, schon leicht ergraut; sein Gesicht sah fast vornehm aus.

Die Frau hatte viele vorzügliche Eigenschaften, aber natürlich auch ihre Fehler. Sie war aufbrausend, unbeherrscht bis zur Rücksichtslosigkeit, halsstarrig und äußerst nachtragend. In jungen Jahren war sie eine Schönheit gewesen; jetzt neigte sie ein wenig zur Fülle und war etwas robust. Für ihre Nachbarschaft in Saint-Germain war sie eine schöne Frau, die vor Gesundheit strotzte, aber Haare auf den Zähnen hatte.

Gewöhnlich schon beim Frühstück begannen mit einer belanglosen Meinungsverschiedenheit die Sticheleien; aber dann hielt der Groll an bis zum Abend, oft bis zum anderen Tage. In dem engen Dasein bekamen die geringsten Dinge ein großes Gewicht. Jede Unterhaltung gab Anlaß zu Streit. Früher war es anders gewesen, als ihr Geschäft sie noch in Anspruch nahm und ihre Sorgen vereinte, ihre Herzen gleichschlagen ließ und beide mit dem Netz gemeinsamer Interessen umstrickte und festhielt.

Aber in Saint-Germain kam man wenig unter Leute. Man hatte erst neue Bekanntschaften anknüpfen müssen und war ohne ernsthafte Beschäftigung. Nun waren beide von der Eintönigkeit ihres Daseins verbittert. Das stille Glück, auf das sie gehofft, auf das sie gewartet hatten, wollte sich nicht einstellen.

An einem Junimorgen hatten sie sich kaum an den Tisch gesetzt, da fragte Bondel: »Kennst du die Leute in dem kleinen roten Haus am Ende der Rue de Berceau?«

Madame Bondel mußte mit dem linken Bein zuerst aufgestanden sein; sie antwortete: »Ja und nein. Ich kenne sie; aber ich lege keinen Wert darauf, mit ihnen bekannt zu werden.«

»Warum denn? Sie machen doch einen sehr guten Eindruck!«

»Weil...«

»Ich habe auf der Terrasse heute den Mann getroffen, und wir sind ein paarmal auf und ab gegangen.«

Bondel spürte, daß etwas in der Luft lag, und fuhr fort: »Das heißt, er kam auf mich zu und sprach mich an.«

Die Frau sah ihn stirnrunzelnd an und meinte: »Du hättest vernünftiger getan, ihm aus dem Weg zu gehen.«

»Aber warum?«

»Weil über die Leute geredet wird.«

»Was wird geredet?«

»Was wird geredet! Mein Gott! Wie eben so über Leute geredet wird!«

Monsieur Bondel beging den Fehler, etwas vorschnell in seiner Antwort zu sein: »Meine Liebe, du weißt, daß ich Klatsch nicht vertragen kann! Klatsch reicht hin, mir Leute von vornherein

zu empfehlen. Und was diese hier im besonderen betrifft, so finde ich sie ganz prächtig!«
Sie wurde böse und fragte: »So – die Frau auch?«
»Mein Gott, ja, die Frau auch, obwohl ich sie kaum zu Gesicht bekommen habe.«
Der Streit ging weiter; allmählich wurde er giftig; man verbohrte sich in die Sache, weil man nichts anderes fand. Madame Bondel dachte gar nicht daran zu verraten, was über die Nachbarn geklatscht wurde; sie ließ häßliche Dinge durchblicken, sagte aber nichts Bestimmtes. Bondel zuckte die Achseln und lachte. Seine Frau lief rot an. Schließlich schleuderte sie ihm ins Gesicht. »Nun denn – dieser Monsieur hat sich Hörner aufsetzen lassen!«
Der Ehemann erwiderte mit größter Seelenruhe: »Ich sehe nicht ein, was das mit der Ehrenhaftigkeit eines Mannes zu tun haben soll.«
»Wie, du siehst nicht... das siehst du nicht?... Das ist die Höhe, wahrhaftig! Das siehst du nicht? Es ist ein öffentlicher Skandal! Der Hahnrei ist ein für allemal erledigt!«
Er erwiderte: »Nicht im mindesten! Er ist betrogen worden, er ist verraten, ist bestohlen worden. Und das soll seine Ehre antasten? Was die Frau anbetrifft, gebe ich dir recht, aber der Mann? Nein!«
Sie geriet in Weißglut: »Er so gut wie sie! Die Leute sind unmöglich! Der Skandal ist zu groß!«
Bondel blieb ruhig und sagte: »Zunächst wäre einmal zu fragen: Ist es überhaupt wahr? Wer will eine solche Behauptung beweisen, wenn er nicht mit eigenen Augen dabeigewesen ist?«
Madame Bondel hielt es kaum noch auf ihrem Stuhl. »Wie? Wer das beweisen kann? Alle Welt, alle Welt! So etwas sieht man mit geschlossenen Augen! Alle Welt weiß es; die Spatzen pfeifen es von den Dächern. Es gibt keinen Zweifel. Es ist so sicher wie das Amen in der Kirche!«
Er lachte auf: »Die Menschen haben auch lange todsicher ge-

glaubt, daß sich die Sonne um die Erde drehe. Sie haben tausend andere nicht weniger sichere Behauptungen aufgestellt – und alle waren falsch! Dieser Mann vergöttert seine Frau. Er spricht von ihr mit größter Liebe und Verehrung. Es ist nicht wahr!«
Sie stampfte mit dem Fuß auf. Ihre Worte überstürzten sich: »Und dabei weiß der Mensch, wie's um ihn bestellt ist, dieser Dummkopf, dieser blöde, arme Irre!«
Bondel ließ sich nicht aufregen; er wollte seine Frau überzeugen: »Entschuldige, der Mann ist nicht dumm! Es macht eher

den Eindruck, daß er nicht auf den Kopf gefallen ist und seine Augen offenhält. Und du willst mir einreden, daß ein kluger Mann nicht wüßte, was in seinem Hause vorgeht, wenn die Nachbarn, die nicht mit im Hause wohnen, einen Fehltritt bis in alle Einzelheiten kennen wollen; denn selbstverständlich wissen sie alles haargenau.«
Madame Bondel brach in ein so unbändiges Gelächter aus, daß es ihrem Manne nun doch auf die Nerven ging: »Hahaha! Einer

wie der andre, einer wie der andre! Ob in der ganzen Welt wohl ein einziger zu finden wäre, der so etwas merkt, wenn man ihn nicht gleich mit der Nase draufdrückt!«

Der Streit ging weiter, ohne daß man noch daran dachte, womit er angefangen hatte. Sie schwor steif und fest, betrogene Ehemänner seien mit Blindheit geschlagen, er bestritt es, und sie vertrat ihre Behauptung schließlich mit einer Miene so starker innerlicher Beteiligung und tiefer Verachtung, daß er auch in Zorn geriet.

So wuchs sich der Streit zu einem wütenden Zank aus. Sie ergriff Partei für die Frauen, er verteidigte die Männer.

Zuletzt verstieg er sich dazu zu erklären: »Nun, laß gut sein! Das schwöre ich dir: Wenn du mich betrogen hättest – ich hätte es gemerkt, und zwar sofort! Und ich hätte dir den Appetit daran verdorben, und zwar so gründlich, daß du keinen Arzt mehr gebraucht hättest!«

Da ging sie in die Höhe und schrie ihn an: »Du? ... Du? ... Du bist genauso ein Idiot wie alle anderen, das kannst du mir glauben!« Er widersprach noch einmal: »Ich sage dir aber: Nein!«

Da brach sie in ein Gelächter aus, so maßlos, daß ihm fast das Herz stehenblieb und ein Schauer seine Haut überrieselte.

II

Als Bondel allein war, wurde ihm unbehaglich zumute. Das unverschämte, herausfordernde Lachen hatte ihn getroffen wie der Stich einer giftigen Fliege. Zuerst spürt man ihn gar nicht; aber bald fängt er an zu brennen und wird unerträglich. Bondel ging hinaus ins Freie, lief blindlings drauflos und grübelte. Das zurückgezogene Leben, das er hier geführt hatte, ließ ihn auf trübe Gedanken kommen und alles schwarz sehen. Da stand plötzlich der Nachbar vor ihm, den er am Morgen gesprochen hatte. Sie drückten sich kameradschaftlich die Hände und kamen ins Plaudern. Sie redeten über dies und über das, und dann

kamen sie auch auf ihre Frauen. Einer wie der andere schien etwas auf dem Herzen zu haben, etwas, wofür sie keine Worte fanden, etwas Ungewisses, Heikles über dieses Wesen, das nun einmal mit ihrem Leben verbunden war: die Frau.
Der Nachbar sagte: »Tatsächlich, man könnte glauben, daß sie mitunter gegen ihren Ehemann eine ganz besondere Feindseligkeit an den Tag legen, und nur deshalb, weil er ihr Ehemann ist! Ich kann wirklich sagen: Ich liebe meine Frau. Ich liebe sie sehr; ich schätze sie und achte sie. Und sehen Sie, doch scheint es manchmal, als schenke sie unsern Freunden mehr Vertrauen und Zuneigung als mir.« Sofort schoß Bondel durch den Kopf: ›Also, da haben wir's, meine Frau hat recht!‹
Als er sich von dem Manne wieder verabschiedet hatte, wurde er nachdenklich. Der Kopf schwirrte ihm, daß er schmerzte, und im Ohr wurde er dieses beleidigende Lachen nicht los, dieses unbändige Gelächter, das zu sagen schien: Du bist genauso ein Idiot wie alle andern! Natürlich war das wieder der höhnende Trotz, die zügellose Hetze einer Frau, die alles wagt, die alles aufs Spiel setzt, nur um Wunden zu schlagen und den Mann zu demütigen, über den sie erbost ist.
Jener bedauernswerte Nachbar mußte aber doch ein betrogener Ehemann sein. Es laufen ja so viele herum in der Welt! Wie trübsinnig das klang: »Manchmal sieht es aus, als schenke sie unsern Freunden mehr Vertrauen und Zuneigung als mir.« So also sprach ein Ehemann, das heißt, ein blind Verliebter, den das Gesetz als einen Ehemann bezeichnet, über das, was er vom Verhältnis seiner Frau zu einem andern Manne beobachtet hatte. Das war alles! Mehr hatte er nicht gesehen. Er war genauso dumm wie die andern... wie alle andern!
Ja, aber dann – wie sonderbar frech ihm, Bondel, die eigene Frau ins Gesicht gelacht hatte: »Du auch... du auch...« Verrückt und höchst unüberlegt sind doch diese Geschöpfe! Nur weil es ihnen Vergnügen macht, versuchen sie, einen so gefährlichen Verdacht zu erwecken.

Er ging im Geiste die langen Jahre ihrer Ehe durch und forschte in seinem Gedächtnis, ob sie je einem ihrer Bekannten mehr Vertrauen und Zuneigung geschenkt habe als ihm. Er hatte nie Argwohn gehegt; er war sich ihrer vollkommen sicher und schenkte ihr restloses Vertrauen.

Doch richtig, einen Freund hatte sie gehabt, einen sehr guten Freund! Ein Jahr lang etwa kam er dreimal in der Woche und aß bei ihnen. Es war Tancret, der gute, prächtige Tancret! Er schätzte ihn wie einen Bruder. Seitdem sich aber seine Frau mit diesem ausgezeichneten Mann überworfen hatte – er hatte keine Ahnung weshalb –, traf er sich nur noch mit ihm, ohne daß er seiner Frau etwas davon sagte.

Er hielt den Schritt an. Er überlegte und durchmusterte noch einmal beunruhigt ihre gemeinsame Vergangenheit. Dann aber packte ihn der Zorn über sich selber und über seinen schandbaren Verdacht, den Verdacht des mißtrauischen, eifersüchtigen, boshaften Ichs, das wir alle in uns mit herumschleppen. Als er sich der Besuche und des Auftretens ihres Freundes im einzelnen näher erinnerte, daß seine Frau ihn erst so gern sah und dann ohne ernstlichen Anlaß vor die Tür setzte, überhäufte er sich selbst mit Vorwürfen, Selbstanklagen und Scheltworten. Weitere Erinnerungen stiegen in ihm auf, Erinnerungen an ähnliche Fälle, in denen sie ihre freundschaftlichen Beziehungen nur wegen der Streitsucht Madame Bondels aufgegeben hatten, die selbst die kleinste Kränkung nicht wieder vergessen konnte. Da mußte er über sich selber lachen und über die Besorgnis, die sich eben bei ihm einnisten wollte. Und als ihm weiter in den Sinn kam, welch haßerfüllte Miene seine Frau jedesmal aufsteckte, wenn er harmlos abends beim Nachhausekommen sagte: »Ich bin dem guten Tancret begegnet, er fragte nach dir«, da wurde er seiner Sache ganz sicher.

Sie antwortete einmal wie allemal: »Wenn du den Herrn triffst, dann sag ihm nur, ich lege keinen Wert darauf, daß er sich mit mir beschäftigt.« Äußerst erregt und wütend brachte sie das jedesmal heraus! Man sah, sie wollte ihm nicht verzeihen... sie würde ihm nie verzeihen... Und auf ihn hatte er Verdacht haben können?... Auch nur eine Sekunde?... Mein Gott, wie dumm!

Aber warum war sie so wütend auf ihn? Sie hatte sich eigentlich niemals darüber geäußert, was den Anlaß zum Zerwürfnis und den Grund zu ihrer Abneigung gegeben hatte. Aber sie war sehr böse auf ihn, wirklich sehr böse!... Etwa weil...? Nein... nein, ausgeschlossen! Bondel war sich klar darüber, daß er sich selber herabwürdigte, wenn er so etwas nur denken wollte.

Ja, zweifellos würde er sich herabwürdigen! Aber er konnte es doch nicht unterlassen, immer wieder daran zu denken, und fragte sich entsetzt, ob er den Verdacht überhaupt je wieder loswerden oder ob er ihn wie ein Gespenst im Nacken behalten würde. Er kannte sich. Er drehte in Gedanken alles und jedes tausendmal und immer wieder um und um, so wie er Tag und Nacht seine Geschäfte überdacht und jedes Für und Wider abgewogen hatte, bis er überzeugt war, nichts übersehen zu haben.

Schon wurde er erregt; er beschleunigte den Schritt und verlor seine ruhige Sicherheit. Gegen Gedanken sind wir machtlos; wir können sie nicht halten, nicht verjagen, nicht totschlagen.

Plötzlich kam ihm ein so verwegener Plan, daß er zuerst daran zweifelte, ob er ihn auch durchführen könnte.

Jedesmal, wenn er Tancret traf, fragte dieser nach dem Befinden von Madame Bondel, und Bondel antwortete: »Sie ist immer noch etwas böse.« Weiter nichts, mein Gott... Wäre er ein Ehemann gewesen, wie er sein soll!... Vielleicht!...

Nun, jetzt setzt er sich in den Zug, fährt nach Paris, sucht Tancret auf und erzählt ihm, daß der unerklärliche Groll seiner Frau verflogen sei, und lädt ihn kurzerhand für den Abend ein! Schön! Aber was für ein Gesicht würde Madame Bondel machen... was für einen Auftritt würde das geben... welche Wutausbrüche... welchen Zank!... Das läßt sich nicht ändern, das wäre die Rache für ihr Gelächter, aber wenn er sie urplötzlich einander Auge in Auge gegenüberstellte, ohne daß sie vorher etwas davon ahnt, dann würde er auf ihren Gesichtern die Wahrheit ablesen.

III

Ohne es noch lange zu bedenken, ging er zum Bahnhof, löste seine Karte und stieg in ein Abteil. Als der Zug bei Pecq ziemlich schnell den Abhang hinunterfuhr, wurde ihm etwas bang zumute; er hatte ein leichtes Schwindelgefühl, wenn er bedachte, was er da wagte. Aber er wollte nicht schwanken, seinen Vorsatz nicht wieder aufgeben und allein nach Hause gehen. So zwang er sich, nicht mehr daran zu denken, sich abzulenken und blind entschlossen durchzuführen, was er sich einmal vorgenommen hatte. Er summte bis nach Paris hinein Operetten-

melodien und Kaffeehausschlager vor sich hin und betäubte damit seine erregten Gedanken.

Als er die Straße entlangging, die zu Tancrets Wohnung führte, wandelte ihn immer wieder die Lust an stehenzubleiben. Er schlenderte langsam von einem Fenster zum andern, studierte die Preisschilder, besah die ausgestellten Neuigkeiten, bekam

Lust, ein »Bock« zu trinken, was er sonst kaum einmal tat, und als er dann doch an der Wohnung des Freundes anlangte, hoffte er stark, ihn nicht anzutreffen.

Aber Tancret war zu Hause; er war allein und las. Er war überrascht, sprang auf und rief: »Ah, Bondel! Schön, daß du dich einmal sehen läßt!«

Bondel erwiderte etwas verlegen: »Ja, mein Lieber, ich hatte gerade Besorgungen in Paris, und da wollte ich dir wenigstens guten Tag sagen.«

»Das ist lieb von dir, sehr lieb! Um so mehr, als du mich recht lange nicht besucht hast!«

»Was kann ich dafür? Manchmal kommt man gegen gewisse Dinge nicht an, und da es den Anschein hatte, daß meine Frau dir nicht recht grün wäre...«

»Zum Kuckuck noch mal... den Anschein hatte... das war schon etwas mehr! Hinausgefeuert hat sie mich!«

»Aber warum denn? Das habe ich ja gar nicht gewußt!«

»Oh, eigentlich wegen nichts... wegen einer lächerlichen Sache... wegen eines Streites, in dem ich nicht ihrer Meinung war.«

»Aber worüber habt ihr euch denn gestritten?«

»Oh – nur über eine Dame, die du vielleicht dem Namen nach kennst, über eine meiner Freundinnen, Madame Boutin.«

»Ach ja, wirklich... Nun, ich glaube aber, daß dir meine Frau schon längst nichts mehr nachträgt. Erst heute morgen wieder hat sie sehr freundlich von dir gesprochen.«

Tancret zuckte zusammen und schien so überrascht, daß er ein paar Augenblicke keine Worte fand. Dann sagte er: »Sie hat von mir gesprochen... und sehr freundlich, sagst du...?«

»Ja doch!«

»Du täuschst dich nicht?«

»Ja zum Donnerwetter... Ich weiß doch, was ich höre!«

»Na und?«

»Na und... weil ich sowieso in Paris zu tun hatte, da dachte

ich, es könnte dir nur angenehm sein, das auch zu vernehmen!«
»Natürlich... ja natürlich!«
Bondel zögerte ein wenig; nach einer kleinen Pause sagte er:
»Ich habe einen Einfall... einen großartigen Einfall!«
»Und?«
»Ich nehme dich gleich mit zu uns zum Abendessen.«
Tancret war von Natur vorsichtig; aus einer gewissen Bedachtsamkeit heraus nahm er den Vorschlag erst mit inneren Hemmungen auf.

»Meinst du«, sagte er, »es wäre möglich? Setzen wir uns nicht... irgendwelchen Unannehmlichkeiten aus?«
»Aber nein, keinesfalls!«
»Immerhin... du weißt ja... Madame Bondel vergißt nicht leicht.«
»Das ist richtig. Aber ich kann dir versichern, daß sie dir nichts mehr nachträgt. Ich weiß, daß sie sich freuen würde, dich unverhofft wiederzusehen.«

»Tatsächlich?«
»Bestimmt!«
»Schön! Also, mein Lieber, dann wollen wir gehn! Es freut mich; denn sieh, unsere Verstimmung hat mir recht leid getan.«

Arm in Arm machten sie sich auf den Weg zum Bahnhof Saint-Lazare.
Auf der Fahrt sprachen sie kein Wort. Anscheinend waren beide in tiefes Nachdenken versunken. Sie saßen sich im Abteil

gegenüber, ohne zu reden, und jeder stellte für sich fest, daß der andre recht blaß aussähe.
Sie stiegen aus und hielten sich aneinander, als wollten sie einer Gefahr gemeinsam ins Auge sehen. Nach kurzer Zeit standen sie, beide etwas außer Atem, vor Bondels Haus.

Bondel ließ den Freund vorangehen und trat mit ihm in den Salon.
Er rief das Mädchen und fragte: »Ist Madame zu Haus?«
»Ja, Monsieur.«
»Bitte, sagen Sie ihr, sie möchte doch gleich einmal herkommen!«
»Ja, Monsieur.«
Darauf warf sich jeder in einen Sessel, und dann warteten sie. Am liebsten wären beide so schnell wie möglich wieder verschwunden, ehe die Gefürchtete auf der Schwelle erschien. Da kam ein bekannter, ein sehr bestimmter Schritt die Treppe herab. Eine Hand griff nach der Klinke. Die Männer sahen den kupfernen Griff sich drehen. Dann tat sich sperrangelweit die Tür auf, und Madame Bondel stand im Rahmen; sie wollte erst sehen, was es gab, ehe sie eintrat.
Sie überblickte das Zimmer, wurde rot, fing an zu zittern, wankte noch einmal einen halben Schritt zurück und hielt sich dann, blutübergossen, mit beiden Händen reglos am Türrahmen fest.
Tancret war jetzt bleich, wie wenn ihm das Bewußtsein schwinden wollte. Er war aufgestanden, sein Hut rollte über den Teppich. Stockend kam es von seinen Lippen. »Mein Gott... Madame... ich bin es... ich glaubte... und wagte... Ich bin zu unglücklich gewesen...«
Als sie nichts darauf sagte, fuhr er fort: »Werden Sie mir endlich verzeihen?«
Da, mit einem Male brach der Bann. Sie ging auf ihn zu und streckte beide Hände aus. Er ergriff sie, drückte sie und hielt sie fest; und leise, mit warmer, weicher, hingebungsvoller Stimme, die ihr Ehemann nie an ihr vernommen hatte, sagte sie: »Ach, lieber, lieber Freund... wie bin ich froh!«
Bondel sah die beiden an; ein Schauer lief ihm durch die Glieder, wie wenn man ihn kopfüber in eiskaltes Wasser gestürzt hätte.

IN EIGENER SACHE

Rechtsanwalt Bontran, der berühmte Pariser Spezialist für Scheidungsfälle, der in zehnjähriger Praxis bisher mit größtem Erfolge die Ehen aller seiner unglücklich verheirateten Klienten glücklich auseinanderplädiert hatte, öffnete die Tür seines Sprechzimmers und trat zur Seite, um den nächsten Klienten einzulassen.

Ein kräftig gebauter, vollblütiger Herr mit dichtem blondem Backenbart schob sich mit seiner stattlichen Leibesfülle durch die Tür und machte eine Verbeugung.

»Bitte nehmen Sie Platz«, sagte der Anwalt.

Der Klient ließ sich auf dem angebotenen Stuhl nieder und räusperte sich:

»Ich möchte Sie bitten, Herr Anwalt, mich in eigener Sache zu vertreten.«

»Bitte. Lassen Sie hören!«

»Herr Anwalt, vor Ihnen sitzt einer Ihrer Berufskollegen, allerdings ein ehemaliger.«

»Aha, also bereits –?«

»Ja, bereits ohne Praxis. Ich bin siebenunddreißig.«

»Nur zu, bitte! Ich höre.«

»Herr Kollege – ich bin eine Ehe eingegangen, eine unglückliche, sehr unglückliche Ehe.«

»Da sind Sie nicht der einzige!«

»Ich weiß, und ich kann mich in die Lage jedes andern hineinfühlen, dem es ähnlich ergangen ist! Aber mein Fall liegt ganz anders. Was ich gegen meine Frau vorzubringen habe, ist wirklich nicht alltäglich. Doch ich erzähle Ihnen am besten meine Geschichte ganz von vorn. Ich habe mich auf höchst absonderliche Weise verehelicht. Übrigens – halten Sie es für möglich, daß es Ideen gibt, die für eine gewisse Geistesverfassung so

gefährlich werden können wie Gift für den Organismus?«
»Nun ja, schon möglich.«
»Sogar bestimmt! Es gibt Ideen, die sich in uns einschleichen, sich in uns festsetzen, uns schwach, uns verrückt machen, uns umbringen können, wenn wir uns ihrer nicht zu erwehren wissen. Sie sind wie eine Art Rebläuse der Seele, diese Ideen. Und wenn wir uns unglücklicherweise von so einer Idee ankriechen lassen, wenn wir nicht auf den ersten Blick merken, daß sie ein Eindringling, eine Schmarotzerin, eine Tyrannin ist, die sich

von Stunde zu Stunde mehr breitmacht, immer wiederkommt, sich häuslich in uns einrichtet, unsere ganze Tagesordnung über den Haufen wirft, sozusagen unser ganzes Denken frißt und unsern gesunden Menschenverstand zerrüttet, – dann, dann sind wir verloren.
Herr Kollege, mir ist also folgendes passiert:
Wie gesagt – ich war Rechtsanwalt und Notar in Rouen. Ich lebte in etwas beengten Verhältnissen, aus denen ich nie so richtig herauskam, immer etwas in der Klemme. Ich hatte einige Sorgen, hauptsächlich Geldsorgen; an allen Ecken und Enden mußte ich mich einschränken, mir oft die einfachsten Genüsse

und Annehmlichkeiten des Lebens verkneifen, tja, wirklich auf das allermeiste verzichten, und so etwas macht sich für unsereinen auf die Dauer unangenehm spürbar.
Als Notar, also sozusagen schon aus beruflichem Interesse, studierte ich immer genauestens die Anzeigen der Tagesblätter, die Spalten ›Angebote und Nachfragen‹, die ›Kleinen vermischten Anzeigen‹ und so weiter und so weiter; auf die Weise ist es mir ein paarmal gelungen, etlichen meiner Klienten zu vorteilhaften Heiraten zu verhelfen.
Eines schönen Tages nun stoße ich in der Rubrik ›Wunschecke‹ auf folgendes:

JUNGE HÜBSCHE DAME,
gepflegte Erscheinung, wohlerzogen, wünscht Bekanntschaft mit vornehmer Persönlichkeit zwecks späterer Eheschließung. Zweieinhalb Millionen Franken Mitgift. Vermittler verbeten.

Also, wie es der Zufall so will – gerade an dem Tage traf ich mich mit zwei Freunden, einem engeren Berufskollegen und einem Spinnereibesitzer, zum Essen. Ich weiß nicht mehr, wie wir während unseres Diners aufs Heiraten zu sprechen kamen; jedenfalls berichtete ich ihnen lachend von meiner Dame mit den zweieinhalb Millionen.
Der Fabrikant meinte: ›Was mag denn das für eine Sorte sein?‹
Mein Kollege ließ einfließen, er habe immerhin schon mehrfach beobachten können, daß so zustande gekommene Ehen recht glücklich und geradezu vorbildlich geworden wären, und er erzählte Einzelheiten darüber. Dann drehte er sich mir zu und machte die Bemerkung:
›Zum Deibel ja! Warum siehst du dir das nicht mal selber 'n bißchen näher an? Heiliger Bimbam noch mal, mit zweieinhalb Millionen wärst du doch fein heraus!‹
Wir lachten alle drei und kamen dann wieder vom Thema ab.

Eine Stunde danach war ich wieder daheim. Die Nacht war kalt. Mein Zuhause war ein dunkler, alter Kasten, eins jener alten Provinzhäuser, die so etwas von Champignonkellern in und an sich haben. Als ich meine Hand auf das eiserne Treppengeländer legte, zog mir ein Kälteschauer bis in den Arm hinauf, und als ich mit der andern Hand nach der Wand tastete, durch-

rieselte mich bei der Berührung abermals ein Schauer, noch kälter und noch feuchter als der erste. Die ganze Brust durchschauerte es mir eisig! Trostlosigkeit, Beklemmung, Schwäche überkamen mich. Da schoß es mir plötzlich durch den Sinn, und ich ächzte heraus: ›Schockschwerenot! Wenn ich jetzt die zweieinhalb Millionen hätte!‹

Meine Bude war schauerlich, so die richtige Rouener Behausung für einen Junggesellen, ein Loch, in dem eine bezahlte

Aufwärterin auch noch kochte. Sie können es sich ja wohl deutlich vorstellen, mein Rouener Junggesellenheim: Riesenbett ohne Vorhänge, Schrank, Kommode, Waschtisch – ungeheizt! Überall Kleider auf den Stühlen, Papiere auf dem Fußboden ...
Als ich wieder zwischen meinen vier Wänden stand, da summte ich so vor mich hin – einen Caféhausschlager, den ich aus meinem Stammlokal mitgebracht hatte:

›Zwei Millionen,
Zwei Millionen
Würden sich lohnen ...
Es könnten auch zwei und 'ne halbe sein
Mit 'nem kleinen Frauchen noch obendrein!‹

Eigentlich hatte ich bis dahin noch nie ernstlich ans Heiraten gedacht; und nun kam mir das alles plötzlich wieder in den Sinn, als ich mich zu Bett legte. Ich dachte sogar so gründlich daran, daß ich lange nicht einschlafen konnte.
Am andern Morgen, als ich noch vor Tagesanbruch die Augen aufmachte, da schoß es mir durch den Kopf, daß ich ja um acht, eines wichtigen Termins wegen, in Darnétal sein müsse. Also schon früh um sechs Uhr aus den Federn – und draußen eine Hundekälte. Verflucht noch mal – jetzt so zweieinhalb Millionen Franken!
Gegen zehn landete ich wieder in meinem Büro. Es roch darin nach glühendem Ofen, nach verräucherten Prozeßakten – nichts stinkt so scheußlich wie das – und nach Kanzlisten, Stiefeln, Überröcken, Hemden, Haarpomade, atmender Haut, winterlicher, wenig gewaschener Haut, – und das alles in einer Atmosphäre von mindestens achtzehn Grad Celsius.
Ich frühstückte; wie gewöhnlich verbranntes Kotelett und ein Stück Käse, dann machte ich mich wieder an meine Akten.
Da dachte ich wieder und diesmal ganz ernstlich an meine Dame mit den zweieinhalb Millionen. Wer war sie? Warum sollte ich nicht mal hinschreiben? Um Näheres zu erfahren?

Um es kurz zu machen, Herr Kollege: Vierzehn Tage und vierzehn Nächte spukte mir diese Idee im Kopfe herum, ging mir nicht mehr aus dem Sinn, quälte und peinigte mich. All die vielen kleinen Unbequemlichkeiten und Verdrießlichkeiten, all das, was das Leben tagtäglich so mit sich brachte, ohne daß ich bisher allzuviel Notiz davon nahm, ja kaum recht gewahr geworden war, – all das stach mich jetzt wie mit Nadelstichen. Die kleinste Unannehmlichkeit ließ mich immer wieder an die Dame mit ihren zweieinhalb Millionen denken.
Schließlich hatte ich mir eine ganze Geschichte über sie zusammengedacht. Wenn man sich einmal etwas in den Kopf setzt und es durchaus haben will, Herr Kollege, dann stellt man es sich eben so vor, wie man es gern haben möchte.
Allerdings, ganz alltäglich war es nicht, daß ein junges Mädchen aus guter Familie, das so viel von Hause mitbekam, durch ein solches Zeitungsinserat einen Lebensgefährten suchte. Nun ja, die Dame konnte ja vielleicht im Leben irgendein Unglück gehabt haben, aber nichtsdestoweniger höchst achtbar sein.
An und für sich war mir dies Vermögen von zweieinhalb Millionen Franken gar nicht einmal so fabelhaft hoch vorgekommen. Denn wer, wie unsereiner, schon von Berufs wegen alle derartigen Angebote liest, ist an Heiratslustige mit sechs, acht, zehn, ja zwölf Millionen durchaus gewöhnt. Die Zahl zwölf kommt unter solchen Millionenangeboten sogar ziemlich häufig vor: – Das hat so etwas Sympathisches an sich! Ich weiß natürlich sehr wohl, daß wir an die Wahrheit solcher Versprechungen kaum recht glauben können. Immerhin – sie gehen unserem Geist ganz angenehm ein, diese feenhaften Zahlen, und sie machen unsrer etwas sorglosen Leichtgläubigkeit solche verschwenderisch hohen Summen, wie sie uns vorgespiegelt werden, bis zu einem gewissen Grade glaubwürdig. Und da sind wir denn leicht geneigt, solch eine Mitgift von zweieinhalb Millionen als durchaus im Bereich des Möglichen liegend, als etwas sehr Solides zu betrachten.

Sehr wohl denkbar also, daß meine junge Schönheit – als natürliche Tochter irgendeines schwerreichen Industriellen und irgendeiner kleinen Zimmerfee – ihren Erzeuger plötzlich beerbt haben mochte und an diesem ihrem Glückstag zugleich eröffnet bekommen hatte, was für ein Schönheitsfleck ihrer Herkunft anhafte. Um nun nicht dem erstbesten Verehrer und Bewerber ihr Geheimnis offen anvertrauen zu müssen, wird sie auf diesem durchaus nicht mehr ungewöhnlichen Wege, mit dem man allerdings wohl auch immer irgendwie das Eingeständnis einer nicht ganz reinen Sache zu umgehen pflegt, eben ihren Lebensgefährten suchen.
Meine Vermutung war reichlich romantisch. Aber ich verrannte mich geradezu in diese Idee. Wir Rechtsanwälte und Notare sollten eigentlich nie Romane lesen; und ich habe leider viel zu viele gelesen in meinem Leben.
Ich setzte also ein notarielles Schreiben auf – »... im Auftrage eines meiner Klienten ...« – und sah den Dingen entgegen, die da kommen würden.
Fünf Tage später, nachmittags gegen drei – ich saß gerade über meinen Prozeßakten –, kommt mein Oberkanzlist und meldet: ›Mademoiselle Chantefrise.‹
›Ich lasse bitten!‹
Eine weibliche Gestalt, etwa dreißigjährig, korpulent, brünett, etwas verlegen, erscheint in der Tür.
›Bitte nehmen Sie Platz, Mademoiselle.‹
Sie setzt sich und lispelt etwas gepreßt: ›Ich bin es selbst, Herr Rechtsanwalt.‹
›Sehr angenehm, mein Fräulein! Aber ich hatte leider noch nicht das Vergnügen, Sie persönlich ...‹
›Ich bin doch die Dame, der Sie geschrieben haben!‹
›Auf das Eheinserat?‹
›Ganz recht, Monsieur.‹
›Aha, sehr schön!‹
›Ich bin gleich persönlich gekommen, weil solche Angelegen-

heiten sich wohl besser mündlich erledigen lassen.‹
›Ganz Ihrer Ansicht, mein Fräulein. Sie haben also den Wunsch, einen passenden Ehepartner zu finden?‹
›Ganz recht, Monsieur!‹
›Haben Sie irgendwelchen Anhang sonst?‹
Sie zögerte, senkte die Augen und sagte stockend: ›Nein, Monsieur... Meine Mutter... und mein Vater... sind beide nicht mehr am Leben.‹
Ich zuckte leicht zusammen. Also richtig vermutet! Eine lebhafte Sympathie für dieses arme Wesen regte sich in meinem Innern. Um sie nicht weiter in Verlegenheit zu bringen, wechselte ich das Thema und fragte nur: ›Die Vermögensangabe ist doch wohl genau?‹
Diesmal kam die Antwort prompt: ›Ja natürlich, Monsieur!‹
Ich sah sie mir aufmerksamer an, und wahrhaftig, sie gefiel mir gar nicht übel, obschon sie mir etwas reif vorkam, reifer jedenfalls, als ich gedacht hatte. Sie war eine schöne, üppige Erscheinung und hatte etwas entschieden Frauliches an sich. Mir kam die Idee, ihr eine nette, gefühlvolle kleine Komödie vorzuspielen, den Verliebten zu machen und an die Stelle meines als Strohmann vorgeschobenen Klienten zu treten, sowie ich mir sicher wäre, daß die Mitgift schwarz auf weiß vorhanden sei. Ich erzählte ihr von diesem Klienten, den ich als einen ehrenwerten, aber etwas trübsinnigen und kränkelnden Mann schilderte.
Da bekundete sie temperamentvoll: ›Oh, Monsieur, aber für gesunde Männer habe ich viel mehr übrig!‹
›Na, mein Fräulein, Sie werden ihn ja noch selber zu Gesicht bekommen. Allerdings erst in frühesten drei, vier Tagen, er ist gerade gestern kurz nach England verreist.‹
›Ach – wird das aber langweilig!‹ sagte sie.
›Nun, wie man's nimmt. Haben Sie es denn so eilig mit dem Heimfahren?‹
›Keineswegs!‹

›Na schön, dann bleiben Sie doch noch! Ich werde mich der angenehmen Pflicht unterziehen, Ihnen inzwischen die Zeit zu vertreiben.‹

›Zu liebenswürdig von Ihnen, mein Herr!‹

›Sie sind im Hotel abgestiegen?‹

Sie bejahte und nannte den Namen des ersten Hauses am Platze.

›Sehr gut, Mademoiselle. Wenn Sie also Ihrem zukünftigen... Notar gestatten wollen, Sie heut abend zu Tisch zu führen...?‹

Sie zögerte; es sah aus, als überlege sie, etwas unentschlossen. Dann nickte sie: ›Sehr gern, Monsieur!‹

›Dann darf ich Sie wohl um sieben Uhr abholen?‹

›Sehr gern, Monsieur!‹

›Also, Mademoiselle, dann bis heute abend.‹

›Sehr gern, Monsieur!‹

Und ich begleitete sie bis zur Tür.

Um sieben Uhr war ich bei ihr. Sie hatte mir zu Ehren große Toilette angelegt und empfing mich mit ganz reizender Koketterie.

Ich führte sie in ein Restaurant, in dem ich Stammgast war, und bestellte ein geradezu sinneverwirrendes, fürstliches Souper.

Eine Stunde später waren wir schon die besten Freunde. Sie erzählte mir ihre ganze Geschichte: Als Tochter einer von einem adligen Kavalier verführten vornehmen Dame sei sie bei Bauersleuten in Pflege gegeben und aufgezogen worden. Jetzt habe sie keine materiellen Sorgen mehr; sie habe eine Menge Geld geerbt von ihrem Herrn Papa und ihrer Frau Mama. Ihrer beider Namen aber möchte sie aus gewissen Gründen nicht nennen. Nein, wirklich nicht! Es wäre zwecklos, danach zu fragen, in sie zu dringen, nein, sie werde die Namen nie nennen...! Da ich auch absolut keinen Wert darauf legte, erkundigte ich mich dafür um so genauer nach ihrem Vermögen. Sofort ging sie als praktische Frau darauf ein. Sie wußte genau Bescheid über alle

Fragen, die mit Kapitalanlage, Wertpapieren, sonstigen Einkünften, Zinsen und so weiter zusammenhingen. Ihre Beschlagenheit auf diesem Gebiete flößte mir wirklich Hochachtung ein, und ich wurde galant, allerdings mit einiger Vorsicht; aber ich ließ doch irgendwie deutlich durchblicken, daß ich sie sehr schätzte.

Sie zierte sich etwas, doch nicht ohne Anmut. Ich ließ Champagner bringen, trank und spürte, wie sich mir die Gedanken etwas verwirrten. Dafür fühlte ich immer deutlicher, wie sich meine Unternehmungslust steigerte, und ich bekam Angst, Angst vor mir, Angst vor ihr, daß auch sie am Ende noch etwas erregter werden könne, als gut wäre, und mir in die Arme sinken möchte. Um mich zu beruhigen, fing ich wieder an, von der Mitgift zu reden, die klar und sicher festgelegt sein müsse, denn mein ›Klient‹ sei ein korrekter Geschäftsmann.

Sie erwiderte heiter: ›Das konnte ich mir natürlich denken! Drum habe ich alle nötigen Papiere gleich mitgebracht.‹

›Wie? Nach Rouen mitge...?‹

›Allerdings! Hierher nach Rouen.‹

›Sie haben sie wohl im Hotel gelassen?‹

›Natürlich!‹

›Könnte ich mal einen Blick hineinwerfen?‹

›Aber gewiß.‹

›Heute abend noch?‹

›Aber gewiß.‹

Das kam mir in jeder Hinsicht gelegen. Ich zahlte, und wir begaben uns in ihr Hotel.

Sie hatte wirklich sämtliche Papiere mitgebracht. Es war nicht daran zu zweifeln; ich hielt sie in Händen, ich wendete sie hin und her, ich konnte mich mit eigenen Augen von ihrer Richtigkeit überzeugen. Das beglückte mich dermaßen, daß mich sofort heftiges Verlangen ankam, die Besitzerin an mein Herz zu drücken – in aller Vernünftigkeit, versteht sich, aus einem Gefühl heraus, wie es eben einen glückseligen Mann überkommen

kann. Und ich zog sie an mich, und ich küßte sie, kann ich Ihnen sagen! Einmal, zweimal, zehnmal... so sehr, daß..., der Champagner tat auch das Seine dazu..., daß ich unterlag... oder vielmehr... nein... sie unterlag.
Oh, Herr Kollege, was ich für einen Kopf hatte hinterher... und sie erst! Ihr quoll das Wasser aus den Augen, wie aus einer Fontäne; sie flehte mich an, nichts zu verraten, sie nicht ins

Verderben zu stürzen! Ich versprach alles, was sie wollte, und verließ sie dann in einer geradezu scheußlichen Gemütsverfassung.
Was nun –? Ich hatte meine Klientin schwer mißbraucht. Aber das wäre vielleicht noch nicht mal das schlimmste gewesen, wenn ich wenigstens einen Klienten für sie gehabt hätte! Aber ich hatte keinen. Ich, ich selber war ja der Klient, der dumme,

hereingefallene, auf sich selbst hereingefallene Klient. Versetzen Sie sich in meine Lage! Ich hätte sie natürlich sitzenlassen können. Aber das Geld, das viele schöne Geld, die ganze greifbar sichere Mitgift! Und hatte ich das Recht, sie nun in der Patsche sitzenzulassen, nachdem ich sie so überrumpelt hatte? Und die ganze Unruhe sonst noch!

Überhaupt – was für eine unsichere Angelegenheit war eine Frau, die so leicht erlag!

Eine Nacht lang wälzte ich mich schlaflos, in fürchterlicher Unentschlossenheit hin und her, von Skrupeln gequält, von Befürchtung zu Befürchtung getrieben – ein willenloser Spielball der eigenen Ideen. Dann, bei Tageslicht, sah ich die ganze Sache doch schon wieder etwas anders. Ich kleidete mich mit aller Sorgfalt an und erschien Punkt elf wieder bei ihr im Hotel.

Als sie mich erblickte, wurde sie rot bis unter die Haare.

Ich sagte zu ihr: ›Mademoiselle, mir bleibt nur eins, das Unrecht in Ordnung zu bringen. Ich – bitte um Ihre Hand.‹

Sie lispelte: ›Ich – bin ganz die Ihre.‹

So führte ich sie heim.

Sechs Monate ging alles gut.

Ich hatte mein Notariat aufgegeben, ich privatisierte und hatte nicht den geringsten, tatsächlich nicht den geringsten Anlaß, meiner Frau irgend etwas vorzuwerfen.

Doch da fiel mir allmählich auf, daß sie von Zeit zu Zeit auszugehen pflegte und daß ihre Spaziergänge sich reichlich lange ausdehnten. Das geschah regelmäßig an ganz bestimmten Tagen, in der einen Woche dienstags, in der darauffolgenden freitags, immer abwechselnd.

Ich hielt mich für hintergangen und spionierte ihr schließlich hinterher.

An einem Dienstag war's. Gegen ein Uhr mittags ging sie los. Sie schritt die Rue de la République entlang, bog rechts ab in die Straße, die am Erzbischöflichen Palais vorbeiführt, dann durch die Rue Grand-Pont bis zur Seine, weiter am Kai und schließ-

lich über den Pont-de-Pierre zum andern Ufer hinüber. Von da an merkte man ihr eine gewisse Unruhe an; öfters drehte sie sich um und sah sich alle Vorübergehenden genauer an.
Ich hatte mich verkleidet, so daß ich aussah wie ein Kohlenmann, und so erkannte sie mich nicht.
Schließlich verschwand sie am linken Flußufer in die Bahnhofshalle. Für mich gab es nun keinen Zweifel mehr, daß sie hier ihren Liebhaber mit dem Zug ein Uhr fünfundvierzig erwartete.

Ich versteckte mich hinter einem Gepäckkarren und wartete mit. Ein Pfiff... ein Strom von Reisenden... Sie schiebt sich durch, stürzt vor, breitet ihre Arme aus und umarmt – ein kleines Mädchen von drei, vier Jahren, das eine dicke Bäuerin an der Hand führt; leidenschaftlich drückt sie das Kind an sich. Dann dreht sie sich suchend um, erblickt ein zweites, noch kleineres Gör (nicht genau erkennbar, ob Mädel oder Junge) auf den Armen einer andern Bäuerin, schießt darauf zu, reißt es an sich und strebt eilends, links und rechts begleitet von den beiden Gören und ihren ländlichen Wärterinnen, hinaus auf die lange, schattendunkle, menschenleere Promenade du Cours-la-Reine.

Ganz verstört und mit hängendem Kopf ging ich wieder nach Hause. Halb kam mir das alles wie verständlich vor, und dann wieder begriff ich überhaupt nichts mehr, ich wagte nicht, scharf darüber nachzudenken.

Als sie zur Tischzeit heimkam, stürzte ich auf sie zu und brüllte sie an: ›Was sind das für Kinder?‹
›Kinder –?‹
›Die du da am Zuge von Saint-Ever erwartet hast?!‹
Sie schrie auf und sank in Ohnmacht. Als sie wieder zu sich kam, gestand sie mir unter Strömen von Tränen, es seien ihre... vier hätte sie! Tja, ja, ja, Herr Kollege, *vier* eigene Kinder! Zwei, die beiden Mädels, für dienstags und die andern zwei, die Buben, für freitags.
Und daher – o fürchterlicher Reinfall! –, daher also hatte sie das Riesenvermögen! Vier Väter...! Sie hatten die Mitgift zusammengebracht.
Und nun, Herr Kollege, was raten Sie mir zu tun?«
Der Advokat sagte gemessen: »Die Sprößlinge als legitim anerkennen, Herr Kollege.«

MONSIEUR PARENT

I

Mitten im Wege lag der kleine Georges auf allen vieren und spielte im Sande. Er scharrte ihn mit den Händchen zusammen, häufte kleine Berge auf und pflanzte oben auf den Gipfel ein Kastanienblatt.

Sein Vater saß dicht dabei auf einem Stuhl und ließ den Kleinen nicht aus den Augen. Liebevollen Blicks beobachtete er sein Treiben und sah in dem ganzen kleinen, von Besuchern wimmelnden Park nichts als sein Söhnchen.

Auf dem langgeschwungenen Wege, der in weitem Bogen vor dem Wasserbecken und der Kirche De la Trinité vorüberführt, eine große, runde Rasenfläche umschließt und dann in sich zurückkehrt, waren viele andere Kinder genauso vertieft in die harmlosen Spiele ihres unbekümmerten Daseins, indes ihre Wärterinnen stumpf in die Luft starrten und Mütter lebhaft miteinander schwatzten, doch unausgesetzt das Treiben ihrer Kleinen überwachten.

Paarweis, mit würdevoll-ernsten Mienen, gingen Ammen vorüber. Von ihren Hauben flatterten lange, blendend-weiße Bänder. Auf den Armen trugen sie weiße, in duftige Spitzen gehüllte Bündel. Kleine Mädchen mit kurzen Kleidern und nackten Knien trieben Reifen und gesellten sich zwischendurch mit ernsthaften Gesichtern zu Gesprächen zusammen. Der Parkwächter im grünen Rock schlängelte sich vorsichtig zwischen den vielen Knirpsen hindurch und wich immer wieder in behutsamen Bögen aus, um nicht ihre kunstvollen Erdbauten zu zerstören, ihre winzigen Händchen zu zerquetschen und den Bienenfleiß der kleinen Menschenkinder zu behindern.

Die Sonne schickte sich an, hinter den Dächern der Straße Saint-Lazare unterzugehen, und warf lange, schräge Strahlen

über das frohgelaunte, unbeschwerte Treiben des geputzten kleinen Völkchens. Die Kastanien setzten leuchtend gelbe Lichter auf, und die drei Springbrunnen vor dem hohen Portal der Kirche glänzten wie flüssiges Silber.
Monsieur Parent hatte für nichts Augen als für seinen Sohn, der vor ihm auf dem Wege hockte. Liebevoll folgte er dem Spiel der

kleinen Glieder; die gespitzten Lippen schienen jede Regung des kleinen Georges mit Küßchen zu begleiten.
Aber jetzt blickte er nach der Kirchturmuhr auf und sah, daß er sich bereits um fünf Minuten verspätet hatte. Er stand auf, nahm den Kleinen bei der Hand, klopfte den Sand von seinem Kittel, wischte ihm die Händchen ab und ging mit ihm nach der Rue Blanche. Er hatte es eilig, weil er nicht später nach Haus kommen wollte als seine Frau. Der Kleine, der nebenher trippelte, konnte gar nicht mit ihm Schritt halten.
Da nahm ihn der Vater auf den Arm und schritt noch lebhafter aus. Es ging bergauf, und bald begann er zu schnaufen, so strengte es ihn an. Er war immerhin vierzig Jahre alt, schon ergraut und ziemlich wohlbeleibt. Aber dem Bäuchlein eines behaglichen Genießers zum Trotz sah er eigentlich eher aus wie ein Mann, dem das Schicksal nicht wohlgesinnt war.
Er war seit mehreren Jahren verheiratet und liebte seine junge Frau abgöttisch; sie aber behandelte ihn schroff und brutal wie ein grausamer Despot. Unaufhörlich hatte sie etwas an ihm auszusetzen, an allem, was er tat, und an allem, was er nicht tat. Bissig hielt sie ihm seine Eigenheiten vor, seine kleinen Gewohnheiten, seine bescheidenen Vergnügen, seine Liebhabereien, sein Benehmen, sein Bewegen, seine Beleibtheit und auch den verbindlichen Ton, in dem er zu reden pflegte.
Trotzdem liebte er sie. Aber noch mehr liebte er das Kind, das sie ihm geschenkt hatte, seinen Georges! Der Kleine zählte jetzt drei Jahre. Er war die einzige Freude seines Herzens und der ganze Inhalt seines Lebens. Monsieur Parent lebte von seinen zwanzigtausend Franken jährlich ein geruhiges Rentnerdasein, ohne weiteren Ehrgeiz zu entfalten. Aber seine Frau, die übrigens nicht einen Sou mit in die Ehe gebracht hatte, ließ kaum einen Tag vergehen, ohne sich über sein träges, untätiges Leben aufzuregen.
Inzwischen langte Parent zu Hause an. Er stellte das Kind auf die erste Treppenstufe nieder, wischte sich den Schweiß von der Stirn und stieg langsam zur Wohnung empor.

Im zweiten Stock zog er die Klingel.

Sein altes Hausmädchen öffnete. Sie hatte ihn großgezogen und war eine der herrschsüchtigen Dienerinnen, die die Familie tyrannisieren. Besorgt fragte er: »Ist Madame schon zu Haus?«

Das Mädchen zuckte die Achseln: »Wann hat Monsieur gesehn, daß Madame um halb sieben Uhr nach Haus käme?« Unangenehm berührt gab er zur Antwort: »Nun, um so besser, da habe ich Zeit, mich umzukleiden; mir ist etwas heiß geworden.«

Erzürnt, mit wegwerfendem Bedauern sah ihn das Mädchen an und grollte: »Ja, das sieht man, Monsieur ist in Schweiß gebadet; Monsieur hat sicher den Kleinen getragen, und warum? Um bis halb acht Uhr auf Madame zu warten. Mir aber soll keiner Unpünktlichkeit vorhalten! Um acht Uhr ist mein Essen fertig; und wenn man dann noch nicht soweit ist, kann ich's nicht ändern. Aber meinen Braten lasse ich nicht anbrennen!«

Monsieur Parent tat, wie wenn er nichts gehört hätte, und murmelte: »Gut, gut! Georges hat Sandtorten gebacken; die Hände müssen ihm gewaschen werden. Ich ziehe mich jetzt um. Bitte, sag dem Zimmermädchen, daß es den Kleinen in Ordnung bringt!«

Er ging in sein Zimmer und verriegelte die Tür, nur um allein zu sein, für sich allein, ganz allein. Er war schon so gewöhnt, unfreundlich behandelt zu werden, daß er sich nur noch hinter verschlossenen Türen geborgen fühlte. Er wagte kaum noch zu denken und zu überlegen, wagte nicht mehr, mit sich zu Rate zu gehen, wenn er sich nicht durch eine Umdrehung des Schlüssels im Türschloß gegen mißtrauische Blicke und gegen Unterstellungen gesichert wußte. Er fiel in einen Sessel und ruhte ein wenig, ehe er die Wäsche wechselte. Da dämmerte ihm mit einem Male auf, daß Julie anfing, in seinem Hause eine neue Gefahr heraufzubeschwören. Es lag klar zutage, daß sie seine Frau haßte. Aber noch mehr haßte sie seinen Freund Paul Limousin. Dieser war der unzertrennliche Gefährte seiner Junggesellen-

jahre gewesen und war nun weiter – ein seltener Fall – dem Haus und der Familie aufs engste befreundet geblieben.
Limousins Gegenwart beruhigte, wenn zwischen Henriette und ihm Spannungen auftraten; Limousin nahm ihn lebhaft, sogar entschieden in Schutz, wenn sie ihn mit unverdienten Vorwürfen überschüttete, ihn quälte und ihm das Leben zur Hölle machte.

Aber schon seit einem halben Jahr ließ Julie anzügliche Reden hören und krittelte an der Hausfrau herum. Fortwährend hatte sie etwas auszusetzen. Zwanzigmal am Tage hieß es: »Wenn ich Monsieur wäre, ich ließ' mich nicht so an der Nase herumführen! Na ja, schließlich... jeder, wie's ihm recht ist!«
Eines Tages war sie sogar gegen Henriette unverschämt gewor-

den, und am Abend hatte Henriette nur gesagt: »Das merke dir, wenn sich diese Person noch einmal erlaubt, so anzügliche Reden zu führen, dann werfe ich sie eigenhändig zum Hause hinaus!« Aber wenn sie auch sonst kein Teufel schreckte – vor dem alten Mädchen schien sie Respekt zu haben. Parent erklärte es sich damit, daß sie Rücksicht auf die alte Verbundenheit des Mädchens mit seiner Familie nähme. Das Mädchen hatte ihn großgezogen; es hatte seiner Mutter die Augen zugedrückt.
Aber das half alles nichts – so konnte es nicht weitergehn! Und nun ergab sich für ihn die brennende Frage: Was sollte geschehn, was sollte er unternehmen? Julie entlassen – das erschien ihm so unmöglich, daß er nicht im Ernst daran zu denken wagte. Ihr gegen seine Frau recht zu geben war völlig ausgeschlossen. Und wenn es so weiterging, dauerte es keinen Monat mehr, und die Katastrophe war da!
Da saß er, hob händeringend die Arme, suchte nach einem Ausweg und fand keinen. Zuletzt faßte er sich und murmelte vor sich hin: »Ein Glück, daß ich Georges habe... ohne den Jungen wäre meine Lage hoffnungslos!«
Da schoß ihm durch den Kopf, Limousin um seine Meinung zu fragen. Schon war er entschlossen, da erinnerte er sich der feindseligen Stimmung, die zwischen dem Hausmädchen und dem Freunde aufgekommen war, und mußte annehmen, daß er kaum anders raten werde, als das Mädchen hinauszuwerfen. So blieb er in Ungewißheit und in Qual.
Die Uhr schlug. Er fuhr empor. Sieben Uhr, und er hatte die Wäsche noch nicht gewechselt! Hastig zog er sich aus, wusch sich, fuhr in ein frisches Hemd und kleidete sich so eilig an, als ob er nebenan schon zu einer großen Staatsfeier erwartet würde.
Dann begab er sich in den Salon. Es war gut; Vorwürfe brauchter er nun nicht mehr zu befürchten.
Er blätterte in der Zeitung, trat ans Fenster und sah auf die Straße, setzte sich wieder aufs Sofa. Da ging die Tür auf. Sein Söhn-

chen kam herein, sauber, schön gekämmt, lächelnd. Parent nahm ihn in die Arme und küßte ihn. Er küßte sein Haar, seine Augen, seine Wangen, seinen Mund, seine Hände. Dann schwang er ihn empor und hob ihn mit ausgestreckten Armen hoch bis an die Zimmerdecke. Erschöpft setzte er sich, nahm Georges aufs Knie und spielte mit ihm »Hoppe hoppe Reiter«.

Das Kind lachte, zappelte mit den Ärmchen und kreischte hell

auf; und vor Zufriedenheit lachte auch der Vater, lachte und prustete, daß ihm der Bauch wackelte, und er war wohl noch vergnügter als der Kleine.

Er liebte sein Kind mit der ganzen Hingabe eines guten, schwachen, enttäuschten, gepeinigten Vaterherzens. Diese Liebe brach manchmal ganz plötzlich aus ihm heraus. Er überschüttete den Knaben mit Liebkosungen voll schamhafter Zärtlichkeit, die sich in seinem Herzen aufgespeichert hatte, weil er sie nie hatte zeigen können, nicht einmal in der ersten Zeit seiner

Ehe. Immer war seine Frau kühl und zurückhaltend gewesen. Da erschien Julie in der Tür, blaß vor Erregung. Ihre Augen funkelten; ihre Stimme zitterte vor Entrüstung, als sie sagte: »Jetzt ist es halb acht Uhr, Monsieur!«
Parent war unangenehm berührt; aber er fand sich mit der Tat-

sache ab. Er sah nach der Uhr und meinte: »Tatsächlich, halb acht!«
»Ja, mein Essen ist fertig!«
Er sah ein Unwetter heraufziehen und suchte es abzulenken: »Sagtest du nicht, daß du für acht Uhr anrichten willst, als ich kam?«
»Acht Uhr!... Das meinen Sie doch nicht im Ernst. Sie werden

ja dem Kleinen nicht erst um acht zu essen geben wollen! Mein Gott, man sagt so etwas mal hin, nur um überhaupt etwas zu sagen. Aber wenn der Kleine wirklich erst um acht ißt, muß er doch magenkrank werden! Ja – wenn er eine richtige Mutter hätte! Aber sie – was kümmert sie sich um ihr Kind? Jawohl, das muß mal gesagt werden! Das ist wahrlich eine schöne Mutter! Ein Jammer, daß man so was von Mutter überhaupt zu sehn kriegt!«

Parent zitterte; er wollte dem peinlichen Auftritt schnell ein Ende machen und sagte: »Julie, auf keinen Fall erlaube ich dir, daß du über Madame solche Reden führst. – Du verstehst mich, nicht wahr? Und vergiß es nicht wieder!«

Dem alten Mädchen blieb das Wort im Munde stecken, so verblüfft war es. Es wandte ihm den Rücken, rauschte hinaus und knallte die Tür hinter sich zu, daß der Kristalleuchter klirrte. Sekundenlang schepperte es in der Stille des Zimmers wie das Anschlagen unsichtbarer Glöckchen.

Georges war zuerst verdutzt, dann klatschte er vergnügt in die Hände. Er blies seine Bäckchen auf, ahmte den Schall der zuschlagenden Tür nach und rief »Bum«, so laut er konnte.

Danach fing der Vater an, Geschichten zu erzählen. Aber er hatte seine Gedanken nicht beieinander und verlor jeden Augenblick den Faden. Erstaunt, mit großen Augen, sah ihn der Kleine an, weil er da nicht mitkam.

Parent ließ den Blick nicht von der Uhr. Es schien ihm, als sähe er die Zeiger Schritt für Schritt weiterrücken. Er hätte sie anhalten, die Zeit stillstehen lassen mögen, bis seine Frau zu Hause wäre. Er grollte Henriette nicht, weil sie so spät kam; aber er wurde ängstlich besorgt, weil er den Augenblick fürchtete, in dem seine Frau mit Julie zusammentreffen würde, und fürchtete, was sich da herausstellen mußte. Keine zehn Minuten mehr, und es würde einen entsetzlichen Auftritt geben, lautes Gezänk, Schmähungen, an die er gar nicht zu denken wagte. Wenn er sich nur das Wortgefecht vorstellte, schreiende Stimmen, Schimpfreden, die wie Pistolenschüsse durch die Luft peitschten, wenn er sich vorstellte, wie beide Frauen sich gegenüberstehen, ihre Augen ineinanderbohren und sich schmähen würden, da klopfte ihm das Herz. Die Zunge klebte ihm am Gaumen wie nach langer Wanderung in sengender Sonne; seine Glieder wurden schlaff, so kraftlos, daß er sein Kind nicht mehr heben und daß er es nicht mehr länger auf den Knien reiten lassen konnte.

Es schlug acht. Die Tür tat sich auf, und wieder erschien Julie. Der Ausdruck zorniger Erregung war von ihrem Antlitz gewichen; sie blickte starr, rücksichtslos entschlossen. Das war noch schlimmer als vorher.

»Monsieur Parent«, sagte sie, »ich habe für Ihre Mutter geschafft bis zu ihrem letzten Atemzuge, ich habe Sie selber gepflegt von Ihrer Geburt an bis auf den heutigen Tag. Ich meine, ich darf wohl behaupten, daß ich der Familie treu gedient habe!«

Sie wartete auf eine Antwort.

Parent stammelte: »Aber gewiß doch, meine gute Julie.«

Dann fuhr sie fort: »Sie wissen, daß ich es nie um des Geldes willen getan habe, sondern nur auf Ihr Wohl bedacht war. Ich habe Sie nie hintergangen, habe niemals gelogen; Sie haben sich nie über mich zu beklagen gehabt...«

»Aber gewiß doch, meine gute Julie.«

»Also, Monsieur, so kann es nicht mehr weitergehn! Nur weil ich Ihnen nicht weh tun wollte, habe ich bis jetzt den Mund gehalten und habe kein Wort zu Ihnen gesagt. Aber was zuviel ist, ist zuviel! Sie sind zum Gespött der Nachbarn geworden! Gewiß, Sie können tun und lassen, was Sie wollen! Aber jetzt, wo's die Spatzen von den Dächern pfeifen, da muß ich Ihnen schließlich mal ein Licht aufstecken, wenn es auch nicht meine Art ist zu klatschen. Warum kommt Madame nach Hause, wie's ihr paßt? Einfach darum, weil sie auf Abwegen geht!«

Er war bestürzt; er erfaßte nicht gleich den Sinn und stammelte:

»Schweig... du weißt, daß ich dir verboten habe...«
Sie schnitt ihm das Wort ab: »Nein, Monsieur, jetzt schenke ich Ihnen reinen Wein ein! Madame hält's ja schon wer weiß wie lange mit dem Monsieur Limousin. Zwanzigmal und öfter habe ich mit eigenen Augen gesehen, daß sie sich heimlich geküßt haben. Ach, gehn Sie mir doch weg! Wenn Monsieur Limousin

nur einen Sou gehabt hätte, dann hätte Madame nie und nimmer einen Monsieur Parent geheiratet. Denken Sie nur einmal nach, wie Ihre Hochzeit zustande gekommen ist, dann durchschaun Sie die Sache gleich...«
Parent stand auf; er war aschfahl. Stammelnd rief er: »Halt den Mund... halt den Mund... oder...«
Sie ließ sich nicht beirren: »Nein, jetzt muß alles heraus! Ma-

dame hat sie nur geheiratet, weil Sie ein vermögender Mann sind, und Madame hat Sie vom ersten Tage an betrogen. Das war eine abgekartete Sache zwischen den beiden, verdammt noch mal! Es gehört wahrhaftig nicht viel Verstand dazu, um das zu durchschauen. Und als Madame Sie dann glücklich geködert hatte und hatte nicht ein Fünkchen Liebe für Sie – da war das nicht genug, da hat Sie Ihnen auch noch das Leben schwer gemacht, so schwer, daß es mir das Herz umdrehte, wenn ich es mit ansehn mußte.«

Er ging zwei Schritte auf sie zu, ballte die Fäuste und brachte nichts weiter heraus als: »Halt den Mund... halt den Mund...!« Zu erwidern fand er nichts.

Aber das Mädchen war entschlossen bis zum Äußersten; sie wich und wankte nicht.
Georges lauschte erst ganz entgeistert den lauten Reden; dann aber fürchtete er sich und schrie gellend auf. Er stand hinter dem Vater mit angstverzerrtem Gesicht und weit aufgerissenem Munde und brüllte lauthals los.
Das Schreien regte Parent noch mehr auf; der Zorn packte ihn, und er fühlte seinen Mut wachsen. Mit hocherhobenen Armen ging er auf Julie los. Mit beiden Händen wollte er zuschlagen, und er schrie sie an: »Elende, jetzt machst du mir auch noch den Kleinen verrückt!«
Schon war er dicht vor ihr, da schleuderte sie ihm ins Gesicht: »Schlagen Sie zu, Monsieur, wenn Sie wollen! Ich bin alt; ich habe Sie großgezogen – schlagen Sie zu! Das ändert doch nichts daran, daß die Frau Sie betrügt und daß das Kind nicht von Ihnen ist...!«
Da hielt er inne; die Arme sanken kraftlos nieder. Wie vom Donner gerührt stand er vor ihr. Das überstieg seinen Verstand.
Und sie fuhr fort: »Man braucht den Kleinen bloß anzusehen, da erkennt man, wer der Vater ist. Herrgott ja, er ist doch dem Limousin wie aus dem Gesicht geschnitten! Ein Blick auf die Augen und auf die Stirn genügt. Das merkt ja ein Blinder!«
Da packte er sie bei den Schultern, schüttelte sie mit aller Kraft und brachte wutbebend heraus: »Schlange! Scheusal! Hinaus, du Ungeheuer!... Hinaus, oder ich schlage dich nieder! Hinaus! Geh!«
Und mit aller Kraft schleuderte er sie ins Nebenzimmer.
Sie schlug mit der ganzen Wucht des Körpers gegen den gedeckten Tisch. Gläser stürzten um und zersprangen. Aber sie raffte sich wieder empor und brachte den Tisch zwischen sich und Parent. Er langte nach ihr, um sie wieder zu packen, da warf sie ihm an den Kopf: »Gehn Sie bloß mal aus... heute abend... nach dem Essen... und kommen Sie gleich wieder...

dann wird sich zeigen, ob ich geschwindelt habe!... Machen Sie mal die Probe... dann werden Sie ja sehn!«
Sie hatte die Tür zur Küche erwischt und huschte hinaus. Er lief hinter ihr her, die Treppe hinauf, bis an ihr Mädchenzimmer. Sie hatte sich eingeschlossen. Er pochte an die Tür: »Du verläßt das Haus, augenblicklich!«
Sie antwortete durch die Tür: »Darauf können Sie sich verlassen, in einer Stunde bin ich über alle Berge!«
Langsam ging er die Treppe wieder hinunter. Krampfhaft mußte er sich am Geländer festhalten, sonst wäre er gefallen. Als er wieder in das große Zimmer trat, saß Georges noch auf dem Fußboden und heulte.
Parent sank in einen Sessel. Er stierte das Kind an. Er begriff nichts mehr, er wußte nichts mehr. Er fühlte sich leer wie ein Dummkopf, wie ein Narr. Es war ihm, wie wenn er einen Schlag vor die Stirn bekommen hätte; kaum, daß er sich der Abscheulichkeiten noch bewußt war, die er eben von der alten Wärterin zu hören bekommen hatte. Ganz allmählich erst, nicht anders, als ein aufgerührtes Wasser zur Ruhe kommt, kamen seine Gedanken wieder in Ordnung. Sein Kopf wurde wieder klar. Aber nun fing die ungeheuerliche Anschuldigung an, sein Herz zu martern.
Diese Julie hatte sich so bestimmt geäußert, so bestimmt und sicher! Es klang auch so aufrichtig, daß er an ihrer guten Absicht nicht zweifeln konnte. Aber er wehrte sich dagegen, daß sie recht gesehen haben sollte. Julie liebte ihn blind ergeben, und Henriette haßte sie, vielleicht unbewußt. Und da konnte er sich getäuscht haben. Aber wie er seine Gedanken zu beschwichtigen und sich zu beruhigen suchte, so tauchten tausend kleine Einzelheiten in seinem Gedächtnis auf, Worte seiner Frau, Blicke Limousins, viele kaum beachtete, kaum wahrgenommene Nichtigkeiten, ein unschlüssiges Zögern vor dem Ausgehen, dann wieder gemeinsames Fernbleiben, und ganz unbedeutende und doch absonderliche Gesten, die er nicht

recht hatte erkennen und nicht verstehen können, gewannen mit einemmal eine außerordentliche Bedeutung. Sie schienen Zeichen heimlichen Einverständnisses. In seiner Überreiztheit ließ er alles vor seinem Gedächtnis vorübergehen, was seit der Verlobung geschehen war. Alles kam ihm wieder in Erinnerung, hier ein merkwürdiger Tonfall, dort eine verdächtige Haltung; und dem armen, von Zweifeln gepeinigten Hirn des arglosen und gutherzigen Mannes erschien dann wieder als gewiß, was noch immer nur zu vermuten war.

Verbissen grübelte er über die fünf Jahre seiner Ehe nach und suchte sich aller Einzelheiten zu erinnern, Monat für Monat und Tag für Tag. Jede verdächtige Begebenheit, die ihm einfiel, tat seinem Herzen weh wie der giftige Stich einer Wespe.

Er hatte Georges vergessen. Der Kleine saß auf dem Teppich und hatte sich bis jetzt ganz ruhig verhalten. Als sich aber niemand um ihn kümmerte, fing er wieder an zu weinen.

Da stürzte der Vater hin zu ihm, nahm ihn in die Arme und bedeckte das Köpfchen mit Küssen. Wenigstens sein Kind mußte ihm bleiben! Was bedeutete dagegen alles andere auf der Welt! Er hielt das Kind fest, drückte es an sich, preßte den Mund in sein blondes Haar, war erleichtert, getröstet und stammelte: »Georges... mein kleiner Georges... lieber kleiner Georges...« Plötzlich fiel ihm wieder ein, was Julie gesagt hatte...! Sein Söhnchen wäre das Kind Limousins... das hatte sie gesagt... Aber nein, das war ja nicht möglich, das konnte nicht wahr sein, das war so gegen alle Vernunft; nicht einen Augenblick konnte man zweifeln! Solche gemeinen Gehässigkeiten konnte nur eine niedrige Dienstbotenseele ausbrüten! Zärtlich liebkoste er den Knaben: »Georges... lieber Georges«, und beruhigte ihn wieder.

Parent spürte durch seine Kleidung hindurch die Wärme des kleinen Körpers, und mit der Liebe, die er verspürte, durchströmten ihn neuer Mut und neue Freude. Die sanfte Wärme des Kindes gab ihm Trost und Kraft; sie rettete ihn.

Er hielt den Knaben mit ausgestreckten Armen von sich und gab sich restlos versunken der Betrachtung des niedlichen, wohlgekämmten Köpfchens hin. Er verschlang es fast mit den Augen, hatte alles andere vergessen und flüsterte immer wieder: »O mein lieber... lieber kleiner Georges!«
Plötzlich schoß ihm durch den Kopf: ›Wenn er nun aber doch Limousin ähnlich sieht...!‹
Da quoll in seiner Brust ein ganz ungewohntes, ekelhaftes Gefühl auf; er empfand eine heftige, schneidende Kälte in allen Gliedern, im ganzen Körper. Es war, wie wenn seine Gebeine zu Eis erstarrten. Oh! Wenn Georges nun wirklich Limousin ähnlich wäre! Er betrachtete immer noch den Knaben, der jetzt lachte. Bestürzt, verwirrt und verstört sah er ihn an und suchte an Stirn, Nase, Mund und Wangen, ob er daran etwas von Stirn, Nase, Mund und Wangen Limousins entdeckte.
Und bald gingen seine Gedanken Irrwege, wie wenn er den Verstand verlieren wollte. Je länger er das Gesicht betrachtete, um so mehr wandelte es sich. Er entdeckte Zeichen von Ähnlichkeit, unwahrscheinliche Ähnlichkeiten.
Julie hatte gesagt: »Das sieht doch ein Blinder!« Also mußte irgend etwas unbedingt Zutreffendes sichtbar sein, etwas völlig Unbestreitbares! Aber was? Die Stirn? Ja, vielleicht? Aber Limousin hatte eine weniger hohe Stirn! Vielleicht der Mund? Limousin trug einen Vollbart. Wie konnte man das rundliche Kinn des Kindes mit dem bärtigen Männerkinn vergleichen!
›Ich kann nichts finden‹, dachte Parent, ›aber ich sehe auch überhaupt nichts mehr. Ich habe mich zu sehr aufgeregt; es schwimmt mir alles vor den Augen... Ich muß mir Zeit lassen! Morgen früh will ich ihn ansehen, gleich nach dem Aufstehen!‹
Und dann liefen die Gedanken weiter: ›Aber ist er mir ähnlich, dann ist auch alles klar! Es wäre eine Erlösung für mich!‹ Mit zwei großen Schritten durchmaß er das Zimmer und verglich im Spiegel das Gesicht des Kindes mit dem seinen.
Er hatte Georges auf den Arm genommen und sah die Gesichter

dicht nebeneinander im Glas. Laut sprach er vor sich hin; dahin war es mit ihm schon gekommen.
»Ja... meine Nase hat er... die gleiche Nase... das heißt vielleicht... ganz sicher ist es nicht... und die gleichen Augen... aber nein, er hat blaue... Also... o mein Gott... mein Gott!... Es ist, um den Verstand zu verlieren... ich will nichts mehr sehen... ich werde verrückt!...«
Er flüchtete vom Spiegel ans andere Ende des Zimmers, fiel nieder in einen Sessel, setzte den Kleinen in einen anderen und weinte, weinte herzzerbrechend, schluchzte tief und verzweifelt. Bestürzt hörte Georges den Vater schluchzen und fing auch wieder an zu heulen.
Da erscholl die Hausglocke. Parent sprang auf, wie von einer Kugel getroffen. ›Da kommt sie... Was fange ich jetzt an?...‹ Er lief in sein Zimmer und schloß hinter sich ab. Er wollte Zeit gewinnen und sich wenigstens die Augen trocknen. Nach ein paar Sekunden schreckte ihn ein neues Glockenzeichen auf. Er entsann sich, daß Julie gegangen war, ohne daß das Stubenmädchen Bescheid wußte. Also öffnete niemand die Tür. Was blieb ihm übrig? Er ging selber.
Und er fühlte sich mutig genug und entschlossen, sich nichts anmerken zu lassen und den Kampf aufzunehmen. Die grausame Erschütterung hatte ihn in kurzer Zeit zu einem tapferen Mann gemacht. Er wollte jetzt wissen, woran er war; er war besessen von der Glut, die zaudernde und endlich zur Verzweiflung getriebene Menschen zuletzt fortreißt. Und doch zitterte er. War ihm bange? Ja... vielleicht fürchtete er die Frau noch immer? Wer weiß, wieviel Mut oft nichts ist als aufgepeitschte Feigheit?
Mit leisen Schritten huschte er zur Tür und lauschte. Das Herz schlug ihm bis zum Halse. Er hörte nichts als die heftigen Schläge seines Herzens in seinem Innern und aus dem Zimmer die durchdringende Stimme des kleinen Georges, der ohne Unterbrechung weiterschrie. Da rief gerade über ihm wieder die

Glocke; es durchfuhr ihn wie ein Kanonenschuß. Er tastete nach dem Schloß. Er seufzte. Er drehte den Schlüssel im Schloß und öffnete den Türflügel. Fast hätte er seine Haltung wieder verloren. Auf der Vortreppe stand seine Frau mit Limousin.
»Machst du jetzt die Tür auf?« fragte sie erstaunt und war ein wenig betroffen. »Wo ist denn Julie?«
Ihm war die Kehle wie zugeschnürt, heftig atmete er und wollte antworten; aber er brachte kein Wort heraus. Da fuhr sie fort: »Hast du die Sprache verloren? Ich frage, wo Julie ist.«
Er stammelte: »Sie ist... fortgegangen...« Seine Frau wurde ärgerlich: »Wie meinst du? Fortgegangen? Wohin denn? Warum?«
Allmählich gewann Parent seine Sicherheit wieder, und da fühlte er einen erbitterten, tödlichen Haß in sich aufsteigen gegen seine Frau, die da so trotzig vor ihm stand.
»Ja, für immer... ich habe sie fortgeschickt.«
»Du hast sie fortgeschickt...? Julie...? Bist du denn toll geworden...?«
»Ja – ich habe sie hinausgeworfen, weil sie unverschämt war... und weil sie... weil sie das Kind schlecht versorgt hat.«
»Julie?«
»Ja... Julie!«
»Warum ist sie unverschämt geworden?«
»Deinetwegen!«
»Meinetwegen?«
»Ja... weil ihr Essen angebrannt ist und du nicht nach Hause kamst.«
»Sie hat gesagt...?«
»Sie hat Worte über dich geäußert, die sich nicht ziemen... und die ich nicht mit anhören durfte... nicht mit anhören konnte...«
»Was hat sie denn gesagt?«
»Es hat keinen Sinn, es zu wiederholen.«
»Ich will es aber hören.«

»Sie hat gesagt, daß es sehr schlimm für mich als Mann ist, eine Frau wie dich zu haben, die unpünktlich und unordentlich ist, sich um nichts kümmert, eine schlechte Hausfrau, eine schlechte Mutter, eine schlechte Ehefrau dazu...«
Die junge Frau war in den Vorraum getreten; Limousin war ihr gefolgt. Angesichts der unerwarteten Wendung der Dinge sagte

er kein Wort. Die Frau warf die Tür zu, schleuderte ihren Mantel auf einen Stuhl, ging auf ihren Ehemann los und brachte, fast außer sich vor Erregung, nichts heraus als: »Du sagst... du sagst... ich sei...?«
Er war blaß geworden, blieb aber ruhig und entgegnete: »Ich sage gar nichts, meine Liebe; ich wiederhole dir nur, was Julie

behauptet hat, und du hast es hören wollen. Ich bitte dich, sehr zu beachten, daß ich sie eben deswegen vor die Tür gesetzt habe, weil sie es gesagt hat.«

Sie bebte vor Wut; sie hatte das Verlangen, ihm am liebsten den Bart auszureißen, ihm mit ihren Nägeln das Gesicht zu zerkratzen. Sie fand keine Erwiderung; aber sie fühlte sich durch den Tonfall, den Klang der Worte, die ganze Haltung des Mannes bedroht und wollte mit einer scharfen, verletzenden Frage zum Angriff übergehen.

»Hast du gegessen?« fragte sie. »Nein, ich habe gewartet.« Sie zuckte ungeduldig die Achseln: »Dumm genug, länger als bis halb acht Uhr zu warten. Du hättest dir denken können, daß ich aufgehalten worden bin, daß ich etwas zu erledigen hatte, Besorgungen.«

Und es schien ihr notwendig zu erklären, womit die Zeit draufgegangen sei. Mit kargen Worten und ganz von oben herab erzählte sie, in der Rue de Rennes habe sie Möbel angesehen und auf dem Rückweg nach sieben Uhr habe sie auf dem Boulevard Saint-Germain Limousin getroffen. Da habe sie ihn gebeten, sie zu begleiten; sie wollte in einem Restaurant, in das sie sich nicht gern allein hineinwagte, einen Bissen zu sich nehmen; denn sie wäre vor Hunger fast umgefallen. So hätte sie denn also schon gegessen, mit Limousin, das heißt, wenn man das essen nennen wolle; denn sie hätten nur eine Fleischbrühe und eine halbes Hähnchen genossen, so eilig hätten sie es gehabt, nach Hause zu kommen.

Parent sagte darauf nichts als: »Es war recht von dir, ich mache dir keine Vorwürfe.«

Limousin stand fast hinter Henriette verborgen und hatte den Mund noch nicht aufgetan. Jetzt trat er näher, streckte Parent die Hand hin und murmelte: »Geht dir's gut?«

Parent nahm die dargebotene Hand, drückte sie lässig und erwiderte: »Danke, sehr gut!«

Aber nun besann sich die junge Frau und griff ein Wort aus dem

auf, was sie zuletzt von ihrem Manne zu hören bekommen hatte: »Vorwürfe... was meinst du eigentlich damit?... Willst du damit irgend etwas sagen?«
Er entschuldigte sich: »Aber keineswegs! Meine Antwort sollte nur bedeuten, daß mich dein spätes Nachhausekommen gar nicht beunruhigt hat und daß ich daraus nicht etwa ein Staatsverbrechen mache.«
Aber jetzt suchte sie etwas in seinen Worten, denn sie wollte durchaus Streit: »Mein spätes Nachhausekommen? Das klingt ja, als ob es ein Uhr nachts wäre und ich meine Nächte draußen verbrächte.«
»Aber nein doch, meine Liebe. Ich habe ›spät‹ gesagt, weil mir kein anderes Wort einfiel. Du wurdest halb sieben erwartet und kamst um halb neun. Das ist natürlich verspätet, nicht? Ich verstehe es sehr wohl; ich... wundere mich nicht einmal darüber... aber... aber... es ist schwer, ein anderes Wort dafür zu finden.«
»Du gebrauchst Wendungen, als ob ich ein liederliches Frauenzimmer wäre...«
»Aber nein... nein doch...«
Sie merkte, daß der Widerstand nachließ, und wollte schon in ihr Zimmer gehen, da hörte sie erst, daß Georges weinte, und fragte mit ganz bekümmertem Gesicht: »Was hat denn der Kleine?«
»Ich habe dir ja schon gesagt, daß Julie ihm weh getan hat.«
»Was hat sie ihm denn getan, diese dumme Gans?«
»Oh, nichts weiter. Sie stieß Georges an, und da ist er hingefallen.«
Sie eilte ins Eßzimmer und wollte ihr Kind sehen, da stand sie plötzlich vor der Tafel mit dem verschütteten Wein, den zerbrochenen Karaffen und Gläsern und den umgeworfenen Salznäpfchen. »Was ist denn das für ein Trümmerhaufen hier?«
»Julie hat...«
Sie fiel ihm wütend ins Wort: »Aber das reicht mir jetzt wirk-

lich! Julie tut ja, als ob ich überhaupt nicht da wäre. Julie schlägt mein Kind, Julie zerbricht mein Geschirr, stellt mir das ganze Haus auf den Kopf, und du scheinst das ganz in Ordnung zu finden.«
»Aber ich habe sie ja hinausgeworfen!«
»Vorzüglich!... Hinausgeworfen hast du sie!... Warum hast

du sie nicht einsperren lassen? In solchem Falle holt man die Polizei!«
»Aber meine Liebe... das ging ja nicht... dazu lag doch wohl kein Grund vor... Tatsächlich, es war nicht so einfach...«
Da zuckte sie überaus geringschätzig die Achseln: »Man sieht eben, du bist ein Waschlappen, und du bleibst ein Waschlap-

pen, ein Trottel, ein Schlappschwanz, eine Qualle, ein völlig willenloses Nichts! – Ah, diese haarsträubenden Geschichten muß sie dir erst an den Kopf werfen, deine Julie, bis du dich endlich aufraffst und sie hinauspfefferst! Wenn ich doch nur eine Minute dabeigewesen wäre – eine einzige Minute!«

Sie riß die Türe zum Wohnzimmer auf und lief hin zu Georges; sie hob ihn auf, drückte ihn an sich und küßte ihn: »Mein lieber kleiner Georges, was hast du denn, mein Kätzchen – mein Liebes – mein Herzenskind?«

Als die Mutter ihn liebkoste, beruhigte sich der Kleine, und als sie ihn noch einmal fragte: »Was hast du denn?«, da antwortete er ihr, so wie seine erschreckten Kinderaugen die Vorgänge aufgenommen hatten: »Zulie – Papa – dehaut!«

Henriette sah ihren Mann an, zunächst fassungslos. Dann aber blitzte es in ihren Augen auf. Über ihre Wangen huschte ein Zucken; leichte Fältchen kräuselten die Lippen, die Nasenflügel blähten sich, und dann platzte sie los. Eine Rakete des Übermuts, ein Sprudel tollster Laune brach aus ihrem Munde, laut und schallend wie ein schmetterndes Vogeltrillern. Und dazwischen stieß sie immer wieder zwischen ihren weißen, schimmernden Zähnen kurze, boshafte Schmähungen hervor, die Parent das Herz zerrissen: »Hahahaha! Sie hat dich geschlagen! Hahaha! Ist das ein Witz... ist das ein Witz! Hören Sie doch, Limousin! Julie hat ihn geschlagen... Julie hat meinen Mann geschlagen! Hahaha!... Ist das ein Witz!«

»Aber nein doch... nein!« stieß Parent hervor, »das stimmt nicht, es nicht nicht wahr... es war anders. Ich habe Julie ins Eßzimmer hinübergeschleudert, und zwar ziemlich kräftig. Da stieß sie an den Tisch, daß er ins Wackeln kam. Das Kind hat es nicht richtig gesehen, ich habe dem Mädchen eins ausgewischt!«

Henriette fragte darauf das Söhnchen: »Sag's noch einmal, mein Herzchen: Hat Julie den Papa geschlagen?« Das Kind antwortete: »Ja, Zulie.«

Plötzlich schoß ihr etwas ganz anderes durch den Kopf, und sie fing an: »Aber das Kind hat wohl noch gar nicht gegessen? Hast du schon gegessen, Liebling?«
»Nein, Mama.«
Da drehte sie sich nach ihrem Mann um: »Bist du denn von allen guten Geistern verlassen, bist du ganz verrückt? Es ist halb neun, und Georges hat noch nichts zu essen bekommen!«
Der heftige Auftritt und der aufgeregte Wortwechsel hatten Parent erschüttert. Sein Leben zerbrach in diesen Augenblicken. Er war in sich zusammengesunken und wehrte nur entschuldigend ab: »Aber Liebe, wir haben gewartet. Ich wollte nicht ohne dich essen, ich meinte, du kommst ja immer ein wenig später und könntest jeden Augenblick zurück sein.«
Sie riß den Hut vom Kopf und warf ihn auf einen Sessel. Dann rief sie wütend: »Aber das ist doch furchtbar, wenn man mit Menschen zu tun hat, die kein bißchen Verständnis haben, die auf nichts eingehen, nichts tun, wenn man sie nicht dazu antreibt! Wenn ich um Mitternacht zurückgekehrt wäre, hätte das Kind wahrscheinlich überhaupt nichts bekommen! Hättest du dir nicht an den Fingern abzählen können, daß ich aufgehalten worden bin, daß ich etwas zu erledigen hatte, was einige Zeit kostet?«
Parent bebte am ganzen Körper; er fühlte, daß ihn der Zorn zu übermannen drohte. Aber da legte sich Limousin ins Mittel. Er wandte sich der jungen Frau zu und sagte: »Aber liebste Freundin, jetzt werden Sie ungerecht! Wie kann Parent ahnen, daß Sie heute so spät nach Hause kommen, so spät, wie bisher noch nicht ein einziges Mal? Und wie soll er denn überhaupt hier allein fertig werden, nachdem er Julie entlassen hat?«
Henriette antwortete gereizt: »Ja, da mag er zusehen, wie er fertig wird; ich helfe ihm nicht. Das ist seine Sache, wie er zu Rande kommt!« Sie lief in ihr Zimmer und hatte schon ganz vergessen, daß ihr Sohn noch kein Abendbrot hatte.
Aber nun wurde Limousin geschäftig und half dem Freunde. Er

sammelte die Scherben vom Tisch, brachte die Gedecke wieder in Ordnung und setzte das Kind auf sein hohes Kinderstühlchen, indes Parent ging und das Zimmermädchen zum Auftragen herbeirief.

Das Mädchen war höchst erstaunt; es hatte im Kinderzimmer gearbeitet und nichts gehört. Nun trug sie die Suppe auf, da-

nach die Hammelkeule, die wirklich angebrannt war, und dazu Kartoffelbrei.

Parent hatte sich neben sein Kind gesetzt. Sein Herz war beklommen, sein Geist war abwesend. Er fütterte den Kleinen und versuchte, zwischendurch selbst zu essen. Er schnitt

Fleisch, er kaute auch daran herum; aber er brachte kaum einen Bissen hinunter. Seine Kehle war wie zugeschnürt.
Limousin saß gegenüber und drehte Brotkügelchen. Parent fing an, ihn sich immer genauer zu betrachten. Er wollte wissen, ob er Georges ähnlich sähe. Erst scheute er sich, die Augen richtig zu heben. Aber dann tat er's doch und starrte auf das vertraute Gesicht. Und da schien ihm, er habe es noch nie richtig betrachtet, so anders sah es aus, als er es in Erinnerung hatte. Immer wieder blickte er hin. Er prüfte die feinsten Linien, die kleinsten Züge, die geringsten Einzelheiten im Ausdruck, und dann sah er schnell seinen Sohn an und tat, wie wenn er ihn füttern wollte.
Es summte ihm in den Ohren: ›Sein Vater! Sein Vater! Sein Vater!‹ Mit jedem Herzschlag pulsten diese Worte durch seine Schläfen. Vielleicht war der Mann, dieser Mann, der da ganz unbeteiligt gegenüber am Tisch saß, der Vater seines Sohnes, seines Georges, seines kleinen Georges! Parent hörte auf zu essen; er konnte nicht mehr! Ein wüster Schmerz bohrte in seinem Herzen, ein Schmerz, der den Menschen zum Heulen bringt, der ihn auf die Erde wirft, der ihn ins Holz der Möbel beißen läßt. Er verspürte Lust, das Messer zu ergreifen und sich ins Herz zu stoßen. Das würde ihn erlösen, das würde ihn retten, und alle Not hätte ein Ende!
Was sollte er noch auf der Welt? Konnte er so weiterleben, des Morgens aufstehen, seine Mahlzeiten einnehmen, durch die Straßen gehen, sich abends aufs Bett legen und nachts schlafen, wenn in ihm der Zweifel fraß: ›Ist Limousin der Vater von Georges ...?‹ Nein, er brächte die Kraft nicht mehr auf, noch einen Schritt zu tun, sich anzukleiden, zu denken, mit jemandem zu reden. An jedem Tag, zu jeder Stunde, in jeder Sekunde würde er diese Ungewißheit vor sich haben, und es würde aller Kraft bedürfen, das brennende Geheimnis zu erforschen, zu enträtseln, zu ergründen! Und den Kleinen, seinen lieben Kleinen, würde er nicht mehr sehen können, ohne daß dieser Zwei-

fel ihn quälte, ihm das Herz zerrisse und ihn marterte bis aufs Mark seiner Knochen! Und hier sollte er weiterleben! In diesem Hause sollte er bleiben, an der Seite dieses Kindes, das er lieben und – hassen müßte! Ganz sicher, am Ende würde er es noch hassen müssen! Welch unerträgliche Qual! Wenn er wenigstens genau wüßte, ob Limousin der Vater ist, käme er vielleicht zur Ruhe. Er würde abgestumpft werden und Unglück und Leid nicht mehr empfinden. Aber die Ungewißheit war ja gar nicht mehr auszuhalten!

Im Dunkel sitzen und vergeblich nach dem Licht streben, darunter leiden und doch immer wieder das Kind in den Armen halten, das Kind eines andern! Mit ihm durch die Straßen gehen, es auf dem Arm tragen, das weiche Haar schmeichelnd an den Lippen spüren, ihn vergöttern – und immer wieder denken müssen: ›Vielleicht ist es gar nicht dein Kind?‹ Wäre nicht besser, es nie mehr vor die Augen zu bekommen, es auszusetzen, auf der Straße zu verlieren oder sich selber vor einem Wiedersehn in Sicherheit zu bringen, weit, weit weg, sehr weit weg, wo niemand mehr davon reden würde – niemals?

Er zuckte zusammen; die Tür öffnete sich. Seine Frau trat wieder ins Zimmer, und er hörte sie sagen: »Ich habe Hunger, und Sie, Limousin?« Limousin antwortete zögernd: »Wenn ich ehrlich sein soll – ich auch.« Da ließ sie die Hammelkeule reichen.

Parent fragte sich: ›Haben sie nun unterwegs gegessen, oder sind sie bei einem Schäferstündchen gar nicht dazu gekommen?‹

Beide langten tüchtig zu. Henriette gab sich ganz unbefangen; sie scherzte und lachte. Ihr Mann beobachtete sie mit kurzen, scharfen Blicken. Sie trug ein rosa Hauskleid mit weißen Spitzen. Der blonde Kopf, der weiße Hals und die rundlichen Hände wuchsen aus dem hübschen, sehr reizenden und zart duftenden Kleidungsstück heraus wie aus einer schaumgerandeten Muschelschale. Nun war sie den ganzen Tag mit diesem

Manne zusammen gewesen! Parent malte es sich aus. Sie flüsterten heiße Liebesworte; sie küßten sich. Und er konnte nicht hinter jenes Geheimnis kommen, konnte das Rätsel nicht lösen, das ihn quälte. Da saßen sie ihm gegenüber, Seite an Seite. Hatten sie ihn wirklich betrogen vom ersten Tage an, so mußte er ihnen ja zum Gespött sein! Konnte man einem Menschen, einem anständigen Menschen so mitspielen, bloß weil ihm sein Vater etwas Vermögen hinterlassen hatte? Warum konnte man keine Gedanken lesen! Wie ist es möglich, daß einem ehrlichen Herzen ein ehrloser Betrug verborgen bleiben kann! Wie kann dieselbe Sprache ebensogut lügen wie beten, und wie kann das Auge eines Gauners dem eines redlichen Mannes so ähnlich sein!

Er musterte die beiden; er lauerte auf eine verdächtige Gebärde, eine Redewendung, einen verräterischen Klang in den Worten. Und plötzlich kam ihm der Gedanke: ›Heute muß ich Klarheit haben!‹ Da sagte er: »Liebe Henriette, ich habe Julie entlassen, da will ich mich darum kümmern und ein anderes Kindermädchen besorgen. Ich gehe noch einmal weg, um eins zu suchen, das morgen gleich antreten kann. Vielleicht dauert es etwas länger, bis ich wiederkomme.«

Sie antwortete: »Geh ruhig; ich setze keinen Fuß mehr vor die Tür. Limousin kann mir Gesellschaft leisten. Wir werden auf dich warten.« Dann wandte sie sich zum Zimmermädchen und sagte: »Sie bringen Georges zu Bett, dann können Sie abdecken und auf Ihr Zimmer gehen!«

Parent hatte sich erhoben. Die Füße wollten ihm den Dienst versagen. Ihm wurde schwindlig; er taumelte. »Also bis nachher!« murmelte er. Unsicher tastete er sich an der Wand entlang und ging zur Tür. Der Fußboden schien zu schwanken wie die Planken eines schaukelnden Schiffes.

Georges war hinausgebracht worden. Henriette und Limousin gingen ins Wohnzimmer. Sobald sie die Tür hinter sich zugezogen hatten, sagte Limousin: »Sag, bist du denn toll, daß du

den Mann derart behandelst?«
Sie drehte sich um: »Nun, weißt du, ich finde es mit der Zeit kränkend, wie du seit kurzem Parent zum Märtyrer machst!«
Limousin warf sich in einen Sessel und schlug die Beine übereinander: »Ich mache ihn keineswegs zum Märtyrer; aber ich muß sagen, daß ich es lächerlich finde, in unsrer Lage wenigstens, diesen Mann von morgens bis abends derart zu quälen!«
Sie langte sich eine Zigarette vom Kaminsims, zündete sie an

und antwortete: »Ich behandle ihn doch nicht etwa schlecht, ganz im Gegenteil! Aber er, er macht mich noch verrückt mit seinem Stumpfsinn... Ich behandle ihn, wie er's verdient!«

Limousin meinte darauf, und seine Stimme klang unwillig: »Aber es ist doch höchst albern, was du tust! So sind eben die Frauen. Da haben sie einen ausgezeichneten Mann, viel zu gutmütig – vertrauensselig bis zum Stumpfsinn! Er macht uns nicht die geringsten Schwierigkeiten, hat nicht den geringsten Verdacht, läßt uns schalten, wie wir wollen, läßt uns ganz in Ruhe, und du tust, was du kannst, ihn zu reizen und unser behagliches Leben zu verpfuschen!«

Sie wandte sich ihm zu: »Hör auf, du langweilst mich! Du bist feige, wie alle Männer! Du hast Angst vor diesem Kümmerling!«

Da sprang er auf und wurde wütend: »Nun aber Schluß! Ich möchte wissen, was er dir getan hat? Was paßt dir nicht an ihm? Macht er dich unglücklich? Schlägt er dich? Betrügt er dich? Nein, das geht schließlich zu weit – einen Menschen nur darum zu quälen, weil er gutmütig ist, nur darum gegen ihn gehässig zu sein, weil – du ihn betrügst!«

Sie trat dicht vor Limousin hin und sah ihm in die Augen: »Du wirfst mir vor, daß ich ihn betrüge, du... ausgerechnet du? Hast du eine so schmutzige Seele?«

Er wurde etwas verlegen und verteidigte sich: »Aber liebe Freundin, ich mache dir nicht im geringsten Vorwürfe; ich bitte dich nur, nimm ein wenig Rücksicht auf deinen Gatten. Wir können beide nur wünschen, daß er sein Vertrauen zu uns behält, ich meine, das müßtest du einsehen!«

Sie standen dicht voreinander, er groß, dunkel, mit stattlichem Backenbart, in der Allerweltshaltung des schönen Mannes, der mit sich recht zufrieden ist; sie klein, rosig und blond, eine niedliche Pariserin, halb Lebedame, halb Kleinbürgerin, in einem kleinen Kramladen geboren, auf dessen Schwelle sie groß geworden war und in dem sie mit einem zugeworfenen Blick

die Kunden heranholte. Und durch solchen zufälligen Fang war sie verheiratet mit einer Seele von Mensch, der sich in sie verliebt hatte, weil er sie jeden Tag vor dieser Tür sah, wenn er morgens wegging und abends nach Haus kam.
Und nun sagte sie: »Du verstehst mich nicht, du Siebenmalgescheiter! Ich verabscheue ihn eben, weil er mich geheiratet hat, weil er mich schließlich mit seinem Gelde gekauft hat, weil alles, was er sagt, was er tut, was er denkt, mir auf die Nerven fällt. Er treibt mich jede Sekunde zur Verzweiflung mit seiner Dummheit – du sagst Güte –, seiner Beschränktheit – du sagst Vertrauen –, und dann vor allem und überhaupt, weil er mein Ehemann ist, er, und nicht du! Er steht zwischen uns, wenn er sich auch kaum in den Weg stellt. Und schließlich... was soll werden? Nein, er ist viel zu dumm, um überhaupt etwas zu ahnen. Wenn er wenigstens ein bißchen eifersüchtig wäre! Manchmal möchte ich ihm ins Gesicht schreien: ›Merkst du denn gar nichts, du großes Rindvieh, siehst du nicht, daß Paul mein Liebhaber ist?!‹«
Limousin lachte: »Na, vorläufig wirst du klug genug sein, den Mund zu halten, um nicht unsere schönen Tage zu gefährden!«
»Ach geh, ich gefährde nichts! Bei dem Schwachkopf gibt's nichts zu fürchten. Aber ich finde es unglaublich, daß du nicht begreifst, wie widerwärtig er mir ist und wie mich das zermürbt. Du machst immer den Eindruck, daß du ihn wirklich schätzest. Du kannst ihm offen die Hand schütteln. Männer sind manchmal unbegreiflich.«
»Man muß den Schein wahren, meine Liebe!«
»Ach, es handelt sich nicht darum, einen Schein zu wahren, mein Lieber, das sind einfach Dinge des Gefühls! Wenn ihr einen Mann betrügt, sieht es aus, wie wenn ihr ihn um so höher schätztet, wir hassen ihn von dem Augenblick an, in dem wir ihn betrogen haben.«
»Ich kann aber wirklich nicht einsehen, warum man einen an-

ständigen Menschen, dem man die Frau abspenstig gemacht hat, hassen soll.«

»Das siehst du nicht ein? Das siehst du nicht ein ...? Das ist eine Ritterlichkeit, die euch allen abgeht! Siehst du, das sind eben Dinge, die man fühlen muß; darüber läßt sich nicht streiten. Und dann noch, warum soll man es nicht dürfen?... Nein, das verstehst du nicht, es hat keinen Zweck! Ihr habt eben nicht so ein feines Empfinden!«

Und lächelnd, mit nachsichtigem Naserümpfen legte sie ihm die Hände auf die Schultern und bot ihm die Lippen zum Kuß. Er beugte sich nieder, schloß sie in die Arme, und ihre Lippen

fanden sich. Da sie gerade vor dem Spiegel über dem Kamin standen, küßte sich hinter der Stutzuhr ein zweites Paar, das ihnen aufs Haar glich.
Sie hörten nichts, weder das Geräusch des Schlüssels noch das Knarren der Tür. Plötzlich schrie Henriette gellend auf und stieß Limousin mit beiden Armen heftig von sich. Sie bemerkten Parent, der sie ansah, aschfahl im Gesicht, die Fäuste geballt, auf Strümpfen, den Hut in der Stirn.
Er sah sie an, einen nach dem andern; er rollte die Augen, ohne den Kopf zu bewegen. Er schien wahnsinnig geworden zu sein. Er fiel über Limousin her, packte ihn um den Leib, wie wenn er ihn erdrücken wollte, und schleuderte ihn mit heftigem Schwung in eine Ecke des Zimmers. Der Gegner verlor den Boden unter den Füßen, fuchtelte mit den Armen in der Luft und schlug hart mit dem Schädel gegen die Wand.
Da fürchtete Henriette, daß ihr Mann den Geliebten umbringen würde, und stürzte sich auf Parent. Sie packte ihn bei der Gurgel. Ihr zehn feinen rosigen Finger preßten sich in das Fleisch des Halses. Sie drückte mit solchem Ungestüm und mit der ganzen Kraft einer liebenden Frau, daß ihr das Blut unter den Nägeln hervorsprang. Zugleich biß sie ihn in die Schulter, wie wenn sie ihn mit ihren Zähnen zerreißen wollte. Halb erstickt unter dem Würgegriff, ließ Parent von Limousin und schüttelte erst einmal seine Frau ab, die sich an seinem Halse festgekrallt hatte. Dann packte er sie um die Hüften und schleuderte sie auf die entgegengesetzte Seite des Zimmers.
Nach dem kurzen Wutausbruch eines gutherzigen und der rasch wieder gedämpften Heftigkeit eines schwachen Menschen stand Parent zwischen den beiden, keuchend, erschöpft, und wußte nicht, wie weiter... Nach der Überanstrengung war seine Wut wieder vergangen wie der Schaum einer entkorkten Flasche Champagner. Er rang verzweifelt nach Luft. Als er sprechen konnte, stammelte er: »Hinaus... alle beide... sofort... hinaus!«

Limousin lag reglos in seiner Ecke an der Wand; er war noch zu bestürzt, um zu begreifen, was vor sich ging, zu erschreckt, um einen Finger zu rühren.

Henriette stützte die Fäuste auf ein Tischchen und streckte den Kopf vor; das Haar hing ihr ums Gesicht, die Bluse stand offen und zeigte die bloße Brust. Sie stand bereit wie ein Raubtier, das zuspringen will.

Parent wiederholte noch einmal, jetzt in viel kräftigerem Tone: »Hinaus, sofort... hinaus!«

Als seine Frau sah, daß sich der erste Zorn bei ihm legte, faßte sie sich ein Herz, richtete sich empor, ging ein paar Schritte auf ihn zu und sagte schon wieder hochfahrenden Tones: »Bist du verrückt geworden? Was ist denn in dich gefahren? Was soll der unglaubliche Überfall?«

Er drehte sich zu ihr um, hob die Faust, um sie niederzuschlagen, und stammelte: »Oh... oh... das war zuviel für mich... das ist das Letzte!... Ich... habe... ich habe... alles gehört!... Alles... alles... Verstehst du!... Du Nichtswürdige... Nichtswürdige! Beide seid ihr nichtswürdig!... Schert euch zum Teufel... alle beide... und sofort... Ich schlage euch sonst tot... Schert euch hinaus!«

Jetzt begriff sie, daß das Spiel verloren war, daß er sie durchschaut hatte, daß sie sich nicht mehr reinwaschen konnte und weichen mußte. Aber da hatte sie auch schon wieder ihre ganze Unverfrorenheit wiedergewonnen, ihr Haß gegen diesen Mann stieg aufs Höchste und stachelte sie bis zur Kühnheit an, reizte sie, den Mann noch weiter herauszufordern und zu verhöhnen. Mit klangvoller Stimme sagte sie: »Kommen Sie, Limousin! Da ich davongejagt werde, komme ich zu Ihnen!«

Limousin rührte sich nicht. Parent wurde von neuem von Zorn gepackt und schrie: »Hinaus mit euch... schert euch!... Elendes Pack!... Oder ich... ich...«

Er griff nach einem Stuhl und schwenkte ihn über seinem Kopfe. Da eilte Henriette mitten durchs Zimmer, ergriff ihren

Liebhaber am Arm, zog ihn von der Mauer weg, an der er geradezu festzuhaften schien, wiederholte noch ein paarmal: »Aber kommen Sie doch, lieber Freund, kommen Sie... Sie sehen doch, daß dieser Mensch den Verstand verloren hat... Kommen Sie doch!«

In der Tür drehte sie sich noch einmal um. Sie suchte noch etwas, was sie tun konnte, etwas, was sie erfinden konnte, um ihn zutiefst ins Herz zu treffen, ehe sie das Haus verließ. Und da schoß ihr ein Gedanke durch den Kopf, einer jener giftigen, tödlichen Anschläge, in denen die ganze Heimtücke der Frauen schwelt. Mit fester Stimme verlangte sie: »Mein Kind nehme ich mit!«

Parent war verblüfft, er stotterte: »Dein... dein... Kind? Du wagst zu sagen, ›dein Kind‹? Du wagst es... du wagst, dein Kind zu verlangen... nach... alledem... Oh, oh, oh! Das ist doch der Gipfel der Unverschämtheit!... Das wagst du noch?... Mach, daß du hinauskommst, elendes Frauenzimmer, geh!«

Da trat sie noch einmal zu ihm. Ihre Züge deuteten ein Lächeln an. Jetzt kam ihre Rache. Trotzig, dicht vor seinem Gesicht, sagte sie: »Ja, mein Kind! Du hast kein Recht, es zu behalten, weil es nicht dein Kind ist. Verstehst du, verstehst du recht? Es ist nicht dein Kind – es ist von Limousin.«

Parent geriet völlig von Sinnen und schrie: »Das lügst du! Du lügst, du elendes Weibsstück!«

Aber sie fuhr fort: »Du Dummkopf! Die ganze Welt weiß das, bloß du nicht. Ich sage dir ja, das dort ist sein Vater. Man braucht bloß die Augen aufzumachen, dann sieht man es...«

Parent wich zurück vor ihr, schwankend. Dann drehte er sich plötzlich um, ergriff eine Kerze und stürzte ins Nebenzimmer.

Er kam sofort wieder. Auf dem Arme trug er den kleinen Georges, eingewickelt in seine Bettdecke. Das Kind, das so plötzlich aus dem Schlaf gerissen war, weinte. Parent warf es seiner Frau

in die Arme und stieß sie, ohne noch ein Wort zu verlieren, eilig zur Tür hinaus, nach der Treppe, wo der vorsichtige Limousin schon wartete.

Dann schloß er die Tür, drehte den Schlüssel zweimal herum und schob den Riegel vor. Kaum war er wieder im Wohnzimmer, da schlug er der Länge nach hin.

II

Parent lebte ganz zurückgezogen und völlig einsam. In den ersten Wochen nach der Trennung war ihm das neue Leben so erstaunlich, daß er nicht viel zum Nachdenken kam. Er hatte seine Junggesellengewohnheiten wiederaufgenommen, führte

ein unstetes Leben und aß in der Gastwirtschaft wie ehedem. Um jedes Aufsehen zu vermeiden, ließ er seiner Frau monatlich einen Betrag überweisen, den ihre Anwälte ausgemacht hatten.
Aber allmählich fing die Erinnerung an sein Kind an, ihn zu bedrücken. Oft, wenn er abends allein zu Hause war, glaubte er plötzlich, Georges rufen zu hören: »Papa!« Dann bekam er Herzklopfen, sprang auf und öffnete die Tür, um nachzusehen, ob der Kleine nicht doch zufällig zurückgekommen sein könnte. Er hätte sich doch zurückfinden können, so wie Hunde oder Tauben! Warum sollte ein Kind weniger Verstand haben als ein Tier?
Wenn er bemerkt hatte, daß er sich irrte, kehrte er in sein Zimmer zurück, setzte sich in seinen Lehnstuhl und dachte an nichts als seinen Kleinen. Stundenlang, tagelang dachte er nur an ihn, und das machte ihm schwer zu schaffen, nicht nur seelisch, sondern auch körperlich. Es verlangte ihn danach, ihn zu umarmen, ihn festzuhalten, ihn zu streicheln, ihn auf die Knie zu nehmen und »Hoppe Reiter« zu spielen. Er fühlte die kleinen Arme ihn umhalsen, den kleinen Mund einen langen Kuß auf seinen Bart drücken und die feinen Härchen seine Wange kitzeln. Ein Verlangen nach den verlorenen, innigen Zärtlichkeiten, nach dieser warmen, zarten, pfirsichweichen Haut, die sich seinen Lippen darbot, zehrte an ihm wie der Wunsch nach einer geliebten und verlorenen Frau.
Wenn er auf der Straße ging und daran dachte, daß er ihn bei sich haben könnte, daß er ihn neben sich hertrippeln lassen könnte wie früher, als er ihn an der Hand führte, seinen lieben, großen Georges, dann schossen ihm die Tränen in die Augen. Er ging nach Haus, barg das Gesicht in den Händen und schluchzte vor sich hin bis zum Abend.
Und zwanzigmal, hundertmal den Tag über fragte er sich: ›Ist er der Vater von Georges, oder ist er es nicht?‹
Besonders nachts grübelte er unaufhörlich darüber nach. Kaum

hatte er sich niedergelegt, dann begann er Abend für Abend immer wieder über denselben verzweifelten Fragen zu brüten.

Nach dem Weggang seiner Frau war er zunächst nicht im Zweifel, das Kind gehöre Limousin. Allmählich aber wurde er unsicher. Ganz gewiß konnte man der Behauptung Henriettes keinen großen Wert beilegen. Sie war aufgebracht gegen ihn und wollte ihn zur Verzweiflung treiben. Wenn er jetzt nüchtern das Für und Wider gegeneinander abwog, sprach ebensoviel dafür, daß sie die Unwahrheit gesagt hatte.

Vielleicht war Limousin der einzige, der die Wahrheit sagen konnte? Aber wie sollte man sie erfahren, wie ihn fragen, wie ihn zum Geständnis bringen?

Einige Male stand Parent mitten in der Nacht auf. Er wollte Limousin aufsuchen und ihn bitten, ihm geben, was er haben wollte – nur um der Qual ein Ende zu machen. Aber dann sagte er sich, daß der Liebhaber wohl genauso lügen würde, und er ging ohne Hoffnung wieder zu Bett. Er würde sogar sicher lügen, wenn es gälte, den richtigen Vater um sein Kind zu bringen.

Was konnte er tun? – Nichts!

Er war untröstlich, daß er die Dinge so auf die Spitze getrieben hatte, nicht besonnener gewesen war, daß er nicht fertiggebracht hatte, zu warten und einen oder zwei Monate zu heucheln, um sich erst noch mit eigenen Augen zu überzeugen. Er hätte den völlig Ahnungslosen spielen müssen, und sie würden sich nach und nach von ganz allein verraten haben. Es hätte genügt zu beobachten, wie jener das Kind küßte, um das Rätsel zu lösen und ein für allemal klarzusehen. Ein guter Freund küßt anders als ein Vater. Er hätte sie heimlich beobachten sollen! Warum war ihm das nicht rechtzeitig eingefallen? Wenn Limousin einmal mit Georges allein gelassen worden wäre und ihn nicht gleich hergenommen, an die Brust gedrückt, leidenschaftlich abgeküßt hätte, wenn er ihn hätte gleichgültig weiterspielen lassen, dann wäre kein Zweifel mehr möglich gewesen. Dann war er auch nicht der Vater; er fühlte sich nicht als Vater, er empfand nicht als Vater.

So hätte er, Parent, dann die Mutter hinausgejagt, aber sich den Sohn erhalten, und er wäre jetzt glücklich, sehr glücklich.

Er wälzte sich im Bett; er war in Schweiß gebadet und litt wahre Folterqualen. Er suchte sich zu vergegenwärtigen, wie Limousin im Umgang mit dem Kleinen gewesen war. Aber nichts hatte er mehr in Erinnerung, rein nichts, keine Geste, keinen Blick, kein Wort, nicht eine einzige auffällige Zärtlichkeit. Und schließlich – die Mutter bekümmerte sich ja auch kaum um ihr Kind. Wenn der Geliebte der Vater wäre, hätte sie ohne Zweifel mehr Liebe gezeigt.

Also hatte man ihm den Sohn genommen aus Rache, aus Grausamkeit. Man wollte ihn dafür strafen, daß er sie überrascht hatte.

Und er beschloß, gleich in der Morgenfrühe die Polizei zur Hilfe heranzuziehen und sich den kleinen Georges herausgeben zu lassen.

Aber kaum hatte er sich zu dem Entschluß durchgerungen, da war er schon wieder genau vom Gegenteil überzeugt. Wenn Limousin vom ersten Tage an Henriettes Liebhaber, der leidenschaftlich geliebte Liebhaber gewesen war, dann hatte sie ihn auch mit dem Feuer, mit der Hingabe, mit der Glut umarmt, die aus Frauen Mütter macht. Mußte nicht demgegenüber die kalte Ablehnung, die sie im Umgang mit ihm stets bewahrt hatte, geradezu verhindern, daß seine Zärtlichkeiten Folgen gehabt hätten?

Also würde er das Kind eines Fremden herausverlangen, zu sich nehmen und erziehen. Und er würde es nie ansehen und küssen, ihn niemals »Papa« rufen hören, ohne den niederschmetternden, vernichtenden Gedanken: ›Es ist gar nicht dein Sohn!‹ Er war drauf und dran, sich selber für immer zu dieser Strafe zu verurteilen, zu diesem unendlichen Elend. Nein, lieber allein bleiben, allein leben, allein alt werden und allein sterben!

Tag für Tag und Nacht für Nacht verfiel er dieser peinvollen Ungewißheit mit all ihrer Qual. Nichts konnte das Leid stillen, nichts konnte die Pein beenden. Am meisten scheute er den dunkelnden Abend, die Schwermut der Dämmerung. Mit den Schatten der Finsternis stürzte ein Regen von Kummer, eine Flut der Verzweiflung nieder auf sein Herz, überschwemmte es und machte sein Empfinden zunichte. Er fürchtete seine eigenen Gedanken, wie ein Gehetzter seine Verfolger fürchtet, und floh vor ihnen wie ein gejagtes Wild.

Ihm graute besonders vor der leeren, finsteren, entsetzlichen Wohnung, aber auch vor den verlassenen Straßen, in denen nur

AFÉ RESTAURAURANT SOUPERS

hier und da in gleichmäßigen Abständen eine Gaslaterne brennt, und der einsame Fußgänger, den man von weitem hört, ein nächtlicher Bummler sein mag, dessen Schritt langsamer oder schneller wird, je nachdem, ob er uns entgegenkommt oder ob er uns folgt.

Mit unwiderstehlicher Gewalt zog es Parent in die hellerleuchteten und lebhaften Straßen. Das strahlende Licht und die vielen Menschen lockten ihn an, beschäftigten seine Gedanken und betäubten seinen Schmerz. Wenn er dann von dem Umherlaufen, dem ziellosen Treiben im Menschengewoge genug hatte, wenn er sah, daß das Treiben abnahm, die Straßen leer wurden, dann trieb ihn die Angst vor der Einsamkeit und vor der Stille in eins der großen Kaffeehäuser, wo er Gäste in Menge fand und strahlend helles Licht. Es zog ihn dorthin wie die Motte zur Flamme. Er setzte sich an einen der kleinen, runden Tische und bestellte ein Bier. Er trank langsam. Jedesmal, wenn ein Gast aufstand und fortging, wurde er unruhig. Er hätte ihn am Ärmel zupfen mögen, ihn zurückhalten, ihn bitten mögen, noch ein wenig zu bleiben. So fürchtete er den Augenblick, in dem der Kellner vor ihm stehen und mit mürrischer Miene sagen würde: »Darf ich bitten, mein Herr, das Haus wird geschlossen!«

Er war jeden Abend der letzte Gast. Er sah, wie die Tische von der Terrasse hereingeräumt wurden, sah die Gasflammen verlöschen, eine nach der andern, bis auf zwei, die bei ihm und die an der Ausgabe. Bekümmert sah er die Frau an der Kasse das Geld zählen und wegschließen, dann ging er, gedrängt vom Personal. »Aber der ist schwer von Begriff«, sagten sie, »er muß gar nicht wissen, wo er in der Nacht hingehört.«

Und sobald er auf der dunklen Straße allein war, mußte er wieder an Georges denken, zerbrach sich den Kopf und zermarterte sein Hirn, um zu ergründen, ob er der Vater seines Kindes sei oder nicht.

So wurde er schließlich Stammgast in einer Bierstube, in der die ständige Fülle an Gästen den Besucher mit angenehmen, schweigsamen Menschen umgibt, der dicke Rauch der Pfeifen alle Aufregung beruhigt, das schwere Bier das Denken einschläfert und das Herz wunschlos macht.

Hier lebte er. Sobald er früh aufgestanden war, suchte er hier Gesellschaft, um seine Augen und seine Gedanken zu beschäftigen. Bald gewöhnte er sich aus reiner Trägheit daran, hier auch seine Mahlzeiten einzunehmen. Zu Mittag klopfte er mit seiner Untertasse auf das Marmortischchen, und sofort brachte ihm der Kellner Teller, Glas und Mundtuch und trug ihm das Tagesgericht auf. Nach dem Essen trank er langsam seinen Kaffee, und sein Auge ruhte schon auf der Karaffe Branntwein, die ihm bald eine schöne Stunde des Vergessens schenken würde. Zuerst befeuchtete er mit dem Kognak nur die Lippen, wie um den Geschmack zu versuchen, und schmeckte nur mit der Zungenspitze das Aroma des Getränkes. Dann legte er den Kopf zurück und goß es sich langsam in den Mund, Tropfen um Tropfen. Jetzt schmeckte er den starken Kognak mit dem Gaumen, dem Zahnfleisch, der ganzen inneren Wangenhaut und kaute ihn mit dem Speichel, den die Berührung absonderte. So gemildert schluckte er ihn andächtig hinunter und fühlte ihn durch die Kehle rinnen bis hinunter auf den Grund des Magens.

Nach jeder Mahlzeit saß er eine gute Stunde und trank seine drei bis vier Gläschen. Dann fühlte er sich angenehm erschlafft. Er ließ den Kopf auf die Brust sinken, schloß die Augen und gab sich einem leichten Schlummer hin. Am späten Nachmittag wurde er wieder wach. Er griff nach dem Glase Bier, das der Kellner während des Schlummers vor ihn hingestellt hatte. Er trank einen Schluck; dann richtete er sich auf dem roten Plüschpolster empor, zog seine Hose in die Höhe, zog die Weste herab, um den Streifen weißer Wäsche zu verdecken, der dazwischen zu sehen war, rückte den Rockkragen zurecht, zupfte die Manschetten der Hemdsärmel vor, daß man sie sah,

und griff wieder zu den Zeitungen, die er am Vormittag schon einmal gelesen hatte.
Er las sie noch einmal, von der ersten bis zur letzten Zeile, auch die Anzeigen, den Stellenmarkt, Bekanntmachungen, Börsenzettel und Theaterspiegel.
Von vier bis sechs Uhr ging er einmal um den Stadtring, »um Luft zu schnappen«, pflegte er zu sagen. Wenn er zurückkam, setzte er sich auf seinen Platz, den man für ihn freihielt, und bestellte seinen Absinth.
Dann unterhielt er sich mit den Stammgästen, die er kennengelernt hatte. Man sprach über die Tagesereignisse, über dies und das und über das politische Geschehen. So rückte die Stunde zum Essen heran. Der Abend verlief wie der Nachmittag, bis die Gaststätte ihre Pforten schloß. Dies war für ihn der schreckliche Augenblick, in dem er nach Hause gehen sollte, in die Finsternis, in sein ödes Zimmer voll häßlicher Erinnerungen, böser Gedanken und beängstigenden Alleinseins. Von seinen alten Freunden sah er niemanden mehr, niemanden seiner Verwandten, keine Menschenseele, die eine Erinnerung an sein früheres Dasein hätte wachrufen können.
Als ihm seine Wohnung zu teuer wurde, mietete er ein schönes Zimmer in einem Hotel, im Hochparterre, um zu sehen, wer vorüberging. In diesem großen Hause war er nicht mehr allein, er hatte stets ein Gewimmel von Menschen um sich, hörte Stimmen durch die Wände, und wenn ihn angesichts des aufgeschlagenen Bettes und des einsamen Ofenfeuers seine alten Sorgen quälten, trat er hinaus auf einen der weiten Flure und ging dort auf und ab wie eine Schildwache, an all den geschlossenen Türen vorbei, und sah trübsinnig auf das Schuhwerk, das dort paarweis herausgestellt worden war. Zierliche Damenschuhe schmiegten sich an große Männerstiefel. Da mußte er denken, daß alle diese Leute glücklich seien, ohne quälende Zweifel in ihren Herzen, und wie sanft sie schlafen mochten, Seite an Seite oder zärtlich umarmt, in ihrem schönen warmen Bett.

Fünf Jahre gingen so hin; fünf freudlose Jahre, ohne daß er mehr erlebte, als von Zeit zu Zeit ein kurzes, bezahltes Liebesabenteuer.
Eines Tages war er auf seinem gewöhnlichen Spaziergang zwischen La Madeleine und der Rue Drouot, da wurde er plötzlich einer Frau gewahr, deren Erscheinung ihm auffiel. Neben ihr gingen ein stattlicher Mann und ein Kind. Er sah die drei vor sich und überlegte: ›Wo habe ich diese Menschen schon gesehen?‹ Da – auf einmal – eine Handbewegung, die ihm vertraut war: Es war seine Frau, die vor ihm herging, seine Frau mit Limousin und mit seinem Kinde, seinem kleinen Georges.
Sein Herz schlug bis zum Halse, aber er verhielt den Schritt nicht. Er wollte sie sehen und folgte ihnen. Sie sahen ganz aus wie eine solide Familie, ein einträchtiges bürgerliches Ehepaar. Henriette stützte sich auf den Arm von Paul, sah ihn zuweilen von der Seite an und sprach freundlich auf ihn ein. Dann sah Parent ihr Profil, erkannte die zierliche Linie ihres Gesichts, gewahrte die Bewegungen des Mundes, ihr Lächeln, die Zärtlichkeit in ihrem Blick. Er richtete sein Hauptaugenmerk auf das Kind. Wie groß es geworden war! Und wie kräftig! Parent konnte sein Gesicht nicht sehen; nur das lange blonde Haar, das sich in gedrehten Locken auf den Kragen herabringelte. Dieser stramme Junge in Wadenstrümpfen, der da wie ein kleiner Mann neben seiner Mutter herging, das war der kleine Georges!
Als sie vor einem Laden stehenblieben, sah er mit einemmal alle drei genau. Limousin hatte weißes Haar bekommen, sah hager aus; seine Frau dagegen erschien frischer denn je und hatte zugenommen; Georges war nicht mehr zu erkennen, so sehr hatte er sich verändert.
Sie gingen weiter. Parent folgte ihnen. Dann überholte er sie in langen Schritten und machte kehrt, um ihnen ganz nah ins Gesicht sehen zu können. Als er an dem Kinde vorbeiging, überkam ihn das Verlangen, das kaum zu bezähmende Verlangen, es

in die Arme zu nehmen und zu entführen. Er rührte es an wie zufällig. Da wandte der Kleine den Kopf und streifte den ungeschickten Mann mit einem beleidigten Blick. Ganz betroffen ging Parent hastig weiter; der Blick verfolgte ihn. Er floh, voller Angst, daß ihn seine Frau und ihr Geliebter erkannt haben könnten. Er lief in einem Zuge bis zu seiner Bierstube und warf sich schnaufend in seinen Stuhl.

An dem Abend trank er drei Gläschen Absinth.

Vier Monate lang wurde er die Erinnerung an diese Begegnung nicht los; sie schnitt ihm ins Herz. Jede Nacht sah er die drei vor sich, wie sie, Vater, Mutter und Kind, glücklich und zufrieden vor dem Essen über den Boulevard spazierten. Dies neue Bild verwischte die alten Erinnerungen. Jetzt hatte er etwas anderes, eine neue Vorstellung und einen neuen Schmerz. Der kleine Georges, sein kleiner Georges, den er ehemals so geliebt, so oft geküßt hatte, gehörte nun einer lange entschwundenen Vergangenheit an, und jetzt sah er ihn wie einen neuen, einen Bruder des früheren, mit nackten Waden, der ihn gar nicht mehr kannte. Dieser Gedanke schuf ihm bitteres Leid. Die Liebe des Kleinen war erloschen; kein Band hielt sie beide mehr zusammen; das Kind hatte ihm nicht die Arme entgegengestreckt, als es ihn sah. Nein, es hatte ihn böse angesehen.

Allmählich beruhigte sich sein Gemüt wieder; seine seelische Qual ließ nach; das Bild, das er vor Augen gehabt hatte und das ihm nachts oft wieder erschienen war, verblaßte und tauchte selten noch einmal auf. Er fing an, ein Dasein zu führen wie alle anderen, wie alle diese Müßiggänger, die ihre Hosenböden auf dem abgeschabten Samt der Polsterbänke scheuern und hinter den Marmortischchen ihr Bier trinken.

Im Rauch der Pfeifen wurde er alt, verlor unter den Gasflammen sein Haar, und das wöchentliche Bad, das Haarschneiden alle vierzehn Tage, gar der Kauf eines neuen Anzuges oder eines Hutes, das waren die gewichtigen Ereignisse seines Lebens. Wenn er mit einer neuen Kopfbedeckung in der Bierstube auf-

kreuzte, dann betrachtete er sich noch lange im Spiegel, ehe er seinen täglichen Platz einnahm, setzte ihn ein paarmal auf und ab, immer wieder anders, und fragte schließlich seine Freundin, die Kassiererin, die ihm aufmerksam zuschaute: »Finden Sie, daß er gut aussieht?«
Zwei- oder dreimal im Jahre ging er ins Theater, und den Sommer über verbrachte er den Abend ein paarmal in einem Musikcafé der Champs-Élysées. Die Melodien, die er von dort im Gedächtnis behielt, sang er wochenlang und trällerte sie noch vor sich hin und klopfte mit dem Fuß dazu den Takt, wenn er vor seinem Bier saß.
Träge, eintönig und kurzatmig folgten einander Jahr auf Jahr, weil sie keinen Inhalt hatten.
Er wurde kaum gewahr, wie sie an ihm vorübergingen. Am Tisch seiner Bierstube lebte er dem Tode entgegen, eigentlich ohne den Platz zu ändern, ohne sich von der Stelle zu rühren. Nur der große Spiegel, gegen den er seinen täglich leerer und schütterer werdenden Kopf lehnte, zeigte die zerstörende Hand der Zeit, der Zeit, die weiterrast und dahinflieht und dabei die Menschen aufzehrt, die armen Menschen!
Nun dachte er nur noch höchst selten an das häßliche Drama, das sein Dasein verdüstert hatte; denn zwanzig Jahre waren seit dem schrecklichen Abend vergangen. Aber durch das Leben, das er geführt hatte, war er aufgebraucht, geschwächt, erschöpft. Oft sagte der Geschäftsführer seiner Bierstube – der sechste, seit er dort verkehrte: »Monsieur Parent, Sie sollten sich ein wenig Bewegung machen. Sie müssen einmal an die Luft, hinaus aufs Land! Glauben Sie mir, Sie haben sich seit ein paar Monaten recht verändert!«
Als der Gast zur Tür hinaus war, sagte der Geschäftsführer auch der Kassiererin, was er beobachtet hatte. »Der arme Monsieur Parent«, meinte er, »spinnt einen schlechten Faden; es taugt nichts, daß er niemals aus diesem Paris herauskommt. Bringen Sie ihm doch bei, daß er von Zeit zu Zeit hinausgeht

und sich mit einem kräftigen Kombüsenschlag stärkt. Der Sommer kommt, das wird ihn wieder auf die Beine bringen!«
Die Kassiererin, der der treue Stammgast leid tat und die ihn gern mochte, unterließ denn auch keinen Tag, Parent zu sagen: »Nein, Monsieur Parent, Sie müssen sich aufraffen und einmal einen Luftwechsel vornehmen. Was denken Sie, wie schön es auf dem Lande ist, wenn die Sonne scheint! Oh, wenn ich nur könnte, ich würde nur auf dem Lande leben!«
Und nun erzählte sie ihm von ihren Träumen, den romantischen Träumen, die alle die armen Mädchen träumen, die jahraus, jahrein hinter den Scheiben eines Geschäfts eingesperrt sind und draußen das geschäftige und geräuschvolle Leben der Straße vorübertreiben sehen. Dann sehnen sie sich nach dem ruhigen, friedlichen Leben zwischen Feldern unter den Bäumen im hellen Licht der Sonne, die herabstrahlt auf die Wiesen, die dunklen Wälder, die blinkenden Flüsse. Sie scheint auf die Kühe, die im Grase lagern, auf die Blumen, die draußen blühen, blau, rot, gelb, violett, lila, rosa, weiß, und die so reizend sind und so frisch, und die so gut duften, alle die Blumen, die man sich pflückt, wenn man über Felder und Wiesen geht, und aus denen man große Sträuße bindet.
Mit der Zeit macht es ihr Vergnügen, ihm immer wieder von ihrer ungestillten Sehnsucht vorzuschwärmen, die doch nie erfüllt wurde und nicht zu erfüllen war; und er, dieser bedauernswerte alte Mann, der nichts mehr zu erhoffen hatte, gewann Freude daran, ihr zuzuhören. Er pflegte sich jetzt in die Nähe des Schanktisches zu setzen und mit Mademoiselle Zoé zu plaudern und sich mit ihr über die Vorzüge des Landlebens zu unterhalten. Und allmählich bekam er Lust, einmal zu versuchen, ob es außerhalb der Mauern der großen Stadt wirklich so schön sei, wie sie meinte.
So fragte er sie eines Vormittags: »Wissen Sie, wo man hier in der Umgebung gut ißt?« Sie gab ihm zur Antwort: »Oh, gehn Sie nach Saint-Germain auf die Terrasse, da ist es hübsch!«

Dort war er auch schon gewesen, damals, als er verlobt war, und so nahm er sich vor, wieder einmal hinzugehen.
Er suchte sich dazu einen Sonntag aus. Er hatte keinen besonderen Grund dafür; aber es ist einfach üblich, seine Ausflüge sonntags zu unternehmen, auch wenn man die ganze Woche nichts zu tun hat.
Und so machte er sich also eines Sonntags in der Frühe auf den Weg nach Saint-Germain.
Es war ein strahlend schöner, warmer Julitag. Er saß an der Tür seines Abteils und sah die Bäume vorüberfliegen und die wunderlichen Häuschen der Vororte. Es war ihm unbehaglich zumute. Es kränkte ihn, daß er dem neu aufgetauchten Verlangen nachgegeben hatte und damit so störend in das Gleichmaß seiner Tage eingriff. Ununterbrochen wechselte das Bild der Landschaft vor seinen Augen, und doch blieb es gleich. Er langweilte sich. Nun bekam er auch noch Durst. Sooft der Zug hielt, wandelte ihn die Lust an, auszusteigen, sich in das erstbeste Café zu setzen, das er in der Nähe des Bahnhofs finden würde, ein oder zwei Bier zu trinken und dann mit dem ersten Zug, der käme, wieder nach Paris zu fahren.
Die Zeit wurde ihm lang, sehr lang. Es machte ihm nichts aus, ganze Tage auf einem Fleck zu sitzen, wenn er immer dieselben vertrauten Dinge vor Augen hatte; aber es ermüdete und zermürbte ihn, still zu sitzen und dabei von der Stelle zu kommen, kein Glied zu rühren und mit anzusehen, daß das ganze Land sich drehte.
Nur jedesmal, wenn der Zug über die Seine fuhr, dann merkte er auf. Unter der Brücke von Chatou schossen unter weitausholenden Riemenschlägen nacktarmige Ruderer in flinken Booten über das Wasser, und er dachte: ›Das sind flinke Burschen; sie haben sicher keine Langeweile.‹
Als sich das Ufer zu beiden Seiten des Pont du Pecq wie ein Band langhin erstreckte, empfand er ein leises Verlangen, einmal am Rande des Steilufers entlangzugehen. Aber da fuhr der

Zug schon in den Tunnel kurz vor Saint-Germain, und gleich darauf hielt er auf dem Bahnhof.

Parent stieg aus. Teilnahmslos vor Müdigkeit schritt er dahin, die Hände auf dem Rücken, und strebte der Terrasse zu. Als er das eiserne Geländer erreicht hatte, blieb er stehen und blickte über das Land. Er hatte die weite Ebene vor sich, endlos wie das Meer, ganz mit Grün bedeckt. Wie Städte so stattlich lagen darin Dörfer verstreut. Weiße Straßen zogen sich hindurch, da und dort standen dichte Waldstücke, die Weiher von Vésinet glänzten wie silberne Tafeln, und in der Ferne zeichneten sich die Linien der Buttes de Sannois ab. Ein leichter bläulicher Dunst ließ sie eben noch ahnen. Die Sonne goß ihr strahlendes, heißes Licht über das weitgedehnte Land, über den leichten Schleier der Morgennebel, des Brodems, der in kleinen Wölkchen von der erwärmten Erde aufstieg, und des feuchten Dunstes über der Seine, die sich in einer endlosen Schlangenlinie durch die Ebene zieht, sich um die Dörfer herumwindet und an den Hügelreihen dahinströmt.

Ein leichter Windhauch wehte den Duft der grünenden Wiesen und treibenden Pflanzen herüber. Er schmeichelte um die Haut, drang tief in die Brust und schien das Herz zu beleben, den Geist anzufeuern und das Blut zu verjüngen.

Parent war überrascht. Langsam atmete er die kräftige Luft. Seine Augen waren geblendet vom Glanz der unendlichen Landschaft, und er murmelte: »Tatsächlich, hier ist es schön!«

Er ging ein paar Schritte weiter, dann blieb er wieder stehen und sah hinaus. Er vermeinte völlig neue Dinge zu entdecken, nicht nur, was er mit den Augen sah, nein, was er im Innern erahnte, ungekannte Erlebnisse, kaum denkbares Glück, nie genossene Freuden. Er blickte in ein Leben, von dem er gar keine Vorstellung hatte; hier vor der schrankenlosen Landschaft erschloß es sich ihm zum ersten Male.

Wie furchtbar armselig sein Dasein gewesen war, das wurde ihm klar in der Flut des Lichts, die sich über die Erde ergoß. Er

dachte an seine zwanzig Jahre im Kaffeehaus, trübe, eintönige, zermürbende Jahre. Er hätte auf Reisen gehen können wie andere, weit, weit fort, zu fremden Völkern, in wenig bekannte Länder, übers Meer; er hätte treiben können, was andere Männer mit Leidenschaft erfüllt, die schönen Künste, die Wissenschaften, er hätte sich dem tausendfältigen Leben hingeben können, in tausenderlei Formen, dem geheimnisvollen, dem liebenswerten oder bitteren, immer wechselvollen, immer wieder rätselvollen und sonderbaren Erleben.
Nun war es zu spät. Jetzt leerte er ein Glas Bier nach dem andern, bis zu seinem Tode. Er hatte keine Familie, keine Freunde, keine Hoffnung, nichts, was ihn noch innerlich bewegte. Eine grenzenlose Trostlosigkeit überfiel ihn, ein Verlangen, sich herauszuretten, sich wieder zu verkriechen, nach Paris zurückzukehren, in seine Bierstube und seine Stumpfheit. Alle Gedanken, Träume, Wünsche, die in der Trägheit müder Herzen schlummern, hatte die strahlende Sonne über den Feldern aufgeweckt, aufgewühlt.
Er fühlte, daß er der Verzweiflung verfallen würde, wenn er länger hier weilte, und begab sich eilenden Schrittes zum Pavillon Heinrichs IV., um hier seine Mahlzeit einzunehmen, sich mit Wein und Likören zu betäuben und wenigstens eine Menschenseele zu finden, mit der er ein Wort reden konnte.
Er setzte sich an einen kleinen Tisch zwischen dem Buschwerk, von dem man die ganze Landschaft übersehen konnte, traf schnell seine Wahl und bat, ihm sofort aufzutragen.
Weitere Spaziergänger langten an und setzten sich an die Nachbartische. Das tat ihm wohl; er war nicht mehr allein. In einer Laube speisten drei Personen. Er hatte schon mehrmals zu ihnen hingesehen, ohne sie weiter zu beachten, so wie man gleichgültige Menschen ansieht.
Da traf ihn der Klang einer Frauenstimme, der ihm durch und durch ging.

Die Stimme sagte: »Du könntest das Hähnchen teilen, Georges.«
Und eine andere Stimme antwortete: »Gern, Mama.«
Parent hob die Augen, und nun wurde es ihm klar, jetzt wußte er, wer diese Gäste waren. Er hätte sie kaum wiedererkannt. Seine Frau war in all den Jahren ganz weiß geworden, sehr stark, eine sehr würdige und achtunggebietende ältere Dame. Sie hatte sich ein Mundtuch vorgebunden; trotzdem bog sie den Kopf vor, um sich keine Flecke zu machen. Georges war erwachsen. Er trug einen Bart, das unausgeglichene, fast farblose Bärtchen, das auf den Wangen der Jünglinge keimt. Er trug Zylinderhut, weiße Weste und Monokel, sicher weil er das für vornehm hielt. Parent sah ihn an, verdutzt. Das sollte Georges sein, sein Sohn Georges? Nein, diesen jungen Menschen kannte er nicht; zwischen ihnen gab es nichts Gemeinsames.
Limousin saß mit dem Rücken zu ihm, ein wenig nach vorn gesunken, und aß.
Die drei schienen glücklich und zufrieden zu sein; sie waren hier herausgekommen, nur um in einem Gasthaus von Ruf zu speisen. Sie hatten ein geruhiges und angenehmes Leben hinter sich; sie hatten sich eines traulichen Daseins in einem behaglichen Heim erfreut, einem Heim, das behaglich gemacht wurde durch all die kleinen Nichtigkeiten, die das Leben verschönen, durch die freundlichen Zeichen der Verehrung, durch alle die zärtlichen Worte, die man immer wieder miteinander tauscht, wenn man sich lieb hat. So hatten sie gelebt auf seine Kosten, von seinem Gelde, nachdem sie ihn hintergangen, bestohlen, zugrunde gerichtet hatten. Ihn, den Arglosen, Treuherzigen, Gutmütigen hatten sie hinabgestoßen in das Elend der Vereinsamung, in das erbärmliche Dasein, das er zwischen Straße und Gasthaustheke führte, in alle Qualen des Leibes und der Seele. Sie hatten aus ihm einen unnützen, verlorenen, weltfremden Menschen gemacht, einen bemitleidenswerten alten Mann, den nichts mehr erfreuen konnte, der nichts mehr zu erhoffen hatte,

von keiner Stelle und keinem Menschen. Für ihn war die Erde leer, weil es nichts auf Erden gab, das seinem Herzen nahestand. Und wenn er sich unter die Menschen stürzte, alle Straßen absuchte, in alle Häuser von Paris eindränge, alle Türen

öffnete – hinter keiner hätte er das liebe, geliebte Antlitz einer Frau oder eines Kindes gefunden, das ihm entgegenlächelte. Und diese Vorstellung peinigte ihn, die Vorstellung von einer Tür, hinter der man jemanden finden und liebhaben konnte.
Und das, das war die Schuld dieser drei Elenden! Die Schuld dieser würdelosen Frau, dieses ehrvergessenen Liebhabers und dieses blonden jungen Mannes mit dem hochfahrenden Wesen.
Jetzt galt sein Zorn genauso dem Kinde wie den beiden andern. War es nicht der Sohn Limousins? Hätte ihn Limousin sonst so gehütet, so geliebt? Hätte Limousin nicht Mutter und Kind wieder verlassen, wenn er nicht gewußt hätte, daß es sein Kind war, sein echtes Kind? Zieht man fremde Kinder auf?
Dort waren sie nun, dicht vor ihm, diese drei Missetäter, die ihn so tief ins Elend gestürzt hatten.
Parent sah sie an; sein Groll wuchs, als er sich seiner Qualen, seines Kummers, seiner langen Verzweiflung erinnerte. Vor allem empörte ihn, wie ruhig und selbstzufrieden sie dort saßen. Er hätte sie morden können! Sollte er die Seltersflasche hinüberschleudern und den Schädel zerschmettern, der sich abwechselnd auf den Teller niederbeugte und wieder emporrichtete, den Schädel Limousins?
Konnte er die drei weiter so leben lassen, so ohne Sorgen, in unerschütterter Gemütsruhe? Nein, das wäre zuviel von ihm verlangt; jetzt hatte er sie in der Hand, jetzt sollten sie's ihm entgelten! Aber wie? Er dachte nach; schauerliche Dinge fielen ihm ein, die er in der Zeitung gelesen hatte. Aber es fiel ihm nichts ein, was sich durchführen ließ. Und so trank er, Schluck für Schluck, um sich aufzumuntern und seinen Mut zu stärken. Die Gelegenheit durfte er sich nicht entgehen lassen; sie würde sich nie wieder bieten!
Plötzlich fiel ihm etwas Neues ein, ein grausamer Plan. Er trank nicht mehr; er dachte nur noch über alle Einzelheiten nach. Um seine Lippen spielte ein Lächeln. Er murmelte vor sich hin:

»Jetzt habe ich sie; jetzt habe ich sie! Nun werden wir sehen, nun werden wir sehen!«
Der Kellner fragte: »Was darf ich dem Herrn noch bringen?«
»Einen Kaffee und einen Kognak, vom besten!«
Er ließ keinen Blick von den dreien und schlürfte langsam seinen Kognak. Hier war es zu belebt für das, was er vorhatte. So wartete er. Sie würden sicher nachher nach der Terrasse schlendern oder in den Wald gehen; dann wollte er ihnen folgen. Wenn sie erst ein Stück von hier entfernt wären, würde er sie einholen und seine Rache nehmen, ja, dann würde er sich rächen! Und das war bestimmt nicht übereilt, nach dreiundzwanzig qualvollen Jahren! Ha, sie ahnten natürlich nicht, was sie heute noch erleben würden!
Sie aßen unter sorglosem Plaudern zu Ende. Parent konnte nicht hören, was sie sprachen, aber er sah das Spiel der Mienen. Das Gesicht seiner Frau entrüstete ihn am meisten.
Sie trug ein hochfahrendes Wesen zur Schau, hatte die Haltung einer wohlbeleibten Betschwester, einer unnahbaren Heiligen, die von einem Harnisch von Grundsätzen, einem wahren Tugendpanzer umgeben ist.
Sie zahlten und erhoben sich. Da konnte er auch Limousin betrachten. Man hätte ihn für einen Diplomaten halten können, der sich zur Ruhe gesetzt hat, so bedeutend sah er aus mit seinem schönen, weichen, weißen Bart, dessen Enden auf die Revers seines Gehrocks herabhingen.
Sie gingen. Georges rauchte eine Zigarre; seinen Hut trug er auf einem Ohr. Parent folgte ihnen.
Zunächst gingen sie einmal über die Terrasse und bewunderten die Landschaft mit der gemessenen Ruhe wohlgesättigter Bürger; dann gingen sie in den Wald.
Parent rieb sich die Hände und folgte ihnen von weitem, hielt sich aber ihren Blicken verborgen, um nicht zu früh die Aufmerksamkeit auf sich zu lenken.
Sie gingen langsam und genossen das Grün des Waldes und die

milde Luft des schönen Tages. Henriette stützte sich auf Limousins Arm; sie ging an seiner Seite als selbstbewußte und selbstgefällige Ehefrau. Georges schlug mit seinem Stöckchen Laub von den Sträuchern, und zuweilen setzte er mit leichten Sprüngen über den Straßengraben, wie ein junges, übermütiges Pferd, das am liebsten losgaloppiert wäre bis hinein in das dunkelste Dickicht des Waldes.

Parent kam ihnen langsam näher. Er keuchte vor Aufregung und auch vor Erschöpfung; denn er war das Laufen nicht mehr gewöhnt. Er holte sie ein; aber da befiel ihn eine Furcht, eine dunkle, unerklärliche Furcht, und er überholte sie, um ihnen dann entgegenzukommen und sie Auge in Auge anzureden.

Mit klopfendem Herzen ging er weiter, nun er sie in seinem Rücken wußte, und sagte sich immer wieder: ›Vorwärts, es ist soweit; Mut, Mut, jetzt ist der rechte Augenblick!‹

Er kehrte um. Sie hatten sich alle drei im Schatten eines großen Baumes im Grase gelagert und plauderten.

Jetzt war er entschlossen. Schnellen Schrittes ging er zurück. Er blieb vor ihnen stehen, mitten auf der Straße. Mit abgehackter, brüchiger Stimme brachte er heraus: »Nun also, da bin ich! Ihr habt mich natürlich nicht erwartet, wie?«

Die drei musterten den Menschen. Er kam ihnen nicht ganz geheuer vor. Er sprach weiter: »Ihr habt mich auch nicht wiedererkannt. Seht mich nur an! Ich bin Parent. Henri Parent. Was meint ihr? Mit mir habt ihr hier wirklich nicht gerechnet. Ihr dachtet, es sei alles begraben und vergessen und ihr würdet mich nie wiedersehen. Aber da irrt ihr. Hier bin ich, und nun wollen wir uns einmal aussprechen!«

Henriette erschrak, verbarg das Gesicht in den Händen und murmelte: »Mein Gott, o mein Gott!«

Als Georges sah, daß der Fremde seine Mutter zu bedrohen schien, stand er auf und machte sich bereit, den Zudringlichen zu entfernen. Limousin saß noch auf dem Rasen; mit entsetzten Augen starrte er auf den spukhaft aufgetauchten Mann, der ein paar Sekunden schnaufte und dann fortfuhr: »Endlich können wir uns einmal gründlich aussprechen. Jetzt ist der rechte Augenblick gekommen! Ja! Ihr habt mich hintergangen, ihr habt mich in ein Sklavendasein gestoßen und habt gemeint, daß ich euch niemals wieder begegnen würde.«

Der Jüngling packte ihn an den Schultern und stieß ihn fort mit den Worten: »Haben Sie den Verstand verloren? Was wollen Sie eigentlich? Gehen Sie schleunigst Ihrer Wege, oder Sie beziehen eine Tracht Prügel, daß Ihnen Hören und Sehen vergeht!«

Parent antwortete: »Was ich will? Ich will dir beibringen, was für Leute das da drüben sind.«

Aber Georges war aufgebracht, schüttelte ihn und wollte auf ihn einschlagen. Der andere fing wieder an: »Laß das doch! Ich bin dein Vater... Paß auf, wir wollen sehen, ob sie mich nun erkennen, diese Elenden!«

Erschreckt ließ ihn der junge Mann aus seinen Händen und wandte sich nach der Mutter um.

Als Parent sich frei fühlte, lief er auf sie zu und sagte: »Nicht wahr? Sag du es ihm, daß ich es bin! Sage ihm, daß ich Henri Parent bin und daß ich sein Vater bin, da er Georges Parent heißt, da du meine Frau bist, da ihr alle drei von meinem Gelde lebt, von den zehntausend Franken, die ich dir jährlich zahlen lassen, seitdem ich dich aus meiner Wohnung hinausgewiesen habe. Sag ihm auch, warum ich dich zum Tempel hinausgejagt habe... Weil ich dich mit diesem Lump, mit diesem Strolch erwischt habe, deinem Liebhaber! Sag ihm, wer ich gewesen bin, ein untadeliger Mann, den du wegen seines Geldes geheiratet und vom ersten Tage an betrogen hast. Sag ihm, wer du bist und wer ich bin...« Er stotterte und schnaufte, so hatte der Zorn ihn mitgerissen.

Die Frau schrie mit schneidender Stimme auf: »Paul, Paul, laß ihn aufhören; er soll still sein, er soll schweigen! Laß ihn aufhören! Er soll das nicht vor meinem Sohn laut werden lassen!«

Limousin war nun aufgestanden. Mit ganz tiefer Stimme sagte er: »Seien Sie still! Hören Sie auf! Bedenken Sie doch, was Sie tun!«
Aber Parent geriet immer mehr in Wut und fuhr fort: »Oh, ich weiß sehr wohl, was ich tue. Ich bin noch nicht am Ende. Da ist noch eine Angelegenheit, der ich unbedingt nachgehen muß, eine Frage, die mich seit zwanzig Jahren peinigt.«
Dann wandte er sich Georges zu, der ganz gebrochen an einem Baum lehnte: »Höre gut zu! Als sie von mir ging, war ihr nicht genug, daß sie mich betrogen hatte; sie wollte mich völlig der Verzweiflung preisgeben. Du wärst mein einziger Trost gewesen! Nun, da hat sie dich mitgenommen und geschworen, ich sei nicht dein Vater, sondern dein wahrer Vater sei jener dort. Hat sie nun gelogen? Ich weiß es nicht und frage es mich seit zwanzig Jahren.«
Er ging dicht an sie heran, finster drohend, riß ihr die Hand vom Gesicht und sagte: »Nun, ich frage dich auf Ehre und Gewissen, wer von uns ist der Vater dieses jungen Mannes? Er oder ich – dein Ehemann oder dein Geliebter? Also bitte, heraus mit der Sprache!«
Limousin warf sich auf ihn. Parent stieß ihn zurück und grinste ihn voll Wut und Hohn an: »Ah, heute hast du Mut! Heute bist du tapfrer als damals, als du dich auf die Treppe hinaus in Sicherheit brachtest, weil ich dich totgeschlagen hätte. Nun schön, wenn sie nichts sagt, dann antworte du! Du mußt es schließlich ebensogut wissen wie sie. Sag, bist du der Vater dieses jungen Mannes? Los, sprich!«
Er trat wieder vor seine Frau.
»Wenn ihr es mir nicht sagen wollt, dann sagt es wenigstens eurem Sohn! Er ist Mann und hat ein Recht darauf, zu erfahren, wer sein Vater ist. Ich weiß es nicht. Ich habe es nie gewußt, nie, nie! Ich kann es dir nicht sagen, mein Junge!«
Er war wie von Sinnen; er überschrie sich; seine Hände flogen: »Nun, gebt ihr keine Antwort? ... Sie kann's auch nicht sagen.

Was gilt's, auch sie kann's nicht sagen ... Nein ... bei allen Heiligen! ... Sie weiß es nicht ... Sie hat bei beiden gelegen! ... Hahaha! ... Nun weiß es keiner, keiner ... Gibt es so was? ... Du wirst es nie erfahren, mein Junge, du wirst es für immer ebensowenig wissen wie ich ... niemals ... Da ... frag sie ... du wirst sehn, sie weiß es nicht ... ich auch nicht ... er auch nicht ... keiner weiß es ...! Nun kannst du dir einen Vater aussuchen ... ja ... du kannst dir einen aussuchen ... ihn oder mich ... Nun, wähle! ... So, guten Abend, ... jetzt bin ich zu Ende! ... Wenn sie sich noch entschließt, dir das Geheimnis zu offenbaren, dann sei so lieb und laß mich's auch wissen – Hotel des Continents, nicht wahr? Sollte mich freuen, es noch zu erfahren ... Guten Abend ... Wünsche noch recht viel Vergnügen!«

Er ging. Er bebte vor Erregung und sprach noch immer weiter, unter den hohen Bäumen, in der reinen, frischen Luft, die nach Wachsen und Reifen roch. Er drehte sich nicht ein einziges Mal nach ihnen um. Er ging stracks vorwärts. Wut und Erregung beschleunigten seinen Schritt, die Frage, die ihm sein Leben verbittert hatte, war ohne Antwort geblieben.

Ehe er sich's versah, war er auf dem Bahnhof. Ein Zug stand bereit. Er stieg ein. Während der Fahrt legte sich sein Zorn. Er kam wieder zu sich, und als er in Paris war, staunte er selber darüber, daß er so entschieden aufgetreten war. Denn eigentlich fühlte er sich so zerschlagen, wie wenn man ihm alle Knochen im Leibe gebrochen hätte. Trotzdem ging er in seine Bierstube, ein Glas »Bock« zu trinken.

Als sie ihn hereinkommen sah, fragte Mademoiselle Zoé überrascht: »Schon zurück? Hat Sie's zu sehr angestrengt?«

Er gab zur Antwort: »Ja ... ja ... sehr angestrengt ... sehr angestrengt ...! Wissen Sie, man ist solche Dinge nicht mehr gewöhnt. Das ist nun eben vorbei; ich gehe nicht noch einmal hinaus aufs Land. Es wäre besser gewesen, ich hätte es nicht getan. Von heute an bleibe ich in der Stadt!«

Obgleich sie recht neugierig war, gelang es ihr nicht, etwas über den Spaziergang zu erfahren.
Monsieur Parent aber berauschte sich an dem Abend zum ersten Male in seinem Leben bis zur Besinnungslosigkeit. Er mußte nach Hause geschafft werden.

DIE KÖNIGIN HORTENSE

Ganz Argenteuil nannte sie nur »die Königin Hortense«. Warum, konnte eigentlich niemand genau sagen. Vielleicht, weil sie immer so laut und energisch herumkommandierte wie ein General. Vielleicht, weil sie groß und starkknochig war und so etwas Gebieterisches an sich hatte. Vielleicht auch, weil sie über ein ganzes Volk von Haustieren herrschte: Hunde, Katzen, Kanarienvögel, Papageien und alles mögliche Getier, das alte Jungfern immer um sich haben. Aber sie verwöhnte ihre Haus- und Hofgenossen nicht mit kindischen Zärtlichkeiten, wie sie Frauen gern an ihre schnurrenden Kätzchen verschwenden, wenn sie ihnen das samtweiche Fell kraulen und wenn sie ihre Lieblinge mit Kosenamen überschütten. Sie regierte ihre Tiere mit absoluter Herrschergewalt.

Sie war wirklich ein altes Mädchen, eine alte Jungfer, eine von denen, deren rauhe Stimme und deren eckige Bewegungen Ausdruck einer verhärteten Seele zu sein scheinen. Sie duldete keinen Widerspruch und keine Gegenrede, ließ keinerlei Schlendrian, keinerlei Nachlässigkeit durchgehen. Nie hörte man aus ihrem Munde auch nur ein Wort der Klage oder des Neids, daß irgend jemand es besser hätte als sie. »Ach was, alles Schicksal!« brummte sie. Ihr Wahlspruch lautete: »Jedem das Seine!« Ihre Überzeugung brachte sie bei jeder Gelegenheit offen zum Ausdruck. In die Kirche ging sie nicht; die Pfaffen mochte sie ganz und gar nicht; vom lieben Gott wollte sie nichts wissen; und für alle religiösen Themen und gottesdienstlichen Handlungen hatte sie nur die Bezeichnung: »All das rührselige Zeug.«

In den dreißig Jahren, die sie in ihrem kleinen Häuschen hinter dem langgestreckten Vorgarten lebte und wirtschaftete, hatte sich nichts bei ihr verändert – außer ihren Dienstmädchen, die

sie ohne Gnade und Barmherzigkeit wieder wegschickte, wenn sie ihr einundzwanzigstes Jahr erreicht hatten. Hund, Katze, Vogel, was immer von ihrem Getier an Altersschwäche oder durch Unfall verendete, das riß nicht die kleinste Lücke bei ihr. Ohne Trauer und Tränen ersetzte sie es in ihrem Haushalt durch Nachfolger. Das tote Getier wurde eigenhändig in einer ihrer vier Gartenecken eingescharrt und die Erde darüber mit ein paar gleichgültigen Tritten festgetrampelt – erledigt!

Im Ort hatte sie einige Bekannte, ein paar Familien, deren Ernährer irgendeine Anstellung in der Hauptstadt hatten und morgens nach Paris hinein, abends wieder zurück nach Argenteuil fuhren. Ab und zu wurde sie von den Leuten zum Abendtee eingeladen. Während dieser geselligen Abendunterhaltungen nickte sie regelmäßig ein; sie mußte immer erst gelinde wachgerüttelt werden, wenn es Zeit zum Heimgehen war. Das Anerbieten, sie nach Hause zu begleiten, schlug sie jedesmal rundweg ab; Angst hatte sie weder bei Tag noch bei Nacht. Für Kinder schien sie überhaupt nichts übrig zu haben.

Von früh bis abends werkelte sie bei sich herum wie ein Mann: Sie schreinerte und zimmerte, hantierte mit dem Grabscheit im Garten, sägte und hackte Holz, bastelte, hämmerte und nagelte an ihrem alten Hause herum und schwang sogar die Maurerkelle, wenn es sein mußte.

Sie hatte Verwandte, die zweimal im Jahr zu Besuch kamen: die Cimmes und die Colombels, denn ihre Schwestern hatten beide

geheiratet, die eine einen Drogisten, die andere einen kleinen Privatier. Die Cimmes hatten keinen Nachwuchs, die Colombels drei Sprößlinge: Henri, Pauline und Joseph. Henri war zwanzig, Pauline siebzehn und Joseph gar erst ein kleiner Dreikäsehoch; er hatte sich noch eingestellt, als es nach menschlichem Ermessen kaum mehr möglich schien, daß seine Frau Mama noch einmal guter Hoffnung werden könnte.
Irgendwelche zärtlicheren Bande vereinten das alte Mädchen mit dieser Verwandtschaft wirklich nicht.

Anno zweiundachtzig, im Frühling, wurde die Königin Hortense plötzlich krank. Die Nachbarsleute holten einen Arzt. Sie komplimentierte ihn unverblümt und energisch wieder zur Tür hinaus. Und als erst gar der Pfarrer erschien, fuhr sie, halbnackt wie sie war, aus ihren Kissen und jagte ihn zum Teufel.
Das Dienstmädchen, ein kleines verheultes Ding, braute ihr unter Tränen alle möglichen Hausmittel.
Aber sie blieb bettlägerig; und nach drei Tagen wurde es so ernst mit ihr, daß der Böttchermeister von nebenan auf Anraten des Doktors, der sich kraft seines Amtes wieder Einlaß bei der Alten verschafft hatte, es übernahm, ihre nächsten Angehörigen zu verständigen.
Sie kamen zu gleicher Zeit an, mit dem Zehnuhrzug. Die Colombels hatten sogar ihren kleinen Joseph mitgebracht.
Schon vor der Gartenpforte sahen sie die kleine Stütze auf einem Stuhl vor der Hauswand sitzen und in ihr Taschentuch hineinweinen.
Der Hund lag in der glühenden Sonnenhitze auf der Strohmatte vor der Haustür; auf jedem der beiden Fenstersimse lag eine Katze, wie tot, mit geschlossenen Augen, Schwanz und alle viere steif von sich gestreckt.
Eine dicke Henne führte gluckend ihre große Schar flaumgelbe, wie Wattebäusche aussehende Küken durch das Gärtchen spazieren. Und an der grünberankten Mauer hing ein großer, mit

Vogelmiere und Gauchheil überdeckter Käfig, in dem sich ein ganzes Volk von Vögeln herumtummelte und munter in den heißen Frühlingsmorgen hinauszwitscherte.
In einem anderen Bauer, das wie ein Schweizerhäuschen gezimmert war, saßen zwei Wellensittiche, die Unzertrennlichen genannt, auf ihrer Stange traulich aneinandergeschmiegt.
Monsieur Cimme, ein sehr dicker Herr, der wie eine Lokomotive schnaufte, überall gern den Ersten machte und seine Mit-

menschen kurzerhand beiseite zu schieben pflegte, richtete an das Mädchen die Frage: »Na, Céleste, da drin geht's wohl nicht mehr so recht?«
Das junge Ding schluchzte unter Tränen: »Sie erkennt mich nicht mal mehr! Der Doktor meint, es ist bald aus mit ihr.«
Da blickten sie sich alle gegenseitig an.
Madame Cimme und Madame Colombel sanken sich im nächsten Augenblick in die Arme, ohne ein Wort zu sagen. Es sah aus, als umarme jede ihr eigenes Spiegelbild, so glichen sie sich

in ihrer glattgescheitelten Frisur mit dem Bänderhäubchen und in ihren Schultertüchern aus knallrotem Kaschmir.
Cimme drehte sich seinem Schwager zu, einem hageren Mann mit gelblichem Gesicht, den offensichtlich ein Magenübel sehr mitnahm und der überdies auffallend hinkte, und sagte: »Zum Kuckuck – es wurde auch wirklich die höchste Zeit!«

Aber niemand wagte sich hinein in die Stube im Erdgeschoß, in der die Sterbende lag. Dahinein ließ sogar Monsieur Cimme den andern den Vortritt. Colombel entschloß sich denn als erster und stelzte durch den Hausflur; bei jedem seiner ungleichen Schritte schwankte er hin und her wie ein bewegter Schiffsmast, und die Eisenzwinge an seinem Stock schepperte laut bei jedem Aufsetzen auf den Fliesen. Ihm rauschten die

beiden Frauen nach, und Monsieur Cimme machte den Beschluß.
Der kleine Joseph blieb draußen; ihn lockte es mehr, dem Hund zuzusehen.
Ein Sonnenstreifen fiel durch das Fenster auf das Bett und über die beiden Hände, die unruhig hin und her fuhren und sich unaufhörlich öffneten und schlossen. Die Finger bewegten sich, als belebe sie ein Gefühl, als wollten sie etwas kundtun, etwas ausdrücken und formen, Vorstellungen und Dinge, die aus dem Geist und aus dem Willen kamen. Der ganze übrige Körper lag bewegungslos unter der Decke. Das kantige Gesicht überzitterte nicht die leiseste Regung; die Augen blieben geschlossen.
Die Verwandten stellten sich im Halbkreis um das Sterbelager und starrten auf die Daliegende; kein Wort wurde laut; nur das gepreßte, stoßweise Röcheln der schweratmenden Brust war zu hören. Das kleine Dienstmädchen war hinter den andern hereingeschlichen und flennte weiter.
Schließlich räusperte Cimme sich doch: »Was hat der Doktor denn genau gesagt?«
Das Mädchen stammelte: »Er hat gesagt... gesagt... man soll... soll sie in Ruhe sterben lassen...!«
Da fingen mit einemmal die welken, alten Lippen an, sich zu bewegen. Es war, als ob sie lautlose Worte sprächen, Worte, die bis zu dieser Stunde das tief gehütete Geheimnis dieses erlöschenden Lebens gewesen waren. Und die Hände der Sterbenden zuckten dabei ganz eigenartig und schnell.
Plötzlich wurde ihre Stimme vernehmbar, eine Stimme, so fein und so dünn, wie man sie nicht an ihr kannte; es klang, als kämen die Worte von weit her, fast wie aus der Tiefe ihres sonst so verschlossenen Herzens.
Cimme fand dies Schauspiel auf die Nerven gehend und tappte auf Zehenspitzen hinaus. Colombel, dem sein lahmes Bein einschlief, ließ sich auf einen Stuhl nieder.

Die beiden Frauen blieben wie angewurzelt stehen.
Die Königin Hortense redete jetzt schneller und schneller, so rasch durcheinander, daß man kaum ein Wort verstehen konnte. Sie sprudelte Namen über Namen hervor und rief zärtlich nach Menschen, die es gar nicht gab: »Komm doch mal her, mein kleiner Philippe! Gib Mama einen Kuß! Du hast sie doch lieb, deine Mama, gelt mein Jungchen? Und du, Rosel, du paßt

mir fein aufs Schwesterchen auf, solange ich fort bin! Laß sie nie allein, hörst du? Und daß du mir nicht an die Zündhölzer gehst!«

Nach einer kurzen Pause sagte sie etwas lauter, als riefe sie jemanden: »Henriette!« Wieder wartete sie einen Augenblick und redete dann weiter: »Sag doch dem Papa, ich hätt ihm noch was zu sagen, eh er in sein Büro geht.« Und plötzlich ganz unvermittelt: »Ich fühl mich heut nicht recht wohl, Schatz. Versprich mir, daß du heut nicht zu spät heimkommst. Du mußt deinem Chef sagen, ich wäre krank. Du weißt doch, wie gefährlich es ist, die Kinder sich selber zu überlassen, wenn ich mich hinlegen muß. Ich will dir heut einen ganz leckeren Milchreis machen, mit recht viel Zucker dran. Den mögen doch auch die Kleinen immer so gern. Wie wird Clairchen drüber jauchzen!«

Und sie lachte laut auf, so jugendlich und so schallend, wie sie noch nie gelacht hatte: »Haha, schau dir nur mal den Jean da an, wie spaßig der um seine Schnute aussieht! Das kleine Schweineferkelchen hat sich sein Mäulchen mit der Konfitüre ganz vollgeschmiert. Schau nur, Schatz, wie spaßig!«

Colombel, der alle Augenblicke sein vom vielen Sitzen überanstrengtes Bein in eine neue Ruhelage zu bringen suchte, tuschelte zu den andern hinüber: »Sie spinnt, sie bildet sich ein, sie hat einen Mann und Kinder! Jetzt geht's aufs Letzte zu!«

Die beiden Schwestern standen immer noch starr mit offenem Munde da und wußten nicht, was sie sagen sollten.

Die kleine Hausgehilfin wagte ein paar Worte: »Aber Sie müssen doch mal Ihre Schals und Ihre Hüte ablegen! Wollen Sie nicht drüben im Eßzimmer Platz nehmen?«

Sie gingen hinaus, ohne ein Wort zu sagen. Colombel humpelte ihnen nach. Die Sterbende war wieder allein.

Draußen legten die Frauen ihren Reisestaat ab und setzten sich endlich. Da sprang die eine der beiden Katzen von ihrem Fenstersims, dehnte und streckte sich und war auch schon mit ei-

nem Satz auf dem Schoße von Madame Cimme, die sie zu streicheln anfing.
Von nebenan klang weiter die Stimme der Sterbenden herüber, die in dieser letzten Stunde das Leben durchlebte, das sie einst für sich erwartet hatte, und die es nun, da alles für sie zu Ende war, noch einmal im Traum durchlief.
Cimme spielte im Garten mit dem kleinen Joseph und dem Hund; er war wieder ganz guter Laune und so ausgelassen, wie die gewichtigsten Männer auf der Landpartie sein können, und hatte die Sterbende schon wieder völlig vergessen.
Plötzlich verschwand er im Haus und wandte sich an das Dienstmädchen: »Hör mal, Kindchen, du wirst uns jetzt mal was Leckeres zum Frühstück machen! Was wünschen Sie zu speisen, meine Damen?«
Man einigte sich auf Omeletts mit Kräuterfüllung, Rindslende mit neuen Kartoffeln, Camembert und Kaffee.
Und als Madame Colombel schon in ihre Tasche fuhr, um die Geldbörse herauszulangen, hielt Cimme die Schwägerin beim Arm fest und drehte sich nach der Stütze um: »Du hast doch wohl noch Geld?«
Die Kleine gab zur Antwort: »Ja, Monsieur!«
»Wieviel?«
»Fünfzehn Franken.«
»Das langt. Nun mach fix, Kindchen! Bei mir rührt sich schon mächtig der Appetit!«
Madame Cimme schaute durchs Fenster hinaus, ließ ihren Blick auf den Kletterpflanzen ruhen, in denen das Sonnenlicht spielte, betrachtete sich die beiden verliebten Tauben drüben auf dem Dach und äußerte schmerzerfüllt: »Wirklich – zu schade, daß wir wegen einer so traurigen Sache kommen mußten! Es wäre doch so schön heute hier draußen auf dem Lande!«
Ihre Schwester seufzte zur Antwort, und Schwager Colombel, den vielleicht der Gedanke an einen Marsch über Land beunru-

higte, brummelte vor sich hin: »Mein Bein tut mit heut aber wieder mal ganz verdeibelt weh!«
Draußen vollführte der kleine Joseph mit dem Hund einen Höllenspektakel. Der eine brüllte, der andere kläffte vor Daseinslust. Sie spielten Haschen und jagten sich wechselweise um die drei Beete herum wie die Verrückten.
Die Sterbende redete ununterbrochen weiter vor sich hin und rief ihre kleinen Geister, unterhielt sich mit jedem von ihnen, gebärdete sich, als ziehe sie die unsichtbaren Wesen an sich, streichelte sie, war mit ihnen beim Lesenlernen: »Na munter, Simon, sag noch mal nach: A-B-C-D! Das klingt aber noch gar nicht gut! Paß mal schön genau auf: D-D-D! Hast du mir gut zugehört? Na – nun noch mal von vorn.«
Cimme äußerte: »Sonderbares Zeug, was man in solchen Augenblicken da so zusammenbrabbelt!«
Madame Colombel meinte nun doch: »Es wäre vielleicht doch wohl richtiger, wieder zu ihr hineinzugehn...«
Aber Cimme winkte sofort ab: »Ach was, wozu nun noch? An dem Zustand ist ja doch nichts mehr zu ändern. Wir sitzen hier ebensogut.«
Niemand erhob Einspruch und machte Anstalten. Madame Cimme schaute immerfort den beiden grünen Sittichen zu, den Unzertrennlichen. In hohen Tönen pries sie ihre einzigartige Treue und bedauerte sehr, daß die Menschen es diesen Tierchen nicht gleichtäten. Cimme lachte auf, sah seine bessere Hälfte mit einem Seitenblick an und begann vor sich hin zu trällern, als ob er so mancherlei über seine eigene Solidität und Treue singen und sagen könne.
Colombel, den plötzlich wieder seine Magenkrämpfe kniffen, stocherte mit dem Stock auf den Fliesen herum.
Nun kam auch die andere Katze mit steif aufgerichtetem Schwanz herein.
Erst um ein Uhr konnte man sich zu Tisch setzen.
Als Colombel den ersten Schluck gekostet hatte – ihm war ärzt-

licherseits nur zu besseren Sorten Bordeaux geraten worden –, rief er die kleine Stütze zu sich heran: »Sag mal, Kindchen, gibt's denn nicht noch was Besseres bei euch im Keller?«

»O ja, Monsieur, der ganz feine noch, der, den Sie immer vorgesetzt kriegten, wenn Sie auf Besuch zu Mademoiselle kamen.«

»Schön – also bring uns drei Flaschen von dem.«

Man kostete und schmeckte: Es war offensichtlich die edle Sorte von damals. Ein besonders bekanntes Gewächs war es zwar nicht, aber immerhin – er hatte seine fünfzehn Jahre im Keller gelegen.

Cimme bekundete kennerisch: »Der ist wirklich die edelste Medizin!«

Colombel überkam ein brennendes Gelüst, sich diesen Bordeaux zu sichern; er erkundigte sich von neuem bei der kleinen Hausgehilfin: »Wieviel ist denn davon noch da, Kindchen?«

»Oh, fast noch der ganze. Mademoiselle trank ja nie welchen. Noch 'ne ganze Menge liegt unten!«

Da drehte er sich seinem Schwager zu: »Wenn du willst, lieber Cimme, nehme ich den Wein da in Tausch gegen was anderes. Der bekommt nämlich meinem schwachen Magen ganz ausgezeichnet!«

Die Glucke kam mit ihrer Schar trippelnder Küken herein. Die beiden Damen hatten ihren Spaß daran und warfen ihnen Krümchen hin.

Joseph und der Hund, die abgefüttert waren, wurden wieder in den Garten hinausgeschickt.

Die Königin Hortense redete noch immer vor sich hin, aber jetzt so leise, daß man ihr Gewisper nicht mehr verstand.

Als der Kaffee getrunken war, gingen sie zu der Kranken hinein, um nach ihr zu sehen. Sie schien wieder ganz ruhig und still dazuliegen. Dann begab sich die ganze Gesellschaft vor die Haustür und nahm rings im Garten Platz, um sich der Verdauung hinzugeben.

Plötzlich fing der Hund an, um die Stühle herumzurasen, so schnell er nur flitzen konnte. Er hatte etwas in der Schnauze. Der Junge rannte wie toll hinter ihm her. Beide verschwanden im Hause.
Cimme ließ sich die Sonne auf den Bauch scheinen und duselte ein.
Aus dem Krankenzimmer redete es wieder lauter und lauter. Mit einemmal gellte drinnen ein Schrei auf. Die beiden Frauen und Colombel stürzten hinein, um zu sehen, was geschehen wäre. Cimme war aufgewacht, aber er blieb ruhig sitzen; solche Szenen mochte er sich nicht mit ansehen.
Sie war aus den Kissen hochgefahren und stierte mit leeren Augen um sich. Der Hund war auf der Flucht vor dem kleinen Joseph auf ihr Bett gesprungen und über sie hinweggetrampelt. Hinter dem Kopfkissen verschanzt, belauerte er mit leuchtenden Augen seinen Spielgefährten und lag auf dem Sprung, um sofort zum Wettjagen wieder loszupreschen. In der Schnauze hatte er einen Pantoffel seiner Herrin. Seit der Stunde, die er mit ihm spielte, hatte er mit seinen spitzen Reißern den Schlappen schon halb zerfetzt.
Der kleine Junge war erschrocken vor dem Bett der Frauengestalt stehengeblieben, die sich so jäh vor ihm aufgerichtet hatte.

Die Glucke, die beim Umherspazieren auch in den Raum gelangt war, hatte sich, von dem Lärm aufgescheucht, flatternd auf einen Stuhl geflüchtet und lockte verzweifelt ihre Küken, die ängstlich unten zwischen den vier Sesselbeinen durcheinanderpiepsten.
Die Königin Hortense schrie auf einmal herzzerreißend los: »Nein... nein... ich will nicht sterben, ich will nicht...! Wer wird meine Kleinen großziehen? Wer wird sich ihrer annehmen? Wer wird sie liebhaben? Nein, ich will... nicht...! Ich...«
Sie fiel hintenüber. Es war aus.
Der Hund sprang mit einem Satz auf den Fußboden und tanzte ganz erregt auf den Hinterbeinen herum.
Colombel lief ans Fenster und rief seinen Schwager: »Rasch, komm rasch rein! Ich glaube, sie ist eben hinüber!«
Da gab sich Cimme einen Ruck und stand auf. Er faßte sich, trat ein in das Sterbezimmer und sagte etwas gepreßt: »Also doch noch schneller gegangen, als ich dachte...!«

DAS LETZTE MITTEL

Am Bett der Sterbenden stand der Bauer vor dem Arzt. Ruhig, in ihr Schicksal ergeben, mit wachen Sinnen sah die Greisin die beiden Männer stehen und hörte mit an, was sie sprachen. Es ging mit ihr zu Ende. Sie wehrte sich nicht. Ihre Zeit war gekommen. Sie zählte zweiundneunzig Jahre.

Durch das offene Fenster und die offene Tür strömte die Julisonne und warf ihre heißen Strahlen auf den braunen, unebenen Fußboden, den die Holzschuhe von vier Bauerngenerationen arg mitgenommen hatten. Ein heißer Wind wehte den Geruch der Felder herein, den Geruch von Buschwerk, Wiesen und Getreidefeldern, die in der Mittagshitze brüteten. Heuschrekken schrien sich heiser und erfüllten die Luft mit hellem, schrillem Schwirren. Es war kaum anders als das Geräusch der kleinen Holzschnarren, die man Kindern auf dem Jahrmarkt zum Kauf anbietet.

Eben sagte der Arzt mit barscher Stimme: »Honoré, Sie dürfen Ihre Mutter in diesem Zustand nicht allein lassen! Jeden Augenblick kann's vorbei sein mit ihr.«

Und der Bauer wiederholte niedergeschlagen: »Ich muß zu meinem Korn. Es liegt schon zu lange geschnitten. Jetzt ist grade gutes Wetter. Was sagst du denn, Mutter?«

Die Alte auf ihrem Sterbebett war noch immer von normannischem Bauerngeiz besessen. Ihre Augen und ihre Stirn sagten: »Ja«. Sie verlangte vom Sohne, daß er sein Getreide einfahren und sie allein sterben lassen sollte.

Der Arzt verlor die Geduld. Er stampfte mit dem Fuße auf und sagte: »Sie sind ein Unmensch, wissen Sie das? Wenn Sie heut Ihr Getreide unbedingt reinbringen müssen, holen sie die Rapet, Kreuzdonner, dann muß die bei Ihrer Mutter bleiben! Ich verlange es unbedingt! Wenn Sie nicht tun, was ich sage, lasse

ich Sie krepieren wie einen Hund, wenn Sie mal krank sind! Hören Sie?«
Der große, hagere, schwerfällig gestikulierende Bauer wand sich und wußte nicht, was er machen sollte. Auf der einen Seite hatte er Angst vor dem Arzt, anderseits war er sparsam bis zum Geiz. Er zauderte und rechnete und brummte schließlich: »Was verlangt die Rapet für 'ne Wache?«
Der Arzt schrie ihn an: »Weiß ich das? Das hängt doch davon ab, wie lange sie gebraucht wird. Sie werden ja schließlich mit ihr einig werden können, weiß der Teufel! Jedenfalls verlange ich, daß sie in einer Stunde hier ist, verstanden?«
Der Mann mußte sich fügen: »Ich geh ja schon, nehmen Sie's nich für ungut, Herr Doktor!« Der Arzt ging.
»Aber«, sagte er noch einmal, »Sie wissen... Sie wissen Bescheid! Nehmen Sie sich in acht! Wenn ich einmal ärgerlich bin, verstehe ich keinen Spaß!«
Sobald der Bauer mit seiner Mutter allein war, drehte er sich zu ihr um und sagte kleinlaut: »Na, ich geh und hol die Rapet. Was der einmal will, das will er! Mach dich aber nich etwa davon, bis ich wieder da bin!«
Und damit rückte er ab.
Die Rapet, eine alte Plätterin, hielt im Dorf und in der ganzen nächsten Umgebung die Wache, wenn einer in den letzten Zügen lag oder tot war. Hatte sie ihren Pflegling in das Laken eingenäht, von dem er nie wieder aufstand, dann ging sie nach Hause, nahm ihr Bügeleisen und plättete Wäsche für ihre Kunden, die sich noch des Lebens erfreuten.
Sie war runzlig wie ein verschrumpelter vorjähriger Apfel, bösartig, mißgünstig und so geizig, daß sie schon als Kuriosum gelten konnte, krumm, als hätte das ewige Hinundherschieben des schweren Eisens auf dem Plättbrett sie in zwei Hälften zerbrochen. Dem Todeskampf eines Menschen beizuwohnen, hatte sie, möchte man sagen, eine widernatürliche, grausame Neigung. Sie wußte nichts anderes zu erzählen, als wie Menschen

gestorben waren und wie verschieden das gewesen sei, und sie erzählte es peinlich genau mit all den immer wiederkehrenden Einzelheiten, so wie ein Jäger von jedem einzelnen Büchsenschuß berichtet.
Als Honoré Bontemps zu ihr ins Haus trat, machte sie gerade das Wasser zum Blauen der Halskrausen ihrer Kundinnen zurecht. Er sagte: »He! Guten Abend, Mutter Rapet, wie geht's?«
Sie drehte ihm das Gesicht zu: »Immer dasselbe, immer dasselbe! Und Euch!«
»Oh, mir? Mir geht's gut, aber mit der Mutter, das will gar nicht mehr!«
»Eure Mutter?«
»Ja, meine Mutter!«
»Was is denn mit ihr?«
»'s geht aufs Letzte!«
Die Alte nahm ihre Hände aus dem Wasser. Durchscheinende, bläuliche Tropfen rollten bis zu den Fingerspitzen herab und fielen dann in den Zuber.
Jetzt bekam die Sache Reiz für sie. Sie fragte: »Steht's schon so schlecht mit ihr?«
»Der Doktor sagt, sie wird den Nachmittag nicht mehr überstehen!«
»Na, dann is nich mehr viel mit ihr los!«
Honoré zögerte. Er suchte nach einer schicklichen Einleitung zu seinem Anliegen. Aber als ihm nichts einfiel, fing er kurz entschlossen an: »Was verlangt Ihr für 'ne Pflege, bis sie tot is? Ihr wißt, ich bin nich reich. Ich hab nich mal so viel, daß ich 'ne Magd nehmen kann. Das hat sie ja so runtergebracht, die arme Mutter! Es war zuviel Plack un zuviel Schinderei! Für zehn gearbeitet mit ihren zweiundneunzig! Da is nu nich mehr viel zu wollen!«
Die Rapet sagte geschäftsmäßig: »Ich habe zwei Preise: vierzig Sous den Tag und drei Franken die Nacht für die Reichen.

Zwanzig Sous den Tag und vierzig die Nacht für die andern. Für Euch macht's zwanzig und vierzig.«
Der Bauer rechnete erst einmal nach. Er kannte seine Mutter. Er wußte, wie zäh, kräftig und widerstandsfähig sie war. Das konnte acht Tage dauern, und wenn der Doktor hundertmal anders sagte.
»Nein! Ich will 'nen festen Preis wissen, also 'nen Preis bis zum Schluß! Ich überschlage, wie's für beide Partien steht. Der Doktor sagt, sie macht bald Schluß. Kommt's so – Euer Vorteil, mein Schade. Macht sie's bis morgen oder vielleicht länger – mein Vorteil, Euer Schade!«
Die Alte staunte und sah sich den Mann an. Eine Pflege am Sterbebett zu fester Taxe, das hatte sie noch nicht gehabt!
Sie konnte sich nicht gleich schlüssig werden. Der Gedanke, ein gutes Geschäft zu machen, war verlockend. Aber dann schöpfte sie Verdacht, daß sie übers Ohr gehauen werden könnte. Schließlich meinte sie: »Ich kann gar nichts sagen; ich muß die Mutter selber sehn!«
»Kommt mit, guckt sie Euch an!«
Sie trocknete ihre Hände ab und ging mit.
Unterwegs fiel kein Wort zwischen den beiden. Sie trappelte eilig nebenher. Er machte lange Beine, wie wenn er mit jedem Schritt über einen Graben steigen müßte.
Matt vor Hitze, lagen auf den Wiesen die Kühe. Träge hoben sie den Kopf und schickten ein leises Brüllen hinüber zu den beiden, die da vorbeigingen. Sie wollten umgepflockt werden.
Als Honoré vor seinem Haus anlangte, murmelte er: »Vielleicht ist's schon vorbei?«
Und in seiner Stimme lag der unbewußt stille Wunsch, daß es so sein möchte.
Aber die Alte war nicht tot. Sie lag auf dem Rücken in ihrem dürftigen Bett; auf der Decke von veilchenblauem Kattun ruhten ihre Hände, erschreckend magere, knotige Hände. Sie gli-

chen fremdartigem Getier, glichen Krabben. Rheumatismus und Überanstrengung hatten die Finger krumm gezogen.
Die Rapet trat ans Bett und besah sich die Sterbende. Sie fühlte ihr den Puls, tastete ihr die Brust ab, lauschte auf den Atem und richtete Fragen an sie, um sie sprechen zu hören. Nachdem sie die Alte lange betrachtet hatte, ging sie mit Honoré aus der Stube. Sie war sich klar: die Alte würde die Nacht nicht überstehen.
Honoré fragte: »Nu, also?«
Die Wärterin antwortete: »Ja also, 's wird seine zwei, drei Tage dauern. Gebt sechs Franken, alles eingeschlossen!«
Er rief: »Sechs Franken! Ihr seid wohl nicht ganz...! Ich sage Euch, sie macht noch fünf, sechs Stunden, nicht länger!«
Sie feilschten lange und heftig hin und her. Die Wärterin machte schließlich Miene, wieder zu gehen. Die Zeit verstrich, das Getreide kam nicht von allein in die Scheune, und so gab er schließlich nach.
»Na gut! Abgemacht! Sechs Franken, alles mitgerechnet, bis zur Leichenschau!«
»Abgemacht, sechs Franken!«
Und dann ging er mit großen Schritten seinem Felde zu, wo sein Getreide reifte.
In der Sonne lag es, in der brütend heißen Sonne, derselben Sonne, die die Ähren gereift hatte.
Die Wärterin ging ins Haus zurück.
Sie hatte eine Handarbeit mitgebracht. Wenn sie bei Sterbenden oder Toten wachte, ließ sie nie die Hände ruhen. Bald arbeitete sie für sich, bald für die Familie, bei der sie pflegte und die dann mit einem zusätzlichen Lohn ihre Dienste doppelt nutzte.
Plötzlich fragte sie: »Mutter Bontemps, habt Ihr wenigstens schon die Letzte Ölung?«
Die Bäuerin schüttelte leicht den Kopf. Schnell stand die Rapet auf; denn fromm war sie.
»Lieber Gott, gibt's denn das? Ich hole sofort den Herrn Pfar-

rer!« Und sie lief nach der Pfarre. Sie lief so schnell, daß die Jungen auf der Straße, die sie traben sahen, dachten, es wäre ein Unglück geschehen.
Der Pfarrer kam sofort mit. Er hatte das Chorhemd übergeworfen. Ein Chorknabe ging ihm voran und schwang ein Glöckchen zum Zeichen, daß Gott es sei, der dort einhergehe durch das glühend heiße, reglose Feld. Männer, die weit vom Wege bei ihrer Arbeit waren, nahmen die großen Hüte ab und verweilten still, bis das weiße Kleid hinter einem Hause verschwand. Frauen, die die Garben banden, richteten sich auf und bekreuzigten sich. Schwarze Hennen schreckten empor, flüchteten den Straßengraben entlang und stelzten zum vertrauten Loch in der Wand. Schnell schlüpften sie hindurch. Auf der Wiese war ein Fohlen angepflockt. Beim Anblick des Chorhemds erschrak es, schlug aus und lief an seinem Strick immer rund um den Pfahl. Der Chorknabe in seinem roten Kittel ging schnell voran. Der Priester hielt das mit dem vierzipfligen Barett bedeckte Haupt zur Seite geneigt, sprach leise Gebete und folgte ihm. Und dann kam die Rapet, ganz gebückt, vornübergebeugt, wie wenn sie sich im Gehen auf die Knie werfen wollte. Sie hatte die Hände gefaltet wie in der Kirche.
Honoré sah die drei von weitem. Er fragte: »Wo mag denn der Pfarrer hinwollen?«
Sein Knecht war etwas flinker im Begreifen, er antwortete: »Na, verdammt, er bringt deiner Alten den lieben Gott!«
Der Bauer hörte es gelassen an: »Aha, das mag sein!« Und er arbeitete weiter.
Mutter Bontemps beichtete, erhielt Absolution, nahm die heilige Hostie, und der Priester ging wieder. Die beiden Frauen blieben im stickigen Hause allein.
Nun fing die Rapet an, die Sterbende genau zu beobachten, und machte sich Gedanken, ob es noch lange dauern werde.
Der Tag ging zur Neige. Es kam ein frischer Wind auf und brachte kühlere Luft. Ein Épinaler Bilderbogen, der mit zwei

Stecknadeln an die Tapete geheftet war, flatterte an der Wand. Die kleinen Vorhänge am Fenster, die einmal weiß ausgesehen hatten, jetzt aber gelb und voller Fliegenspuren waren, machten Miene, als wollten sie davonfliegen und sträubten sich doch dagegen, ganz wie die Seele der alten Bäuerin.

Mit offenen Augen, unbeweglich, schien sie gleichmütig den Tod zu erwarten, der so nahe war und doch nicht zu ihr kam. Kurz ging ihr Atem, in der zugeschnürten Kehle rasselte es heiser. Jeden Augenblick konnte es aufhören, und auf der Erde wäre ein Mensch weniger, um den niemand trauerte.

Als es dunkel wurde, kam Honoré nach Hause. Er trat ans Bett und sah, daß die Mutter noch lebte.

»Wie geht dir's?« fragte er, genau wie früher, wenn sie mal etwas kränkelte. Dann schickte er die Rapet hinweg und erinnerte sie daran: »Morgen um fünf, pünktlich!«

»Morgen um fünf!« gab sie zurück.

Sie kam dann auch bei Sonnenaufgang.

Honoré aß seine Suppe, die er sich gekocht hatte, ehe er aufs Feld ging. Die Wärterin fragte: »Nu, hat die Mutter die Nacht überstanden?«

Etwas schadenfroh gab er zur Antwort: »'s is viel besser heute!« Und dann ging er.

Die Rapet war beunruhigt. Sie trat näher heran an die Sterbende. Die Bäuerin lag unverändert, schwer atmend, teilnahmslos mit weit offenen Augen, und hatte ihre Hände auf der Bettdecke verkrampft.

Da sah die Wärterin ein, daß es zwei, vier, acht Tage so hingehen konnte. Vor Schreck stand ihr das Herz still, das an nichts anderem hing als am Gelde, und dann bemächtigte sich ihrer eine rasende Wut gegen den gerissenen Kerl, der sie hereingelegt hatte, und gegen die Alte, die nicht sterben wollte.

Sie nahm ihre Arbeit wieder auf und ließ kein Auge von Mutter Bontemps' runzligem Gesicht.

Zum Mittagessen zeigte Honoré sich im Hause. Er schien zu-

frieden, fast ein wenig spöttisch. Er ging wieder. Sein Korn würde er hereinbekommen, und aufs allerbeste!
Die Rapet hatte die Sache satt. Allmählich schien ihr jede Minute, die ablief, gestohlene Zeit und gestohlenes Geld. Sie bekam Lust, eine irrsinnige Lust, das störrische Vieh, die dickschädlige Alte, dieses halsstarrige Weib bei der Gurgel zu packen und die kleinen, hastigen Atemzüge, die ihr Zeit und Geld wegstahlen, ein wenig zu drosseln.
Dann sagte sie sich, daß das zu gefährlich wäre. Andere Gedanken gingen ihr durch den Sinn, und sie watschelte ans Bett.

Sie fragte: »Habt Ihr den Leibhaftigen schon gesehn?«
Mutter Bontemps hauchte: »Nein.«
Und nun fing die Wärterin an zu erzählen und erzählte Geschichten, um die sterbensmatte Seele in Schrecken zu versetzen.
Kurz vorm Ende, sagte sie, erscheine allen Menschen, die in den letzten Zügen liegen, der Teufel. Er habe einen Besen in der Hand, einen Suppentopf auf dem Kopfe und mache ein fürchterliches Geschrei. Wenn man ihn aber gesehn habe, dann sei Schluß, dann habe man nur noch Augenblicke zu leben. Und dann zählte sie auf, wem der Teufel in diesem Jahre schon erschienen sei, als sie dabei war: Joséphine Loisel, Eulalie Ratier, Sophie Padagnau, Séraphine Grospied.

Mit der Zeit geriet Mutter Bontemps in die heftigste Erregung. Sie schüttelte sich; sie bewegte die Hände, versuchte den Kopf zu drehen, um in alle Winkel der Stube zu spähen.
Die Rapet war plötzlich vom Fußende des Bettes verschwunden. Sie nahm ein Laken aus dem Schrank und wickelte sich hinein. Dann stülpte sie einen Suppentopf auf ihren Schädel, so daß die kurzen, geschweiften Füße in die Höhe standen wie drei Hörner. Mit der Rechten faßte sie einen Besen. Die Linke nahm einen Blecheimer und warf ihn hoch in die Luft, damit er mit ordentlichem Krach wieder zu Boden fiele.
Es gab denn auch beim Aufprall ein fürchterliches Getöse. Inzwischen war die Wärterin auf einen Stuhl geklettert. Sie hob den Vorhang am Ende des Bettes in die Höhe und zeigte sich. Sie zappelte, stieß im Topf, der ihr tief ins Gesicht hing, gellende Schreie aus und drohte der alten Bäuerin, die ihr Leben abschließen wollte, wie ein Teufel aus dem Kasperletheater. In höchstem Schrecken, sinnlose Angst in den Augen, suchte sich die Sterbende mit übermenschlicher Anstrengung zu erheben und zu fliehen. Schultern und Brust brachte sie in die Höhe, dann sank sie mit einem tiefen Seufzer zurück. Es war vorbei.
Und nun brachte die Rapet in der größten Seelenruhe alles wieder zurück an seinen Platz, den Besen in die Ecke, das Laken in den Schrank, den Suppentopf auf den Herd, den Eimer auf die Wasserbank und den Stuhl an die Wand. Dann drückte sie der Toten mit gewohnten Handgriffen die weit offenstehenden Augen zu, stellte einen Teller aufs Bett, goß aus dem Weihkessel etwas Wasser hinein, tauchte auch den Buchs ein, der über der Kommode hing, kniete nieder und sagte mit ernstem Eifer alle Gebete für die Verstorbene her, die sie auswendig konnte. Das gehörte zum Handwerk.
Als Honoré am Abend nach Hause kam, fand er sie noch im Gebet. Im Nu überrechnete er, daß sie zwanzig Sous Profit machte. Sie hatte drei Tage und eine Nacht gewacht. Das wären zusammen fünf Franken, und sechs mußte er zahlen.

DIE SCHNUR

Auf allen Landstraßen strömten die Bauern und Bäuerinnen Goderville zu, denn es war Markttag im Städtchen. Bedächtig schritten die Mannsleute aus; den ganzen Körper schoben sie vor bei jedem Schritt ihrer langen Beine, die krumm und schief geworden waren von der harten Arbeit: vom ewigen Stemmen auf den Pflug, wobei man immer zugleich die linke Schulter hochziehen und die Hüften verdrehen muß; vom Mähen auf den Feldern, wo man die Knie weit nach außen drücken muß, um fest zu stehen; und von all der andern vielen langwierigen und mühevollen Plackerei auf dem Lande. Ihre gestärkten blauen Blusen glänzten, als wenn sie gefirnißt wären; um Halsausschnitt und Ärmelenden waren sie mit dünner weißer Zwirnstickerei verziert; sie blähten sich um die knochigen Gestalten wie Luftballons, aus denen ein Kopf, zwei Arme und zwei Beine herausragten.

Es sah aus, als wollten diese Ballons jeden Augenblick auf und davon fliegen.

Manche zogen eine Kuh oder ein Kalb am Strick hinter sich her. Und hinter den Tieren liefen die Bäuerinnen und peitschten ihnen mit Ruten, an denen noch die Blätter raschelten, die breiten Flanken, um sie zu schnellerem Schritt anzutreiben. Die Marktweiber hatten große Körbe am Arm, aus denen da Hühner, dort Enten die Köpfe herausstreckten. Die Gangart der Frauen war rascher und lebhafter als die der Männer; um den mageren und geraden Oberkörper hatten sie ein enganliegendes kleines Schultertuch geschlungen, das über ihrer flachen Brust mit einer Nadel zusammengesteckt war, und um den Kopf hatten sie ein weißes Tuch gewickelt, das oben auf dem Haar wie festgeklebt saß; und darüber thronte das Häubchen.

Dann und wann rasselte ein Landauer an ihnen vorüber, von

einem Klepper gezogen, dessen Zuckeltrab immer von neuem die Insassen eigenartig hin und her schüttelte: die beiden Männer vorn auf dem Kutschbock genauso wie hinter ihnen im Wagen die Frau, die sich mit beiden Händen am Wagenrand festhielt, um die harten Stöße nicht gar zu sehr zu verspüren.
Auf dem Marktplatz in Goderville herrschte schon ein mächtiges Gewühl und Gewimmel von Menschen und Tieren. Die Hörner der Bullen und Ochsen, die hohen Haarfilzhüte der reichen Bauern, die Hauben der Bäuerinnen ragten über die

wogende Menge empor. Die Luft erfüllte ein unaufhörliches und wildes Getöse von durcheinanderschreienden, schrillen, gellenden Stimmen, das manchmal von dem schallenden Organ eines gutgelaunten, aus voller Brust lachenden Landbewohners übertönt wurde oder von dem langgezogenen Muhen einer Kuh, die an einer Hausmauer angekettet war.
Überallher aus diesem Gewusel und Gewoge roch es nach Stall,

nach Milch und nach Mist, nach Streu und nach Schweiß, nach dem beißenden, durchdringenden Tier- und Menschendunst, der alles, was auf dem Lande beheimatet ist, ständig umgibt.
Auch der alte Hauchecorne aus Bréauté war eben in Goderville angelangt und lenkte gerade seine Schritte dem Marktplatz zu, als er auf dem Pflaster vor sich ein kleines Endchen Bindfaden liegen sah. Meister Hauchecorne, sparsam wie jeder echte

Normanne, dachte bei sich: ›Alles, was irgendwie mal nützlich sein kann, ist schließlich auch des Aufhebens wert.‹ Und so bückte er sich mit einiger Anstrengung, denn er litt an Gliederreißen. Er hob das Endchen Schnur auf und wollte es gerade sorgsam zusammenwickeln, da bemerkte er plötzlich Meister Malandain, den Sattler, der auf seiner Türschwelle stand und ihn bei seinem Tun beobachtete. Vor Jahren mal hatten sie einen Streit wegen eines Halfters miteinander gehabt, und seit der Zeit hegten sie – übelnehmerisch wie sie alle beide waren – ihren heimlichen Groll gegeneinander. Meister Hauchecorne war es sehr unangenehm, daß er ausgerechnet von seinem Feinde dabei gesehen wurde, wie er da aus dem Straßendreck dies Stückchen Schnur aufklaubte. Etwas hastig stopfte er den Fund unter seine Bluse, ließ ihn in seine Hosentasche gleiten und tat dann, als suche er noch immer etwas auf der Erde, was er nicht finden konnte; so machte er sich in Richtung Marktplatz davon – mit vorgestrecktem Kopf und schmerzgekrümmtem Buckel.

Nicht lange dauerte es, da war er verschwunden in der lärmenden Menge, die sich in endlosem Markten und Feilschen langsam und zäh hin und her schob. Die Bauern befühlten die Kühe, gingen weiter, kamen zurück und besannen sich noch einmal. Mit etwas einfältigen Gesichtern standen sie da und blickten drein, als wären sie ständig auf der Hut, sich nicht übers Ohr hauen zu lassen; unschlüssig gingen ihre Blicke zwischen dem Handelspartner und seinem Tier hin und her, suchten sie zu erspähen, ob der andere sie nicht überlisten wolle und ob an seinem Vieh da nicht doch irgendein Fehler zu finden sei.

Die Weiber hatten ihre großen Marktkörbe vor sich hingestellt und ihr Federvieh herausgeholt; an den Füßen zusammengeschnürt, die Augen angstvoll und starr aufgerissen, mit scharlachrotem Kamm lag es auf dem Pflaster.

Trat ein Kauflustiger an ihre lebende Ware heran, dann hörten sie sich mit kühler, gleichmütiger Miene seinen Bietpreis an und

blieben hartnäckig bei ihrer Forderung; wandte sich darauf der Kunde wieder ab, dann gingen sie rasch von ihrem Preis herunter und schrien dem sich langsam Entfernenden hinterher: »Na gut, Meister Anthime! Weil Ihr's seid – ausnahmsweise mal um den Preis!«
Nach und nach leerte sich der weite Platz, und als die Angelusglocke Mittag läutete, da suchten alle, die nicht am Ort oder in der Nähe wohnten, die Schenken auf.
Die große Wirtsstube bei Jourdain war gestopft voll von Mittagsgästen, und in dem weiten Hof reihte sich Fuhrwerk an Fuhrwerk jeglicher Art; zweirädrige Karren, Kabrioletts, Bankwagen, Tilburys und sonst noch zahllose schwer zu bezeichnende, vom Dreck der Landstraße überkrustete und bespritzte, aus der Form gegangene, wieder zusammengeflickte Vehikel – die einen mit gen Himmel gereckten Deichselarmen, die andern Nase nach unten, Hinterteil in die Luft.
Dicht gegenüber den Tischreihen der Schmausenden spie der ungeheure Kamin seine flammende Hitze in den weiten Raum und schmorte denen, die rechts saßen, weidlich den Rücken. Drei Bratspieße, an denen Hühner, Tauben und Hammelkeulen steckten, drehten sich unaufhörlich; unablässig tröpfelte der köstliche Saft von der sich knusprig bräunenden Haut des röstenden Fleisches hernieder, und ein leckerer Bratenduft stieg vom Herd auf und erfüllte den ganzen Raum, beschwingte die Geister und ließ allen das Wasser im Munde zusammenlaufen.
Die gesamte Aristokratie vom Pfluge aß da bei Meister Jourdain zu Mittag, dem Gastwirt und Roßtäuscher, einem ganz Geriebenen, der es faustdick hinter den Ohren hatte und sein Geschäft glänzend verstand.
Die Schüsseln wanderten von Hand zu Hand und leerten sich so rasch wie die mächtigen Krüge voll goldgelben Cidres. Jeder erzählte von seinen Geschäften, was er für Käufe gemacht und was er auf dem Markte selber losgeschlagen habe. Man tauschte miteinander Erfahrungen aus über Stand und Aussichten in der Ern-

te. Das Wetter – so war die allgemeine Ansicht – wäre zwar gut fürs Grünfutter, aber ein bißchen zu mulmig fürs Getreide.
Mit einemmal erscholl von draußen, vom Ausspannplatz her, das Trommeln des Gemeindeausrufers. Alles sprang auf von den Plätzen, außer ein paar Gleichgültigen, die bei ihrem Cidre sitzen blieben, und lief mit noch kauenden Backen, Mundtuch in der Hand, zur Tür und zu den Fenstern hin.
Als er mit seinem Gerassel auf dem Kalbfell fertig war, verkün-

dete der Amtsbüttel mit seiner schmetternden Stimme, in abgehackten, falsch betonten Sätzen:
»Hiermit wird allen Einwohnern von Goderville, desgleichen allen, auf dem heutigen Markt Anwesenden, zur Kenntnis gebracht, daß heute morgen zwischen neun und zehn Uhr eine schwarze, rindlederne Brieftasche mit fünfhundert Franken, nebst verschiedenen Geschäftspapieren, verloren worden ist. Der Finder dersel-ben wird ersucht, sie unverzüglich abzulie-

fern auf der Bür-germei-sterei, oder bei Mei-ster Fortuné Houlbrèque – aus Manneville. Es sind zwan-zig Franken Be-loh-nung dem ehrlichen Finder aus-gesetzt.«
Dann marschierte der Mann weiter. Noch einmal vernahm man aus der Ferne das dumpfe Dröhnen seiner Trommel und seinen schwächer herüberschallenden amtlichen Singsang.
Dann wurde das Ereignis besprochen; man erwog die Chancen, die Meister Houlbrèque hatte, ob er seine Brieftasche wiederbekommen würde oder nicht.
Darüber ging die Mahlzeit zu Ende. Man saß noch beim Kaffee, als plötzlich auf der Schwelle der Ortsgendarm auftauchte.
Er fragte laut in die Runde: »Ist Meister Hauchecorne aus Bréauté hier?«
Der alte Hauchecorne, der am entgegengesetzten Ende des langen Tisches saß, meldete sich: »Hier – hier bin ich!«
Der Gendarm faßte den Mann ins Auge und sagte: »Meister Hauchecorne, wollen Sie mal bitte zum Gemeindeamt mitkommen. Der Herr Bürgermeister hat mit Ihnen zu sprechen.«
Der Bauer blickte etwas verdutzt und unruhig den Gendarmen an, kippte dann sein Gläschen hinunter, erhob sich von seinem Sitz, schlurfte, noch krummer als am Morgen – denn die ersten Schritte nach jedem Ausruhen fielen ihm immer besonders schwer – auf den Hüter des Gesetzes zu und murmelte in einem fort vor sich hin: »Hier bin ich, hier bin ich ja schon!«
So folgte er dem Gendarmen.
Der Herr Bürgermeister wartete schon in seinem Amtssessel auf ihn; er war gleichzeitig der Notar des Orts, ein massiger, gravitätischer Mann mit feierlich hochtrabender Ausdrucksweise.
»Meister Hauchecorne!« fing er an, »Sie sind heute vormittag dabei gesehen worden, wie Sie auf der Straße, die von Beuzeville in unseren Ort hereinführt, die Brieftasche an sich genommen haben, die Meister Houlbrèque, ein Einwohner aus Manneville, unterwegs verloren hat.«

Der alte Bauer starrte sprachlos das Gemeindeoberhaupt an; schon allein dieser Verdacht, der ihn belastete, versetzte ihn in starke Unruhe, er wußte selbst nicht, warum.

»Ich, ich soll das Ding da, die Brieftasche aufgelesen haben?«
»Ja, eben Sie, eigenhändig!«
»Ich?! Wo ich bei meiner Ehre überhaupt nichts von dem Ding weiß!«

»Aber Sie sind ja beim Aufheben gesehen worden!«
»Ich beim Aufheben gesehen worden? Wer, wer will mich dabei gesehen haben?«
»Der Sattlermeister Malandain!«
Da ging dem Alten plötzlich ein Licht auf; jetzt wurde ihm alles klar. Zornröte schoß ihm ins Gesicht. »Ha, der will mich dabei gesehn haben, der Lump, der? Einen Dreck hat er gesehn, das Stückchen Schnur hier hat er mich aufsammeln sehn, und nichts sonst! Da sehn Sie's, Herr Bürgermeister!«
Und er wühlte in seinen Taschen herum und brachte das kleine Stückchen Schnur zum Vorschein.
Aber der Herr Bürgermeister schüttelte ungläubig sein Haupt: »Sie werden mich doch nicht glauben machen wollen, Hauchecorne, daß der Sattlermeister Malandain, ein völlig glaubwürdiger Zeuge, dieses Stückchen Bindfaden da für eine Brieftasche angesehen hat!«
Da wurde der Bauer noch grimmiger, reckte seine Rechte empor und spuckte seitwärts in die Amtsstube aus, um seine Ehrlichkeit und die Wahrheit dessen, was er sagte, zu bekräftigen: »Und doch ist es die reinste, die heiligste Wahrheit, Herr Bürgermeister! Bei meiner ewigen Seligkeit, bei Gott und allen Heiligen kann ich's beschwören!«
Der Bürgermeister fuhr fort: »... Nachdem Sie den in Frage stehenden Gegenstand an sich genommen hatten, haben Sie noch eine Zeitlang im Straßenstaub herumgesucht, ob nicht etwa noch ein Geldstück aus der Brieftasche herausgefallen sei.«
Der biedere Landmann schnaufte und erstickte fast vor Wut und Angst. »Wie kann einer so etwas zusammenfaseln! Solch verfluchte Lügengeschichten zusammenzuschwindeln, bloß um einem ehrlichen Mann was anzuhängen! Wie kann einer bloß so was zusammenspinnen!«
Er mochte mit noch so schönen Worten schwören und abstreiten und beteuern – er fand keinen Glauben.

Der Sattlermeister Malandain wurde ihm gegenübergestellt. Ohne mit der Wimper zu zucken, blieb der bei seinen Behauptungen. Eine Stunde lang schleuderten sich die beiden wechselseitig alle erdenklichen Beschimpfungen an den Kopf. Zu guter Letzt schritt die Behörde – auf des Angeschuldigten eigenes Verlangen – zur Leibesvisitation: der gesuchte Gegenstand fand sich nicht in seinen Taschen.

Der Herr Bürgermeister, der nicht mehr recht wußte, was er weiter machen sollte, bedeutete dem Alten, er könne einstweilen wieder gehen; er müsse ihm allerdings eröffnen, daß er die Sache an das Landgericht weiterleiten werde. Von dort werde er alles Weitere erfahren.

Die große Neuigkeit hatte sich inzwischen schon überall herumgesprochen. Am Ausgang des Gemeindeamtes wurde Hauchecorne sofort umringt und von allen Seiten neugierig ausgefragt, teils mit ganz ernster Miene, teils mit etwas spöttischem Lächeln; doch Verachtung war auf keinem Gesicht zu bemerken. Und er fing an, seine Geschichte mit dem Stück Schnur zu erzählen. Aber kein Mensch glaubte sie ihm, alle lachten darüber.

Er stapfte weiter; überall hielt man ihn an. Traf er einen Bekannten, dann hielt er ihn seinerseits fest und fing jedesmal von vorne an mit seiner Geschichte und mit den Beteuerungen seiner Schuldlosigkeit; und dabei stülpte er immer wieder seine Hosentaschen um und zeigte allen Leuten, wie leer sie seien, um darzutun, daß er das Ding wirklich nicht an sich genommen hatte.

Aber jeder schmunzelte und sagte: »Geh nur, alter Schlauberger, du!«

Und darüber erboste er sich jedesmal so, daß er in immer fieberhafteren Eifer geriet und sich ganz verzweifelt darüber gebärdete, daß man ihm seine Geschichte nicht glauben wollte; und er wußte zuletzt nichts anderes mehr zu tun, als sie immer jedem von neuem zu erzählen.

So verging der ganze Markttag. Es wurde Zeit, sich wieder auf den Nachhauseweg zu machen. Er schloß sich dreien von seinen Nachbarn an und zeigte ihnen unterwegs die Stelle, wo er das Stück Schnur aufgelesen hatte; und den ganzen Heimweg lang redete er von nichts anderem als immer wieder von seiner Geschichte.

In seinem heimatlichen Bréauté machte er die Runde durchs ganze Dorf, um allen Nachbarn ebenfalls seine Sache zu erzählen; aber wieder stieß er überall auf ungläubige Ohren.

Darüber war er die ganze Nacht fast krank.

Tags darauf, gegen ein Uhr mittags, lieferte ein gewisser Marius Paumelle, Knecht von Meister Breton aus Ymauville, eine gefundene Brieftasche nebst Inhalt bei Meister Houlbrèque in Manneville ab.

Der junge Mann behauptete, tatsächlich den Fundgegenstand unterwegs auf der Landstraße aufgelesen zu haben; aber da er nicht lesen könne, habe er die Geldtasche einfach mit nach Hause genommen und seinem Dienstherrn gegeben.

Die neue Kunde verbreitete sich schnell in der ganzen Umgegend. Natürlich wurde sie auch Meister Hauchecorne zugetragen. Er machte sich sofort auf und verkündete triumphierend, wie sich seine Geschichte nun doch zu seinen Gunsten aufgeklärt habe.

»Und was mich so gefuchst hat«, betonte er immer wieder, »das ist nicht mal so sehr die Sache selbst, der Verdacht, versteht ihr, aber die gemeine Lügerei drum rum! Nichts kann einen so um seinen guten Ruf bringen, als wenn einem nachgeredet wird: Der da, der flunkert euch bloß was vor!«

Den ganzen Tag lang konnte er sich nicht genugtun, jedem von dem glücklichen Ausgang seiner Sache zu berichten. Er erzählte sie allen, die er auf der Straße traf, die um ihn herum in der Schenke saßen, und am Sonntag stellte er sich am Kirchenportal auf, um sie jedem bekanntzugeben. Die wildfremdensten Menschen hielt er auf der Straße an. Jetzt konnte er eigentlich beruhigt sein, und doch blieb ihm im Innern ein gewisses Unbehagen zurück, über dessen Grund er sich nicht recht klarwerden konnte. Es kam ihm jetzt immer so vor, als ob sich alle Leute über ihn lustig machten. Sie zogen beim Zuhören immer so ein Gesicht, als wären sie nicht ganz von der Wahrheit dessen überzeugt, was er da vorbrachte. Er spürte so etwas, als würden allerlei Andeutungen hinter seinem Rücken gemacht.

Am Dienstag der folgenden Woche begab er sich wieder nach Goderville auf den Markt, einzig und allein, weil ihn das Bedürfnis trieb, auch da seine Sache überall kundzutun.

Wieder stand Malandain vor seiner Haustür; als er Hauchecorne seines Weges ziehen sah, fing er an zu lachen. Weshalb nur?

Hauchecorne redete gleich darauf einen Bekannten aus Criquetot auf der Straße an; aber der Gevatter Pächter ließ ihn gar nicht erst ausreden, sondern gab ihm einen kleinen Stoß in den Magen und lachte ihm ins Gesicht: »Alter Fuchs, hau nur ab, du!« und drehte ihm die Kehrseite zu.

Meister Hauchecorne blieb wie vor den Kopf geschlagen stehen: Was er da wieder hören mußte, beunruhigte ihn stärker und stärker. Warum bloß nannte man ihn immer wieder »alter Fuchs«?

Kaum daß er drinnen in der Schenke bei Jourdain am Tisch saß, da fing er auch schon wieder an, den Umsitzenden seine Sache zu erklären.

Ein Pferdehändler aus Montivilliers grölte zu ihm herüber: »Geh du bloß, alter Kunde, mit deinem Stück Schnur. Das kennt man schon!«

Hauchecorne druckste und würgte: »Aber die Brieftasche – sie hat sich doch wieder angefunden!«

Doch der andere gab zurück: »Ach, sei bloß still, alter Flunkerer! Zu so ’nem ›Finden‹ gehören doch bekanntlich immer zwei: einer, der das Ding mitgehn heißt, und einer, der es dann

wieder zurückbringt. ›Nichts gesehen, nichts geschehen! – Ich mach euch doch bloß blauen Dunst vor!‹ Was, alter Kunde?«
Dem Alten blieb die Luft weg vor Wut. Nun merkte er, woher der Wind wehte. Man hatte ihn ernstlich im Verdacht, er hätte die Brieftasche durch einen Helfershelfer, einen Komplizen, zurückbringen lassen!
Er versuchte zu protestieren. Darüber wollte sich die ganze Tischrunde wieder vor Lachen ausschütten.
Er brachte keinen Bissen mehr hinunter, ließ sein Essen stehen und machte sich, von Lachsalven begleitet, auf und davon.
Ganz aufgebracht und geknickt zugleich kam er zu Hause an; eine ohnmächtige Wut würgte in ihm. Dieser niederschmetternde Gedanke, daß man ihn mit seiner normannischen Bauernschläue solcher Dinge wirklich verdächtigte und ihm zutraute, daß er damit noch renommierte, als wäre das ein glänzend gelungenes Meisterstück! – Er hatte das dumpfe Gefühl, daß es ganz unmöglich sei, jemals seine Schuldlosigkeit zu beweisen. Er war ja überall bekannt wegen seiner Gerissenheit. Er fühlte sich aufs tiefste getroffen durch diese ungerechte Verdächtigung.
Von neuem fing er an, seine Sache überall herumzuerzählen, und mit jedem Tage wurde die Geschichte länger und länger; immer leidenschaftlichere Zurückweisungen des Verdachtes, der auf ihm lag, schob er ein; mit immer feierlicheren Schwüren suchte er die Anschuldigungen zu entkräften; ein ganzes Register von Entlastungsgründen klügelte er sich in den Stunden der Einsamkeit aus. Nur noch diese Geschichte mit der Schnur beschäftigte sein ganzes Sinnen und Trachten.
Und dabei fand er um so weniger Glauben, je mehr er sich in seine Selbstverteidigung verfilzte, je spitzfindiger seine Beweisführungen wurden.
»Das schwindelt der doch bloß alles zusammen!« tuschelte man hinter seinem Rücken.
Er giftete sich krank darüber und rieb sein bißchen Verstand

mit seinen nutzlosen Anstrengungen auf – bis zur völligen Erschöpfung.
Zusehends ging es mit ihm bergab.
Ein paar Spaßvögel stachelten ihn nur noch mehr an, seine Geschichte mit dem Stück Schnur zum besten zu geben, so wie man einen alten Soldaten, der den Feldzug mitgemacht hat, bestürmt, doch mal wieder etwas von seinen Heldentaten zu erzählen. Doch der Verstand des Alten hatte einen so schweren Stoß erlitten, daß er von Mal zu Mal verworrener und schwächer wurde.
Gegen Ende Dezember wurde Meister Hauchecorne bettlägerig.
In den ersten Januartagen ging es mit ihm ganz zu Ende. Und bis in die letzten Stunden, als er schon im Todeskampf röchelte und phantasierte, beteuerte er noch immer seine Schuldlosigkeit und keuchte wieder und wieder hervor: »'n Stückchen Schnur ... bloß 'n kleines Stückchen Schnur ... sehn Sie doch, Herr Bürgermeister ... da ... da ist es!«

MADAME HUSSON UND IHR TUGENDJÜNGLING

Wir waren eben aus Gisors hinausgedampft und rollten wieder auf offener Strecke. Ich war wach geworden, als ich die Schaffner den Namen der Station ausrufen hörte, und wollte gerade von neuem einnicken, da schleuderte ein furchtbarer Stoß mich der dicken Dame in die Arme, die mir gegenübersaß.

An der Lokomotive war ein Rad gebrochen. Sie war aus den Schienen gesprungen und lag quer über den Gleisen. Tender und Gepäckwagen waren ebenfalls entgleist und hatten sich neben die in den letzten Zügen liegende Maschine gelegt. Sie röchelte, stöhnte, pustete, keuchte, schnaufte wie ein gewaltiges Roß, das auf der Straße gestürzt ist, dem die mächtigen Flanken schüttern, der Bug zittert, die Nüstern dampfen, dem der ganze massige Körper bebt, das aber nicht mehr die mindeste Kraft hat, sich aufzurichten und weiterzulaufen.

Es gab weder Tote noch Verletzte, von ein paar unbedeutenden Hautabschürfungen abgesehen; aber dafür besahen wir »Überlebende« uns voll Verzweiflung das verstümmelte eiserne Ungetüm, das uns nicht weiterziehen konnte und uns für einige Zeit sogar noch den Weg versperren würde. Und außerdem würde es bestimmt noch eine ganze Weile dauern, bis ein Hilfszug aus Paris hier an der Unfallstelle einträfe!

Das Unglück war ausgerechnet vormittags um zehn geschehen; so beschloß ich denn, gleich zu Fuß nach Gisors zurückzuwandern und dort erst einmal ordentlich zu frühstücken.

Während ich den Bahndamm entlangstolperte, ging es mir immer wieder durch den Sinn: ›Gisors ... Gisors ... da kennst du doch jemanden ...! Aber wen denn gleich? Gisors? Mal sehen ... du mußt doch einen Freund in dieser Stadt haben!‹

Plötzlich schoß mir ein Name durch den Kopf: ›Albert Ma-

rambot!‹ Ja, das war er, ein ehemaliger Schulkamerad, den ich seit mindestens zehn Jahren nicht gesehen hatte. Er lebte in Gisors als Arzt. Oft schon hatte er mir geschrieben und mich wiederholt eingeladen, ihn doch einmal zu besuchen; ich hatte immer zugesagt, aber nie Wort gehalten. Nun konnte ich die Gelegenheit wahrnehmen und ihn gleich mal aufsuchen.
In der Stadt fragte ich den erstbesten Menschen, der des Weges kam: »Könnten Sie mir vielleicht sagen, wo der Doktor Marambot wohnt?« Ohne sich lange besinnen zu müssen, gab er mir in seinem breiten Normannisch Bescheid: »In der Rue Dauphine!« Und wirklich blinkte am Tor des mir bezeichneten Hauses ein großes kupfernes Schild, auf dem der eingravierte Titel und Name meines alten Schulkameraden zu lesen stand. Ich läutete. Ein ländliches Dienstmädchen steckte seinen strohgelben Haarwuschel aus der Tür hervor, schaute mich mit blöder Miene an und bedeutete mir immer wieder mit schwerfälligen Armbewegungen: »Er is nich da-a, er is nich da-a!«
Ich hörte das Klappern eines Bestecks und das Klirren eines Glases und rief: »He! Marambot!« Drinnen tat sich eine Tür auf, und ein dicker Mann mit Backenbart und mißvergnügtem Gesicht – Serviette in der Hand – erschien auf der Schwelle.
Ich hätte ihn bestimmt nicht wiedererkannt. Mindestens fünfundvierzig hätte man ihn geschätzt – und bei seinem Anblick stand mir im Nu das ganze Leben eines Provinzlers vor Augen, dieses geruhige Dasein, das behäbig, dick und alt macht. Blitzartig, rascher noch, als die Bewegung war, mit der ich ihm meine Hand hinstreckte, erhellte sich mir seine ganze Existenz, seine Lebensweise, sein geistiger Horizont, seine Ansichten über Welt und Menschsein. Ich sah ihm an, was er täglich so zu tun und zu treiben pflegte: die ausgedehnten Mahlzeiten, die darauffolgenden Mittagsschläfchen, die ihm den Bauch immer mehr gerundet hatten; das Hinduseln in behaglich-dumpfer Verdauung, bei dem die nötigen Kognaks nie fehlen durften, die zerstreuten Blicke des Herrn Doktors auf seine Patienten,

während die Gedanken schon bei seinem Backhuhn weilten, das sich für ihn in der Küche am Bratspieß drehte. Ich brauchte nur die schwabbeligen roten Backen, die schwellenden Genießerlippen, den matten Glanz der Augen anzusehen und erkannte sofort, was seinen Geist in der Hauptsache beschäftigte: die »Magenfrage«, der Apfelwein, der Kognak, die mancherlei Sorten und Marken edlen Rebensaftes, die sachkundige Zubereitung gewisser delikater Gerichte, das Anrühren und Binden bestimmter würziger Saucen, kurz – die vielfältigen Probleme des kulinarischen Geschmacks.

Ich stellte mich vor: »Du kennst mich wohl nicht mehr? Raoul Aubertin ist mein Name!«

Da machte er weit seine Arme auf und schloß mich erst mal fest an sein Herz, als wollte er mich erdrücken. Dann war seine erste Frage: »Du hast doch hoffentlich noch nicht gefrühstückt?«

»Das nicht ...!«

»Klappt ja großartig! Ich bin eben bei einem kleinen Imbiß – wundervolle Forelle!«
Fünf Minuten später war unser gemeinsames Dejeuner in vollstem Gange.
Ich fragte: »Du bist Junggeselle geblieben, was?«
»Versteht sich!«
»Und amüsierst dich ganz gut hier?«
»Langeweile habe ich wahrhaftig nicht! Ich bin tätig, habe meine Patienten, meine Freunde. Ich esse gern und gut, das Lachen macht mir Spaß, die Jagd auch, gesundheitlich habe ich nicht zu klagen. Also – es geht so leidlich!«
»Ist das Leben in dem kleinen Nest nicht doch 'n bißchen eintönig?«
»Durchaus nicht, mein Lieber! Man muß sich nur zu beschäftigen wissen! Und im übrigen geht's in der Kleinstadt genauso zu wie in der Großstadt. Gewiß – es geschieht nicht ganz soviel wie bei euch in Paris, und Gelegenheit zu Vergnügungen gibt's natürlich bei uns hier etwas weniger als bei euch, aber dafür legt man den öffentlichen Ereignissen größere Bedeutung bei. Die gesellschaftlichen Beziehungen sind hier für unsereinen natürlich auch nicht so vielseitig, aber dafür läuft man einander um so öfter in den Weg. Wenn du eben alle Fenster in den paar Straßen kennst, dann beschäftigt dich selbstverständlich jedes einzelne mehr als vielleicht den Pariser irgendeine ganze lange Straße in einer Riesenstadt!
Solch eine kleine Stadt ist sehr amüsant, weißt du, sehr amüsant. Sieh mal, zum Beispiel dieses Gisors! Ich kenne es in- und auswendig, von seiner ältesten Grundsteinlegung an bis auf den heutigen Tag. Du hast keine Ahnung, wie urkomisch die ganze Geschichte dieses Städtchens ist!«
»Bist du aus Gisors?«
»Ich? Nee! Ich bin aus Gournay, der Nachbarin und Nebenbuhlerin im Rangstreit der beiden Städte. Gournay ist, an Gisors gemessen, das, was Lucullus etwa in den Augen Ciceros

war. Hier geht es allen und jedem nur um Ruhm und Ansehen; von denen hier heißt es: ›Diese Ruhmbekleckerten aus Gisors!‹ In Gournay hingegen ist man mehr für das leibliche Wohl; und darum rümpft man hier die Nase über ›diese Freßsäcke aus Gournay‹. Gisors tut erhaben über Gournay, aber Gournay lacht sich eins über Gisors. Eine urkomische Gegend hier!«

Ich schmeckte, daß ich etwas wirklich Vorzügliches genoß: weichgekochte Eier in einer Fleischsülze, die mit feinen Kräutern gewürzt und leicht in Eis gekühlt war.
Ich schnalzte mit der Zunge und machte Freund Marambot mein Kompliment: »Schmeckt übrigens wunderbar!«
Er lächelte. »Zweierlei gehört dazu: erstens ein ordentliches Gelee, – glückt nicht jedem! Zweitens tadellose Eier. Und tadellose Eier sind selten! Etwas rötlich muß es sein, das Dotter, und ganz einwandfrei im Geschmack. Zwei Hühnerhöfe habe ich mir angelegt: einen für die Eier, den andern für den Braten.

Meine Legehennen füttere ich nach meiner ganz speziellen Methode. Ich habe so meine eigenen Ideen darüber. Im Hühnerei, genauso wie im Hühnerfleisch, im Ochsenfleisch oder Hammelfleisch, in der Milch, kurz, in allem Genießbaren gilt es, das, was ich den ›eigenen Saft‹ nennen möchte, herauszuschmecken, sozusagen die Quintessenz dessen, wovon sich das Tier selber ernährt hat. Wieviel feiner, wieviel besser verstände man zu genießen, wenn man sich hingebender mit dieser Geschmacksfrage beschäftigte!«

Ich lachte: »Also bist du Feinschmecker im Hauptberuf?«

»Wenn du so willst – selbstverständlich! Nur Stumpfsinnige, nur Geschmacksrohe sind keine Feinschmecker. Feinschmekker ist man, wie man Künstler, Gelehrter, Dichter ist. Der Geschmackssinn, mein Lieber, ist ein wunderbares und feinnerviges Sinneswerkzeug, das mindestens ebenso lebenswichtig, das genauso der Vervollkommnung fähig ist wie Sehen und Hören. Wer keinen Geschmack hat, dem fehlt etwas ganz Köstliches, nämlich die Fähigkeit, die besondere Eigenart jeder einzelnen unserer vielen Speisen, unserer so unerschöpflichen Gerichte herauszuschmecken, herauszukosten. So wie manch einer absolut keinen Sinn dafür hat, die Schönheiten eines Buches, eines Kunstwerkes zu erspüren und zu genießen. Wer keinen Geschmack hat, dem fehlt ein ganz wesentlicher Sinn, etwas, was den Menschen überhaupt erst allen andern Wesen überlegen macht; der gehört zu einer der zahllosen Arten von Krüppeln, jenen kümmerlichen Schwachsinnigen, aus denen sich unsere Rasse zusammensetzt. Derartige Leute sind zungenblöde, wie andre ihresgleichen geistesblöde sind. Ein Mensch, der eine Languste nicht von einem Hummer zu unterscheiden weiß, ein Mensch, der den Unterschied nicht schmeckt zwischen einem Hering – diesem wundervollen Fisch, der als Köstlichstes den würzigen Ruch, den herben Duft des ganzen Meeres in sich trägt – und einer Makrele oder einem Merlan, ein Mensch, der sich einbildet, etwas vom Essen zu verstehen, und eine Crassaner Butterbirne mit einer Duchessebirne sozusagen in einen Topf wirft, ein solcher Geschmacksrohling gehört in die große Masse derer, die einen Balzac mit Eugène Sue verwechseln, die Beethovens Sinfonien für die Marschmusik irgendeines Regimentskapellmeisters halten, die den Apoll von Belvedere für die Statue des Generals de Blanmont ansehen...«

»Des Generals de Blanmont? Wer soll denn das sein?«

»Ach so, natürlich, du bist nicht im Bilde! An so einer Frage kann man doch wieder mal merken, daß du nicht aus Gisors stammst. Mein Lieber, ich erzählte dir doch eben, daß die Einwohner von Gisors den Ehrennamen *die Ruhmbekleckerten* verliehen bekommen haben – und ich kann dir versichern, daß nie sich jemand seinen Titel mehr verdient hat. Aber laß uns erst mal in aller Ruhe zu Ende frühstücken! Dann werden wir einen kleinen Bummel durch unsere Stadt machen, und bei dieser Gelegenheit will ich dich gleich mal in ihre Historie und in ihre Histörchen einweihen.«

Er unterbrach sein Geplauder von Zeit zu Zeit, griff immer wieder nach seinem halbgefüllten Glas Wein und trank in langsamen Schlückchen; dann beschaute er es sich mit zärtlichem Blick und setzte es wieder vor sich hin auf den Tisch.

Einen wirklich erheiternden Anblick bot er, wie er so dasaß, mit seiner Serviette um den Hals, seinen geröteten Bäckchen, seinen genießerischen Augen, seinen lustig auf und ab wippenden Bartkrausen, die den arbeitenden Mund umspielten.

Er ermunterte mich fortwährend, zuzulangen; schließlich konnte ich wirklich nicht mehr. Als ich dann wieder zum Bahnhof zurück wollte, nahm er mich beim Arm und zog mich kreuz und quer durch das übrigens ganz nette Provinznest. Überragt wird es von seiner Trutzburg, wohl dem merkwürdigsten strategischen Bauwerk, das unser Frankreich im siebenten Jahrhundert unserer Zeitrechnung errichtet hat. Diese wehrhafte Feste beherrscht ein langes, grünes Talgefilde, auf dessen Wiesenbreiten heutzutage nur noch die schwerfälligen

normannischen Kühe friedsam dahintrotten und wiederkäuend im Grase ruhen.
Mein gelehrter Freund hob an: »Gisors, Stadt von viertausend Einwohnern, im äußersten Winkel des Departements Eure gelegen – schon von Cäsar in seinen ›Kommentaren‹ erwähnt als *Caesaris Ostium*; daraus wurde im Laufe der Zeiten Caesartium, Caesortium, Gisortium und schließlich unser Gisors. Ich möchte dich heute nicht gleich bis zum römischen Heerlager hinausschleppen, dessen Spuren noch deutlich zu finden und zu besehen sind...«
Ich warf lachend ein: »Mein Lieber, du scheinst mir ja von einer ganz gefährlichen Spezialistenkrankheit befallen zu sein! Dir als Mediziner möchte ich doch dringend raten, sie mal genauestens unter dein Horchrohr zu nehmen. Gemeinhin nennt man sie Lokalpatriotismus...«
Er blieb mit einem Ruck stehen und dozierte schmunzelnd weiter: »Lokalpatriotismus, lieber Freund, das ist nur eine andere Bezeichnung für Patriotismus überhaupt. Ich liebe mein Haus, mein Städtchen, meine Provinz im weitesten Sinne, weil ich darin die Sitten und Unsitten meines Heimatnestes immer wiederfinde. Und wenn ich an den Grenzen unseres Staates nicht rütteln lasse und bereit bin, sie zu verteidigen, und wenn ich in heiligen Zorn gerate, sowie der Nachbar mit Absicht seinen Fuß darübersetzt, dann eben deshalb, weil ich mich dadurch in meinen eigenen vier Wänden bedroht fühle. Von der Grenze, die ich nie gesehen habe, führt ja der schnurgerade Weg bis in mein eigenes Nest her. Und so bin und bleibe ich Normanne, eingefleischter Normanne! Obwohl ich nun auf den Preußen durchaus nicht gut zu sprechen bin und die Revanche nicht vergesse, trotzdem verabscheue ich ihn nicht aus solcher Seelentiefe und hasse ich ihn nicht aus solchem Instinkt, wie ich den Engländer hasse, unsern wahren Erbfeind, den geborenen und geschworenen Blutfeind des Normannen! Dieser Brite ist es, der immer wieder seine dreckigen Stiefelsohlen auf den ange-

stammten Grund und Boden meiner Väter und Vorväter setzt, der ihn bereits an die zwanzigmal verheert und gebrandschatzt hat! Der heftigste Widerwille gegen dieses heimtückische Volk ist mir schon von meinem Vater tief ins Blut geimpft worden. Aber halt! Sieh mal da: – die Statue des Generals!«

»Welches Generals?«

»Na, des Generals de Blanmont! Wir mußten doch ein Denkmal haben! Nicht umsonst redet man von den ›Ruhmbeklekkerten‹ aus Gisors. Da haben wir denn den General de Blanmont ausfindig gemacht. Wirf nur mal einen Blick in das Schaufenster dieser Buchhandlung!«

Er schob mich vor die Auslegekästen eines Buch- und Papierladens, in denen mehr als ein Dutzend gelber, roter, blauer Broschüren und Prachtwerke das Auge auf sich zogen.

Als ich die Titel studierte, überkam mich ein toller Lachanfall. Da stand gedruckt in Großbuchstaben zu lesen:

GISORS
Sein Ursprung – Seine Zukunft
von X... Y...,
Ehrenmitglied mehrerer Gelehrter Gesellschaften

auf dem Schinken daneben:

GESCHICHTE VON GISORS
Dem französischen Volk und seiner Jugend erzählt
von seinem Seelsorger Abbé A...

auf dem nächsten Pappumschlag:

GISORS
Saint Gaius Julius Caesar bis auf unsere Zeiten
von Monsieur B...,
Ehrenbürger der Stadt Gisors, mehrfacher Haus- und Grundbesitzer, Privatgelehrter etc. pp.

auf dem Reiseführer links davon:

GISORS
und seine Umgebung
von Obermedizinalrat Dr. C... D...

und schließlich:

GISORS
Weihe- und Wirkungsstätte seiner Berühmtheiten
von einem Enthusiasten und Heimatforscher

»Tja, mein Lieber«, nahm Marambot seine sachkundigen Erläuterungen wieder auf, »es vergeht kein Jahr – du ermißt doch wohl, was das heißen will –, kein Jahr, in dem uns nicht ein neues Forscherwerk über Gisors beschert wird. Wir besitzen bereits rund dreiundzwanzig derartige Standardwerke.«
»Und wie steht es nun eigentlich mit euren hiesigen Berühmtheiten?« wollte ich wissen.
»Oha – die kann ich dir natürlich nicht gleich sämtlich aufzählen! Aber ich will dir wenigstens die bedeutendsten nennen: Da haben wir zuallererst mal unsern General de Blanmont. Sodann Baron Davillier, den berühmten Keramiksammler, der Spanien und die Balearen durchforscht hat und allen Kunstfreunden und Liebhabern die Schönheit der herrlichen ibero-arabischen Fayencen erschloß. Des weiteren Charles Brainne, den Journalisten von ganz großem Format, ein Shakespeare im Reiche der Reportage, leider weilt er nun nicht mehr unter den Lebenden. Und – um nur einen unter den Zeitgenossen zu erwähnen – unseren Charles Lapierre, den äußerst rührigen Geschäftsleiter der ›Rouener Neuesten Nachrichten‹. Ich könnte dir noch viele, viele andere namhaft machen...!«
Wir schlenderten eine lange Straße entlang, die leicht bergab führte. Sie war so durchglüht von der brütenden Junisonne, daß sich alle Anwohner in ihre vier Wände verzogen hatten.
Mit einem Male gewahrten wir einen einzelnen Mann, der vom andern Ende der Straße auf uns zustrebte.

Den Kopf vorgestreckt, mit schlenkernden Armbewegungen und knieweichem Gang kam er ruckweise näher geschoben; mal machte er drei Schritte vorwärts, dann sechs, dann wieder zehn Schritte, zwischen denen er jedesmal eine Ruhepause einlegte. Wenn ihn sein kurzer, energischer Anlauf bis zur Mitte der Straße gebracht hatte, blieb er wie angewurzelt stehen und schwankte hin und her zwischen Umsacken und neuem Sichaufraffen. Dann taumelte er plötzlich in einer andern Richtung weiter. So klatschte er jählings gegen eine Hausmauer. Es sah aus, als ob er mitten durch die Wand wolle. Durch den Anprall flog er herum, drehte sich um die eigene Achse, stierte mit offenem Munde vor sich hin und blinzelte ins grelle Sonnenlicht.
Dann löste er sich mit einem gewaltigen Ruck wieder von der Hausmauer ab und setzte sich weiter in Bewegung.
Ein kleiner gelber Hund flitzte bellend hinter ihm her. Der dürre, ausgemergelte Köter blieb stehen, wenn der Mann stehenblieb, und lief von neuem los, wenn der vorn weitertorkelte.
»Sieh mal an!« sagte Marambot. »Da kommt ja Madame Hussons Tugendjüngling!«
Ganz verblüfft fragte ich: »Madame Hussons Tugendjüngling? Was meinst du damit?«
Mein Freund erklärte mir lachend: »Na ja, so werden bei uns hier die notorischen Süffel tituliert. Der Ehrenname hängt mit einem Histörchen zusammen, das schon etwas legendären Charakter hat, obwohl die nette Geschichte von A bis Z wahr ist.«
»Ist sie auch wirklich amüsant, deine Geschichte?«
»Höchst amüsant sogar.«
»Na dann – leg los!«
»Sehr gern! Also – es ist schon eine geraume Zeit her, da lebte in unserer Stadt eine alte Dame, die war sehr, sehr tugendsam. Sie förderte die Tugend, wo sie und wie sie nur konnte. Madame Husson war ihr ehrenwerter Name. Du kannst versichert sein:

Alle Namen, die in meiner Geschichte vorkommen, sind in der Stadtchronik nachweisbar. Ich greife nicht einen einzigen aus der Luft! Diese Madame Husson, wie gesagt, widmete sich in ganz besonderer Weise der Wohltätigkeit und der Nächstenliebe. Ihre guten Werke galten vor allem der Unterstützung von Bedürftigen, der Stärkung und Festigung von Menschen, die

solchen Beistandes wert waren. Klein und zierlich muß sie gewesen sein, ein winziges Persönchen, das unter seinem hohen, schwarzseidenen Kopfschmuck tatfreudig einhertrippelte. In ihrer fein abgezirkelten, beinah feierlichen Damenhaftigkeit stand sie in dem allerbesten Verhältnis mit dem lieben Gott oder vielmehr seinem irdischen Stellvertreter in Gisors, Hochwürden Herrn Abbé Malou. Sie empfand tiefen Abscheu, geradezu angeborenen Abscheu vor dem Laster, namentlich vor jenem Laster, das die alleinseligmachende Kirche mit dem Schandnamen ›Unzucht‹ brandmarkt. Der Anblick schwangerer Mädchen war ihr jedesmal ein scheußliches Bild der Verkommenheit und konnte sie geradezu aus dem Häuschen bringen.

Es war die Zeit, als noch überall in der Umgebung von Paris die Sitte herrschte, Tugendjungfrauen mit einem duftenden Rosenkränzlein zu krönen. Und so kam unsere Madame Husson auf die Idee, auch in ihrem Gisors eine solch züchtige Rosenmaid krönen zu lassen. Sie eröffnete dies Hochwürden Abbé Malou, der sofort eine Liste der in Betracht kommenden Kandidatinnen aufsetzte.

Aber Madame Husson hatte noch eine zweite vertrauenswürdige Person um sich, eine hilfreiche Stütze und alte tüchtige Hausgehilfin. Françoise wurde sie gerufen; sie huldigte ebenso strengen Anschauungen wie ihre Herrin.

Sowie Hochwürden davongewandelt war, rief Madame ihre Dienerin und trug ihr folgendes auf: ›Hier, Françoise, ist die Liste der Mädchen, die mir Hochwürden für den Tugendpreis vorgeschlagen hat. Höre herum und suche herauszubekommen, was man über jede einzelne von ihnen bei uns hier so denkt!‹

Und Françoise machte sich ans Werk. Sie brachte allen Klatsch und Tratsch, alles Gerede und Gemunkel, das sie bei ihren Einkäufen erhorchen konnte, nach Hause. Um auch ja nichts zu vergessen, schrieb sie alles mit den täglichen Ausgaben zusammen in ihr Küchenbuch ein. Jeden Morgen legte sie die Eintragungen ihrer Madame Husson vor, die sich die Brille auf ihr schmales, scharfes Näschen setzte und folgende Posten studierte:

Brod	49 Sous
Milich	29 Sous
Putter	8 Sous

Malvina Levesque hatt siech vohriches Jaar mit Mathurin Poilu eingelaßen.

Eine Hammelkeile	26 Sous
Saltz	19 Sous

Rosalie Vatinel ißt mit Césaire Piénoir zusammengesehen worten von Madam Onésime, der vom Plettgeschäff, im Ribouder Wältchen alz eß schon schummerde, am 20. Julie.

Radißl	19 Sous
Eßich	2 Sous
Pott Asche	2 Sous

Joséphine Durdent. Mann sol nur ja nich glauben das die noch eine Gans Mackelose ißt. Denn die schreipt siech mit dem Sohn vom Oportum der welcher in Rouen dinen tuht und welcher der kitzlich eine piekfeine Hauben alz Präsident geschiekt hatt und per Extraeilpost!

Nicht eine einzige ging aus diesen hochnotpeinlichen Untersuchungen makellos hervor. Françoise horchte ganz Gisors aus: die Nachbarn, die Leute in den Läden, den Schulmeister, die Barmherzigen Schwestern; und emsig hielt sie das leiseste Gewisper in ihrem Eintragebuch fest.

Da es auf der ganzen weiten Welt wohl kaum ein Mädchen gibt, an dem die Klatschbasen und Gevatterinnen nichts auszusetzen hätten, so fand sich denn auch in unserm Gisors nicht ein einziges junges, lediges weibliches Wesen, das vor dem üblen Gerede sicher gewesen wäre.

Es durfte ja aber – so forderte Madame Husson unbedingt – auf der Tugendjungfrau von Gisors, wie voreinst auf der Gattin Cäsars, auch nicht der geringste Hauch von einem Verdacht liegen; und so saß denn die kleine alte Dame recht unruhig, betrübt und verzweifelt vor dem Eintragebuch ihrer tüchtigen alten Küchenunke.

Nun wurde der Bewerberinnenkreis weiter ausgedehnt und in das Suchgebiet noch die angrenzenden Dörfer einbezogen. Aber auch da fand sich keine, die des Tugendpreises würdig befunden wäre.

Der Herr Bürgermeister wurde um Namensnennungen gebeten. Die keuschen Wesen, die er nennen konnte, fielen samt und sonders bei der Begutachtung durch. Ebensowenig Glück hatten die Kandidatinnen, die der Doktor Barbesol namhaft machte, – trotz der wissenschaftlichen Garantien, die er für seine Jungfrauen zu übernehmen gern bereit gewesen wäre.

Da machte eines schönen Morgens die Küchenfee Françoise, als sie von einem ihrer Marktgänge zurückkehrte, ihrer Herrin folgenden Vorschlag: »Sehn Sie mal, Madam, wenn Sie nu doch partout jemanden krönen wolln, denn wüßte ich wirklich niemanden sonst weiter in unsrer ganzen Gegend wie den Isidore...!«

Madame blieb den ganzen Tag in tiefes Nachsinnen darüber versunken.

Sie kannte ihn natürlich auch, den Isidore, den Sohn der Obst- und Gemüsefrau Virginie. Seine sprichwörtliche Tugendhaftigkeit war schon seit etlichen Jährchen das erheiterndste Stadtgespräch von ganz Gisors. Der junge Mann war die Zielscheibe manch schlimmer Scherze, und besonders die jungen Mädchen amüsierten sich, wenn sie nur irgendwie ihn necken und aufziehen konnten. Die Zwanzig hatte er bereits hinter sich, der große, linkische, etwas langsame und schüchterne Bursche. Er half seiner Mutter im Geschäft, saß brav und bieder den ganzen Tag auf seinem Schemel vor der Ladentür und putzte Obst und Gemüse.

Vor Frauenröcken hatte er eine geradezu krankhafte Scheu; wenn ihn eine Kundin nur lächelnd ansah, schlug er sofort die Augen nieder. Seine allgemein bekannte Schüchternheit machte ihn zum Prügelknaben aller Witzbolde der ganzen Gegend.

Kecke Redensarten, zweideutige Witzchen, gepfefferte Anspielungen jagten ihm immer dermaßen das Blut ins Gesicht, daß ihm der Doktor Barbesol den Spitznamen ›Thermometer der Zimperlichkeit‹ verliehen hatte. Wußte Isidore schon was? Oder wußte er wirklich noch nichts?! Das fragte sich jeder in der ganzen Umgegend. War es tatsächlich nur Zimperlichkeit, war es das dunkle Angstgefühl vor halbgeahnten, verbotenen Dingen? Oder war es der Abscheu vor all solch gemeinen, ekligen Berührungen, vor dem, was Madame Husson ›die sinnliche Liebe‹ nannte, was den Sprößling der Gemüsehändlerin Virginie so bis ins Innerste erschauern ließ? Die frechen Straßenjungen galoppierten immer wieder an dem Laden vorüber und brüllten ihm Unflätigkeiten ins Gesicht, um sich an seiner schamhaften Verwirrung zu weiden; und den jungen Mädchen machte es größtes Vergnügen, immer wieder an ihm vorüberzuflanieren und Sachen zu flüstern, die ihn ins Haus hineintrieben. Die dreistesten von den Dingern forderten ihn geradezu offen heraus, luden ihn frivolerweise zu Stelldicheins ein und schlugen ihm die haarsträubendsten Sachen vor.

Alles das ließ sich Madame Husson immer wieder durch den Kopf gehen...

Gewiß, Isidore war das seltene Beispiel eines unanfechtbar tugendsamen jungen Mannes. Niemand, nicht einmal die größten Skeptiker, hätten Isidore auch nur des geringsten Verstoßes gegen die Gebote der Moral bezichtigen können. Noch nie hatte man ihn in einem Caféhaus gesehen, noch nie war man ihm abends auf der Straße begegnet. Nie ging er später als um acht Uhr zu Bett und war schon früh um vier Uhr wieder auf den Beinen. Er war wirklich das Muster eines soliden jungen Mannes, ein wahres Juwel.

Und doch zauderte Madame Husson noch. Der Gedanke, statt der üblichen Tugendjungfrau einen Tugendjüngling zu erwählen, dieser Gedanke verwirrte die kleine alte Dame doch ein wenig und machte sie wieder etwas unschlüssig. So entschied

sie sich denn, doch noch einmal Hochwürden Abbé Malou zu Rate zu ziehen.
Hochwürden gab zu erwägen: ›Wem wollen Sie, Madame, den höchsten Ehrenpreis reichen? Doch der Tugend, nicht wahr, einzig und allein der Tugend? Was fällt es da überhaupt ins Gewicht, ob es eine männliche oder ob es eine weibliche Tugend ist! Die Tugend ist über alles Irdische erhaben. Sie ist an keine bestimmte Statt gebunden, sie ist nicht nur auf eines der beiden Geschlechter beschränkt. Die Tugend ist – nun eben *die Tugend*!‹

Nach solcher Beratung und Ermutigung begab sich Madame Husson zum Herrn Bürgermeister.
Er war ganz ihrer Ansicht: ›Wir werden diesem Festakt den würdigsten Rahmen geben‹, sicherte er ihr zu. ›Und wenn wir künftighin eine geeignete weibliche Persönlichkeit noch dazu finden sollten, die des Tugendpreises so würdig wäre wie unser Isidore, dann krönen wir natürlich auch unsere Tugendjung-

frau! Wir gehen gleich dabei der Stadt Nanterre mit nachahmenswertem Beispiel voran. Also – keinerlei Voreingenommenheiten! Ehre, wem Ehre gebührt!‹
Als unserem Isidore eröffnet wurde, daß ihm der Tugendkranz aufs Haupt gedrückt werden sollte, wurde er rot bis hinter die Ohren; aber nichtsdestoweniger schien ihn die Nachricht doch mit sichtlicher Genugtuung zu erfüllen.
Die Krönung wurde für das Marienfest anberaumt, also für den fünfzehnten August; dieser Tag war eigentlich ein doppelter Festtag, insofern als er ja auch der Geburtstag des Kaisers Napoleon war.
Unsere Stadtväter hatten nun den Beschluß gefaßt, den Feierlichkeiten einen ganz besonders glänzenden Anstrich zu geben. Man ließ eine große Ehrentribüne errichten, auf dem sogenannten Krönungsplatz, einer Terrasse mit reizender Aussicht an den alten Festungswällen. Wir werden gleich an die Stelle kommen!
Was nun die öffentliche Meinung über den tugendsamen Isidore anbetraf, so schlug sie natürlich mit einemmal um. Was man eben noch von oben herab angesehn und bewitzelt hatte, das war im Handumdrehn zu einer höchst schätzenswerten, ja beneidenswerten Angelegenheit geworden, besonders seit man gehört hatte, daß diese Preiskrönung dem Helden der Tugend ein ›Ehrengeld‹ von fünfhundert Franken in bar, außerdem noch ein Sparkassenbuch mit Einlage – ganz abgesehen von dem großen Haufen Ehre und Ansehen dazu – einbringen sollte. Jetzt bereuten schon die losen Mädchen ihren Übermut, ihre Spötteleien, ihr schnippisches Benehmen! Unser Isidore zeigte sich zwar immer noch etwas duckmäuserisch und schüchtern; aber das etwas selbstgefällige Lächeln, das er neuerdings aufsetzte, verriet doch einiges von der inneren Genugtuung, die ihn erfüllte.
Schon am Vorabend des fünfzehnten August war die ganze Rue Dauphine in ein Meer von Fahnen verwandelt. – Aber da muß

ich dir noch schnell zwischendurch erzählen, was für einem Ereignis diese unsere Straße eigentlich ihren erhabenen Namen verdankt. Also: Den Überlieferungen sämtlicher hiesiger

Kaffeekränzchen nach soll die Gemahlin irgendeines unserer Thronanwärter, eine *Dauphine* also – welche es war, entzieht sich leider meiner Kenntnis –, einstmals unser Gisors mit ihrem kronprinzeßlichen Besuch beehrt haben. Da habe ihr der Magistrat mit sämtlichen Deputationen etc. pp. einen so unabsehbar langen Empfang bereitet, daß Hoheit mitten im Triumphzug durch die Stadt vor einem der Häuser hier in dieser Straße habe halten lassen und unvermittelt in den Ruf ausgebrochen sei: ›Ach – welch reizendes Häuschen! Wie gern würde ich mir das einmal von innen ansehen! Wem gehört es?‹ Man habe ihr den Eigentümer des Grundstücks genannt, ihn gesucht, gefunden und Ihrer Kronprinzeßlichen Hoheit vorgestellt; verwirrt und doch glückstrahlend habe er vor seiner Landesherrin gestanden.

Die Dauphine sei aus ihrer Equipage gestiegen und habe den Wunsch geäußert, das Gebäude gleich einmal von innen zu beaugenscheinigen. Während der Besichtigung habe sie sogar einige Augenblicke ganz für sich in einem bestimmten Gelaß geweilt...

Als Hoheit sich wieder ihrem Volke zeigte, seien sämtliche Festteilnehmer vor Begeisterung über diese Ehre, die einem ihrer Mitbürger zuteil geworden sei, in den Ruf ausgebrochen: ›Es lebe die Dauphine!‹

Ein humorbegabter Augen- und Ohrenzeuge brachte kurz darauf das denkwürdige Geschehen in Verse, die seither von allen unsern Gassenbuben gesungen werden; und die Straße trug voller Stolz fürderhin den Namen Ihrer Kronprinzeßlichen Hoheit, denn:

›Eiligst weihte das Prinzeßchen
Auf dem Thrönchen, höchst allein,
Mit 'nem Plätscherstrählchen ein
Unser Gäßchen...‹

Doch kommen wir zurück auf unsern Isidore!

Längs des ganzen Weges, auf dem sich der Festzug durch unsere Stadt bewegen sollte, waren Blumen gestreut – wie für die Prozession am Fronleichnamsfeste. Sogar die Nationalgarde von Gisors war zusammengetrommelt und unter die Waffen gerufen worden. Major Desbarres, ihr damaliger Ortskommandant, war ein alter wackerer Haudegen, der noch unter den Siegesadlern der Großen Armee gekämpft hatte und voller Stolz den Glaskasten mit dem Kreuz der Ehrenlegion vorwies, das ihm sein Kaiser noch eigenhändig auf die Brust geheftet hatte. Neben dieser höchsten Auszeichnung hatte er an seiner Stubenwand noch ein anderes Kriegsandenken hängen, eine Trophäe vom Rückzug aus Rußland: einen struppigen Kosakenbart, den er seinem Eigentümer einst mit einem Säbelhieb vom Kinn ›wegrasiert‹ hatte.

Die Truppe, die Desbarres nun in seinen alten Tagen kommandierte, war übrigens in der ganzen Gegend berühmt. Diese Kompanie Grenadiere von Gisors marschierte bei allen erdenklichen Festlichkeiten auf, die im Umkreis von fünfzehn bis zwanzig Meilen vonstatten gingen. Es wird erzählt, daß Louis Philippe bei einer seiner ›königlichen Heerschauen‹, die er über die Bürgerwehren des Departements Eure mal abhielt, bewundernd vor der Kompanie aus Gisors haltgemacht und den höchst geistvollen Ausspruch getan haben soll: ›Was ’n das für schneidige Kerls da? Woher?‹ – ›Melde gehorsamst, Majestät, die Grenadiere aus Gisors!‹ salutierte der kommandierende General. ›Hätt ich mir eigentlich selber denken können ...!‹ habe da Majestät in seinen Bart geschmunzelt.

Also, Musik an der Spitze, kam Major Desbarres mit seinen Kerls aufgezogen, um unsern Isidore vom Gemüseladen seiner Frau Mama abzuholen.

Nach einem Ständchen, das man dem Gefeierten brachte, erschien der Tugendheld auf der Schwelle des Hauses.

Vom Scheitel bis zur Sohle war er in blütenweißen Zwilch gehüllt; auf seinem Kopfe saß ein Strohhut, an dem als Kokarde ein Sträußchen Orangenblüten prangte.

Das Problem des Festgewandes hatte Madame Husson ziemliches Kopfzerbrechen verursacht. Lange schwankte sie, ob schwarzer Anzug, wie er zur Ersten Heiligen Kommunion getragen wird, oder ob ganz in Weiß. Schließlich hatte die treue Beraterin Françoise den entscheidenden Ausschlag gegeben mit der Bemerkung, sie sei doch mehr für ganz in Weiß, darin würde er wirklich ›wie 'n Schwan‹ aussehen!

Hinter dem Helden des Tages tauchte mit triumphierender Miene seine Gönnerin und Patin, unsere kleine Madame Husson, auf. Sie nahm seinen Arm und ließ sich hinausgeleiten: draußen trat der Herr Bürgermeister an die andere Seite des Tugendjünglings. Trommelwirbel erschallten. Major Desbarres kommandierte schnarrend: ›Präsentiert das – Gewehr!‹ Und der Zug setzte sich in Bewegung, zur Kirche hin, umwogt von einem Schwarm Neugieriger, die aus allen Nachbargemeinden herbeigeströmt waren.
Nach einer kurzen Einsegnungsmesse und einer herzbewegenden Ansprache, die Hochwürden Abbé Malou anschließend hielt, zog alles zum Krönungsplatz, wo das Festbankett unter einem Riesenzelt hergerichtet war.
Ehe man sich an die Tafel setzte, ergriff nun auch der Herr Bürgermeister das Wort. Ich kann dir seine Festrede noch genau im Wortlaut zitieren, denn sie ist so schön, daß ich sie auswendig gelernt habe:

›Junger Mann!
– Sie sind der erste in der Dynastie der Tugendsamen und Keuschen, der des Kranzes und des Lohnes der Tugend wert und würdig befunden worden ist. Sie, mein junger Held, sind erwählt, ihn zu empfangen. Ihr Name wird nun für immer und alle Zeit zuoberst auf der langen Ehrentafel der Preisgekrönten leuchten! Und darum muß Ihr oberstes Ziel bleiben: Ihr Leben – verstehen Sie mich wohl! –, Ihr gesamtes Dasein so tugendhaft zu führen, wie es der glückliche Anbeginn verheißt.
Eine große, höchst bedeutsame Verpflichtung gehen Sie in diesem feierlichen Augenblick ein vor der edlen Dame hier, die Ihre Haltung und Ihren Lebenswandel belohnen möchte, des weiteren ebenso all diesen Ihren wackern und wehrhaften Mitbürgern gegenüber, ja schließlich angesichts der ganzen freudig bewegten Bevölkerung unseres Landes, die sich hier rings um Sie vereint hat, um Ihnen zuzujubeln: Sehen doch alle in Ihnen,

mein junger Held, die verkörperte Tugend vor sich stehen! Mit dieser heutigen hohen Ehrung, junger Mann, nehmen sie die feierliche Verpflichtung vor der ganzen, hier vor Ihnen versammelten Stadt auf sich, uns allen weiterhin bis zu Ihrem seligen Ende das glorreiche Vorbild zu bleiben, das Sie uns heute schon sind.
Vergessen Sie nicht, junger Mann: Sie sind das erste Korn, das in den Boden unserer Hoffnung gepflanzt wurde; mögen Sie die Früchte zeitigen, die wir von Ihnen erwarten!‹

Der Herr Bürgermeister schwankte bewegt drei Schritte vor, tat weit seine Arme auf und drückte den schluchzenden Isidore an sein Herz.
Wirklich – er schluchzte, unser Tugendjüngling, wenn er auch kaum wußte, warum. Vielleicht war es Verwirrung und Erregung, vielleicht auch irgendein vages Gefühl der Genugtuung, vielleicht überhaupt nur die allgemeine Rührseligkeit, die ihn angesteckt hatte.
Nun bekam er vom Herrn Bürgermeister in die eine Hand eine bestickte Geldbörse gedrückt, in der es klimperte – man denke: Gold, fünfhundert Franken in blankem Gold! –, und in die andere Hand ein Sparkassenbuch; und dazu verkündete feierlich das Oberhaupt der Stadt: ›Ehre und Ruhm und Lohn dem Helden der Tugend!‹
Major Desbarres krächzte als erster: ›Bravo!‹ Seine Grenadiere brüllten es ihm im Chore nach, und das versammelte Volk brach in Beifallsklatschen aus.
Die gute Madame Husson wischte sich die Augen.
Darauf nahm alles seinen Platz an der langen Festtafel ein, und das Mahl begann.
Geradezu großartig war es. Die Gänge wollten kein Ende nehmen. Der goldgelbe Apfelwein und das funkelnd rote edle Rebenblut feierten Verbrüderung miteinander, kamen sich beim Gläserklang näher und vereinten sich vollends drunten in den

Mägen. Das Klappern der Teller, das Geschwirr der Stimmen, die gedämpften Klänge der Musik – all diese Geräusche verschmolzen zu einem ununterbrochenen Brausen und Rauschen, das in den klaren Himmel emporstieg, über den die zwitschernden Schwalben hinschossen. Madame rückte sich von Zeit zu Zeit ihre schwarzseidene Kopfzier zurecht, die immer wieder auf das kleine Ohr hinabrutschte, und plauderte mit Hochwürden Abbé Malou. Das Oberhaupt der Stadt, das schon sichtlich in Feuer kam, besprach mit Herrn Major Desbarres die politische Situation.
Und der Hauptheld des Tages, er schmauste und becherte, wie er noch nie in seinem Leben geschmaust und gebechert hatte! Immer wieder langte er zu und merkte zum erstenmal so rich-

tig, was für eine angenehme Sache es doch ist, sich solch wohlschmeckende Leckereien einzuverleiben, die einem das wahrste Vergnügen bereiten, wenn sie so über die Zunge in den Magen hinabspazieren. Mit einem unauffälligen Griff hatte er bereits seinen Hosenbund aufgehakt, der seinem zusehends schwellenden Bäuchlein immer enger und drückender wurde. Etliche Spritzer Rotwein, die ihm auf seine weiße Jacke gekleckert waren, beunruhigten ihn zwar ein paar Augenblicke lang; sie waren aber weiter kein Hindernis, von Zeit zu Zeit im Schnabulieren innezuhalten, sich das volle Weinglas an die Lippen zu heben und soviel wie möglich daraus zu schlürfen; denn er genoß mit größter Andacht, was ihm da zu Ehren aufgefahren war.

So war langsam die Zeit für die Toaste und Tischreden herangekommen. Sie reihten sich in ununterbrochener Folge aneinander und wurden von lang anhaltendem Beifallsklatschen begleitet. Darüber brach der Abend herein. Seit Mittag tafelte man schon. Die ersten Nebelschleier erhoben sich aus dem Wiesental, milchweiße Schwaden, in die sich die Aue zur Nacht hüllte. Die Sonne versank bereits am Horizont. Aus der dämmernden, dunstigen Weite brüllten die Kühe herüber. Der schöne, erhebende Tag neigte sich seinem Ende zu. Man mußte an den Aufbruch denken. Der Festzug war auseinandergebröckelt. In zwanglosen kleineren Gruppen strömte alles wieder nach Hause. Madame Husson hatte Isidores Arm genommen und gab ihm auf dem Heimwege noch eine Menge eindringlicher und wunderschöner Ratschläge.

Vor der Tür der Gemüsehändlerin wurde haltgemacht und der Tugendjüngling in die mütterliche Obhut entlassen.

Frau Virginie war allerdings noch nicht daheim. Ihre Verwandten hatten sie zu sich eingeladen; man wollte im engsten Kreise die triumphale Ehrung feiern, die ihrem Sprößling zuteil geworden war; da hatte sie denn erst den Festzug bis zum Krönungsplatz und Bankettzelt begleitet und sich dann zum Familienmahl in die Wohnung ihrer Schwester begeben.

So war Isidore ganz sich selbst überlassen in dem Laden, in dem schon eine ziemliche Finsternis herrschte.
Er ließ sich auf einen Stuhl nieder. Mit dem Wein war ihm der Mut schon sichtlich in die Krone gestiegen. Er reckte sich und blickte rundum. In dem geschlossenen Lagergewölbe strömten rings die Mohrrüben, die Kohlköpfe, die Zwiebelknollen ihre kräftigen Gemüsedüfte aus. Ihren herben, durchdringenden Gartengerüchen mischte sich das feinere Aroma bei, das die frischen Erdbeeren aushauchten, und das köstliche Parfüm, das dem Korb voller Pfirsiche entquoll.
Der Held des Tages langte sich einen und biß mit allen Zähnen hinein, obschon ihm der Bauch voll und rund wie ein Kürbis war. Mit einemmal packte ihn ein toller Rappel, und er hopste wie verrückt im Kreise herum. Da klimperte es in seinem Festanzug...
Überrascht blieb er stehen, fuhr mit beiden Händen in sämtliche Taschen und brachte schließlich die Börse mit den fünfhundert Franken zum Vorschein, die er in seinem Jubelrausch ganz vergessen hatte. Fünfhundert Franken! Was für ein gewaltiger Haufen Geld! Er schüttete die rollenden goldenen Dinger auf den Ladentisch und schob sie langsam mit seiner darüberhin tätschelnden breiten Pratze auseinander, um alle Goldstücke zugleich betrachten zu können. Fünfundzwanzig, fünfundzwanzig runde Louisdore! Alle aus blankem Gold. Sie blinkten und schimmerten, wie sie so dalagen auf dem Holz der Theke, hell durch das Dunkel. Er zählte, mit dem Finger tippend, immer wieder: ›Eins, zweie, dreie, viere, fümfe – hundert! Sechse, sieben, achte, neune, zehne – zweihundert...!‹ Als er fertig war mit dem Zählen, raffte er alle wieder zusammen, ließ sie nacheinander wieder hinein in den Seidenbeutel plumpsen und steckte die pralle Geldkatze in die Tasche...
Wer weiß, wer wird je sagen können, was nun für ein fürchterlicher Kampf zwischen Gut und Böse in der Seele unseres Tugendhelden anhob? Wer könnte mit Worten schildern, was al-

les sich in ihm abgespielt haben mochte? Welcher Listen sich Satan bediente, um dies schüchterne und enthaltsame Jünglingsherz zu berennen und zu überrumpeln? Welche Einflüsterungen, welche Gaukelbilder, welche Verlockungskünste mochte der Teufel ins Feld geführt haben, um unsern Auserwählten schwankend zu machen und zu Fall zu bringen? Wie dem auch sei – Tatsache jedenfalls ist, daß Madame Hussons Auserwählter nach seinem Hut griff, dem Hut, an dem noch immer das Orangenblütensträußchen der Unschuld und der Tugend prangte, ihn sich aufs Haupt stülpte und – aus dem mütterlichen Heim durch das Hinterpförtchen in die Dunkelheit entschwand...

Sowie die Obstfrau Virginie Bescheid bekommen hatte, ihr Herr Sohn sei soeben vor der Haustür abgesetzt worden, begab sie sich sofort heim; sie fand jedoch Haus und Laden menschenleer. Sie wartete eine Weile, ohne sich zunächst irgendwelche besonderen Gedanken über die Abwesenheit ihres Sprößlings zu machen. Als er sich aber nach einer Viertelstunde noch immer nicht zeigte, zog sie doch nähere Erkundigungen in der Nachbarschaft ein. Die Einwohner der Rue Dauphine hatten Isidore wohl eintreffen, nicht aber wieder fortgehn sehen. Nun ging das Suchen los – er blieb unauffindbar! Beunruhigt lief die Gemüsefrau zum Bürgermeister! Der wußte aber auch nichts weiter, als daß er eigenhändig den Preisgekrönten bis vor die Haustür gebracht und hineinverabschiedet habe. Madame Husson hatte sich gerade zu Bett begeben, als sie die Nachricht erreichte, daß ihr Schützling verschwunden sei. Sie setzte sich sofort wieder ihre Kopfzier auf, stieg aus dem Ruhepfühl und begab sich persönlich zu Mutter Virginie. Virginie, deren einfaches Gemüt stets sehr leicht und sehr rasch zu erschüttern war, saß zwischen ihren Kohlköpfen, Karotten und Zwiebelknollen und zerfloß in Tränen.
Man befürchtete irgendein Unglück, das dem Helden des Tages noch in letzter Minute zugestoßen sei. Aber was konnte es nur sein?! Major Desbarres alarmierte spornstreichs die Gendarmerie. Sie führte mehrere Streifen in die Umgebung der Stadt durch. Beim Absuchen des Geländes fand man schließlich auf der Landstraße nach Pontoise eine Spur: das kleine Orangenblütensträußchen! Das Fundstück wurde auf dem Amtstisch deponiert, um den sich die Vertreter der Behörden zur Beratung niedergelassen hatten. Der Tugendpreisträger mußte einem neidvollen, heimtückischen Anschlag zum Opfer gefallen sein! Aber wann und wo? Welcher Mittel mochte man sich be-

dient haben, diesen harmlosen jungen Mann zu verschleppen? Und – in welcher Absicht überhaupt?
Nach weiterem ergebnislosem Nachforschen wurde die Suchaktion wieder abgeblasen, und die debattierenden Sachverständigen zogen sich zur Ruhe zurück. Nur Virginie durchwachte einsam und allein in Tränen die Nacht.
Aber am drauffolgenden Abend gab es in ganz Gisors ein wahres Entsetzen! Die Eilpost brachte bei ihrer Rückkehr aus Paris

die Nachricht mit, daß der Postwagen auf seiner Hinfahrt, ungefähr zweihundert Meter hinter dem Ort, auf der offenen Landstraße zum Halten veranlaßt worden sei durch – den Tugendjüngling! Er sei eingestiegen und habe einen Sitzplatz bis Paris belegt; bezahlt habe er mit einem Louisdor; den Rest habe man ihm in Kleingeld zurückgegeben. Im Zentrum der Hauptstadt sei er ganz gemütlich und fidel ausgestiegen!
Die Aufregung übertrug sich auf das ganze Hinterland und zog immer weitere Kreise. Wichtige dringliche Dienstschreiben

wurden wegen des Falles zwischen der Bürgermeisterei und dem Pariser Polizeipräsidium gewechselt; aber alle Nachforschungen verliefen ergebnislos.
Ein Tag verging nach dem andern; die Woche war um – noch immer nichts!
Da – eines schönen Morgens gewahrte der Doktor Barbesol auf seinem Frühgang durch die Stadt in einer Türnische einen Mann in grauem Zwilch, der auf der Schwelle lag und pennte,

den Kopf gegen die Hausmauer gelehnt. Er ging näher und erkannte in dem Eingeduselten – unsern Isidore!
Er suchte ihn wachzurütteln; es gelang aber nicht, trotz allen Schüttelns. Der zusammengesackte Tugendheld a. D. schlief so eisern tief und fest, daß meinem Herrn Kollegen Vorgänger doch gewisse Bedenken kamen. Er trommelte ein paar hilfsbereite Menschen zusammen und veranlaßte die Überführung des jungen Mannes in die Apotheke, die damals ein gewisser Boncheval leitete. Als man den Besinnungslosen aufhob, kam – eine

leere Flasche zum Vorschein, auf der er gelegen hatte. Barbesol roch daran und stellte fest, daß sie Branntwein enthalten haben müsse. Isidore hatte sich ganz einfach besoffen, besoffen wie ein Stint! Während seiner achttägigen Kneipenfahrt war er vollkommen heruntergekommen und hatte sich dermaßen bedreckt, daß ihn nicht mal ein Lumpensammler hätte einsacken mögen! Sein wunderschöner, schlohengelweißer Leinenanzug war restlos hin; Jacke wie Hose waren zu einem graugelblichen, dreckigen und speckigen Etwas geworden. Und der ganze Kerl roch scheußlich nach allem möglichen: nach Gosse, Schlammpfuhl und Lasterhöhle.
Er wurde erst mal gründlich abgeschrubbt und saubergescheuert. Vier Tage lang ging er nicht aus dem Hause. Es hatte den Anschein, als ginge er in sich und bereue seine Tat. Was man aber leider nicht mehr bei ihm fand, das waren die fünfhundert Franken und das Sparkassenbuch! Alles perdu! Nicht mal mehr die silberne Taschenuhr hatte er, das heilig teure Vermächtnis, das ihm sein Vater, der selige Herr Viktualienhändler, zur ewigen Erinnerung hinterlassen hatte!
Am fünften Tage wagte sich unser Sünder wieder hinaus auf die Rue Dauphine. Neugierige Blicke spähten ihm hinterher, wie er da so gesenkten Hauptes, mit vorausjagenden Blicken, an den Häuserwänden hinschlich. Still und leise verdrückte er sich ins offene Gelände, nach dem Tal zu; bald hatte man ihn aus den Augen verloren. Zwei Stunden später trudelte er wieder ein, diesmal aber grinsend und lallend, gegen die Mauer anrennend und weitertorkelnd. Voll war er wieder, voll wie ein Sack!
Kein Zurechtrücken half mehr!
Da setzte seine Mutter den Entarteten vor die Tür. Schließlich wurde er Kutscher und besorgte die Kohlenabfuhr bei der Firma Pougrisel, die noch heute besteht.
Sein Ruf als Saufheld nahm derartige Ausmaße an und wurde in der ganzen Gegend und Umgegend so ruchbar, daß man bis weit drüben in Évreux den Fall von Madame Hussons Tugend-

jüngling immer wieder lang und breit erörterte. Und seitdem beehrt man jeden Süffel in der Gegend mit dem Ehrentitel: Madame Hussons Tugendjüngling.
Na ja, es heißt nicht umsonst: »Jede gute Tat zeitigt ihre Früchte und – Früchtchen ...!«

Mit diesen Worten schloß mein Freund Marambot händereibend sein Histörchen. Ich fragte: »Hast du diesen Tugendjüngling eigentlich noch persönlich zu Gesicht bekommen?«
»Ja natürlich, ich hatte sogar die Ehre, ihm die Augen zuzudrücken!«
»Wie war denn sein Ende?«
»*Delirium tremens* selbstverständlich.«
Im Erzählen und Hinschlendern waren wir bis zu den alten Festungswerken gelangt, einem wüsten Schutthaufen in Trümmer gesunkenen Gemäuers, aus dem nur noch der gewaltige Bergfried »Sankt Thomas von Canterbury« emporragt und neben ihm der »Turm des Gefangenen«.
Marambot erzählte mir auch noch die Geschichte dieses Gefangenen, der mit einem eisernen Nagel Figur neben Figur in die Mauern seines Verlieses eingeritzt habe und bei seinem langen mühseligen Werk Tag um Tag, Jahr um Jahr dem Laufe der Sonne gefolgt sei, deren Strahlen sich durch einen schmalen Gitterspalt in seine dunkle Zelle hereinstahlen ...
Des weiteren erfuhr ich so nach und nach noch die ganze Historie dieser Stadt und Feste Gisors aus dem Munde meines sachkundigen Wegführers und Begleiters: Chlotar der Zwote habe sein väterliches Erbtum Gisors an seinen Vetter Romanus den Heiligen, Bischof zu Rouen, abgetreten; Gisors habe nach dem Vertrage von Saint-Clair-sur-Epte aufgehört, die Hauptstadt der alten Landschaft Le Vexin zu sein, sei aber der wichtigste strategische Punkt dieses ganzen Teiles von Frankreich geblieben. Gisors sei zufolge seines natürlichen Vorranges unter allen befestigten Plätzen der Gegend unzählige Male vom Feinde ge-

nommen und von seinen Befreiern zurückerobert worden. Auf Befehl des englischen Herrschers Williams des Zwoten, der »Rote« benamst, habe der berühmte Festungsbaumeister Robert de Bellesme Gisors zu einer mächtigen Trutzfeste ausgebaut, die später von unserm Ludwig dem Dicken, dann von den normannischen Baronen belagert und von Robert de Candos heldenmütig verteidigt, schließlich aber doch an unsern Ludwig den Dicken von einem gewissen Geoffroy aus dem englischen Herrscherhause Plantagenet übergeben, später abermals infolge eines schmählichen Verrats der Tempelherren von den Briten wiederum besetzt, lange Zeit hindurch der Zankapfel zwischen Philippe Auguste von Frankreich und Richard Löwenherz von England geblieben, dann von Edward dem Dritten von England – er hatte das feste Schloß nicht mit Waffengewalt nehmen können – gebrandschatzt, im Jahre des Heils 1419 von den Engländern abermals eingenommen, etwas später wieder von Richard of Marbury an unsern Siebenten Charles zurückgegeben, anschließend vom Herzog von Calabrien durch Handstreich überrumpelt, von der Katholischen Liga besetzt, bald darauf vom Hugenottenkönig Henri Quatre zum erlauchten Wohnsitz erwählt worden sei... und so weiter, und so weiter...

Von seinem Redeschwung hingerissen, versicherte mir mein Freund Marambot mit dem Brustton innerster Überzeugung immer wieder: »Eine Lumpenbande, sag ich dir, diese Engländer! Und was für Saufhelden obendrein, mein Lieber! Durchweg solche Tugendhelden, allesamt, diese gottverfluchten Heuchler, die...!«

Er brach ab, machte eine kleine Kunstpause, streckte dann seinen Arm aus, lenkte meinen Blick nach dem Flüßchen hin, das sich blitzend durch das Wiesengrün dahinschlängelte, und sagte bedeutsam: »Weißt du auch, daß Henry Monnier* einer

*Henry Monnier (1805–1877), französischer Schriftsteller und Karikaturist.

der seßhaftesten Angler an den Ufern unserer schönen Epte war?«
»Nee, das wußte ich noch nicht!«
»Und daß Bouffé*, mein Lieber, der geniale Bouffé hier seine weltberühmten Glasfenster geschaffen hat?«
»Geh! Was du nicht alles weißt!«
»Na aber –! Das weiß doch bereits jedes Kind! Wie konntest du dir so etwas nur so lange entgehen lassen?!«

* Bouffé ist kunstgeschichtlich nicht nachweisbar und wahrscheinlich eine von Maupassant erfundene Figur.

NACHWORT

»Bürger Frankreichs! Vorsicht vor der Liebe!«

Guy de Maupassant, ein Chronist bürgerlicher Verkehrsformen im Frankreich des ausgehenden 19. Jahrhunderts

»C'est le miracle de Maupassant«, schreibt Pascal Pia in der jüngsten Gesamtausgabe der Werke Maupassants, und er meint damit die permanente Faszination, die von den Werken des Autors ausgeht[1]. Während bei anderen bedeutenden französischen Schriftstellern – Pia weist auf Voltaire hin – sehr vieles sich als zeitgebunden erwiesen habe und allein noch die Literaturwissenschaftler beschäftige, läse man die Romane und Erzählungen Maupassants ausnahmslos auch heute noch wie vor fast hundert Jahren.

Worin liegt aber nun die Faszination, die seine Bücher auf den heutigen Leser ausüben, wenn die stilistischen Mittel – zumindest die seiner Romane – durchaus konventionell sind? »Diese Mittel freilich sind niemals originelle und bahnbrechende, sondern immer erprobte und sozusagen risikolose...«, so Hans Hinterhäuser, Herausgeber einer zweibändigen deutschen Ausgabe der Romane. Dagegen aber habe Maupassant »einen nicht stilistisch aber strukturell ihm gehörenden Typus der Kurzgeschichte (Novelle) geschaffen und an die dreihundertmal realisiert«; als Romancier allerdings stehe er »nur in der guten Tradition«.[2] Sieht man allerdings Maupassant als einen Chronisten seiner Zeit, die man schon als Fin-de-Siècle bezeichnen kann, so gewinnen seine Texte einen zusätzlichen Reiz. Es erklärt vielleicht ihre Wirkung.

»La Maison Tellier«, im Mai 1881 bei Victor Havard erschienen, widmete er Iwan Turgenjew. Tolstoi, der das Buch von

Turgenjew erhielt, war begeistert; Tschechow kannte und schätzte Maupassant[3].
Im kaiserlichen Deutschland freilich haftete dieser damals zeitgenössischen Literatur aus Frankreich das an, was man aus preußisch-protestantischer Sicht eben dem »französischen Roman« zuschrieb, das Odium des Unanständigen. Mag sein, daß sich solche Vorurteile im Bürgertum länger halten als die gesellschaftlichen Verhältnisse, die sie hervorriefen.

Fraglos hat sich die Welt, haben sich die europäischen Verhältnisse seit 1880 grundlegend geändert. Spätestens seit der Weltwirtschaftskrise gibt es das Bürgertum, das Maupassant beschreibt, nicht mehr. Hier verlor es seine Existenzgrundlage – Erscheinungen wie der Rentierkapitalismus in Frankreich z. B. sind nicht einmal mehr vorstellbar.
Schritt für Schritt zeichnete sich infolge der Reformpolitik der sich institutionalisierenden Arbeiterparteien eine Verwischung der Klassengegensätze ab. Der Grundwiderspruch zwischen Kapital und Arbeit blieb jedoch bestehen. Auch seine Auswirkungen auf den einzelnen, auf Ehe, Familie und die sozialen Beziehungen. In deren minutiöser und »ungerührter« Beschreibung, der »impassibilité«, liegt die Aktualität der Prosa Maupassants. Maupassant als Chronist bürgerlicher Verkehrsformen, die sich bis heute erhalten haben und unübersehbar auf die Bedingungen ihrer Entstehung zurückweisen.

Liest man die Romane »Bel-Ami« oder »Mont-Oriol«, so mag man freilich die noch unentwickelten Methoden belächeln, mit denen ein Presseimperium aufgebaut wird oder durch Reklame und Spekulation ein Kurort. Was uns so neugierig auf solche kapitalistischen Latenzformen macht, ist vielleicht der Wunsch, erkennen zu wollen, worauf sich die Welt gründet, in der wir heute leben. Der Gigantismus des Eiffelturms, der zur Weltausstellung von 1889 aufgerichtet wurde, die Herrschaftsarchitektur des Grand und Petit Palais am Pont d'Alexandre sind Selbstdarstellungen der zur Macht gelangten Industrie in der Dritten Republik.

Die Politik im engeren Sinne bleibt bei Maupassant ausgespart, sieht man davon ab, daß der Deutsch-Französische Krieg mit der militärischen Niederlage Frankreichs und dem Sturz des II. Kaiserreichs noch immer traumatisch erfahren wird. Der Band »Les Soirées de Médan«, der Maupassants wirkliches literarisches Debut mit »Boule de Suif« darstellt, enthält Erzählungen der Freunde Alexis, Huysmans, Céard, Hennique, Maupassant und Zola zum Thema des Krieges. Der Autor äußerte sich dazu am 5. Januar 1880 in einem Brief an Gustave Flaubert: »Als wir unsere Erzählungen schrieben, hatten wir keine antipatriotischen Absichten oder überhaupt irgendeine besondere Intention. Wir wollten einzig versuchen, ein wahres Bild des Krieges zu zeichnen, in dem wir den Chauvinismus, den etwa Déroulède predigt, und den falschen Enthusiasmus beiseite ließen, den man gewöhnlich jeder Erzählung beigibt, die von Soldaten und Waffen handelt. In unserem Band werden Generäle – anstatt als hervorragende Strategen mit den edelsten Gefühlen, überquellend von Idealen –, als durchschnittliche Menschen wie jedermann gesehen, nur daß sie vielleicht Mützen mit Litzen tragen und mehr Menschen getötet haben als andere. Und das nicht aus böser Absicht, sondern durch schieren Stumpfsinn.«[4]

Der Briefempfänger ist privat ein eher konservativer Mensch. Die Pariser Revolution der Kommunarden hat Flaubert – ebenso wie jede Form von Sozialismus – abgelehnt. Die Okkupation Frankreichs durch die Deutschen beunruhigte ihn zutiefst und weckte einen starken Patriotismus. Maupassant legt offenbar Wert darauf, zu versichern, man habe nicht die Absicht gehabt, antipatriotische Erzählungen zu schreiben. Auffällig die Betonung der Wahrhaftigkeit in diesem Brief, die Ablehnung eines falschen Enthusiasmus. In einer kleinen theoreti-

schen Arbeit »Le Roman«, die am 9. Januar 1888 zusammen mit dem Roman »Pierre et Jean« bei Ollendorff erschien, finden sich noch weitere Hinweise auf die Kunsttheorie Maupassants. Er will sich keiner der herrschenden Schulen zuschlagen lassen, beharrt aber auf dem Grundsatz der persönlichen Wahrhaftigkeit des Autors in der Darstellung der Welt. Alter Roman, sprich poetischer, und neuer werden als Gegensätze gesehen, wobei für ihn zum neuen der realistische und naturalistische zählen. Indem Maupassant das Gegensatzpaar analytischer und objektiver Roman herausarbeitet, zeigt sich deutlich seine Neigung zum letzteren: »Mir scheint auch, der solcherweise gearbeitete Roman gewinne an Ehrlichkeit.«[5] Unter dem analytischen Roman versteht er vorzugsweise den der Naturalisten, denen er sich nicht zugehörig fühlte, obwohl eine breite Öffentlichkeit ihn zu ihnen rechnete, seit seine erste bedeutende Erzählung unter den Fittichen Zolas erschienen war.
Wozu Maupassant neigt, möge die folgende Passage zeigen: »Der Romancier dagegen, der uns ein genaues Abbild des Lebens geben möchte, wird sich vor jeder ungewöhnlich anmutenden Verkettung der Ereignisse sorgfältig hüten müssen... Derart wird er bald die geistige Veränderung unter dem Einfluß des Milieus, bald die Entwicklung der Gefühle und Leidenschaften zeigen – wie geliebt, wie gehaßt wird, wie man sich in allen Gesellschaftsschichten bekämpft, wie die bürgerlichen Interessen, die Geldinteressen, die Familieninteressen, die politischen Interessen miteinander streiten.«[6]
Vielleicht war es gerade dieser Wille Maupassants, sich von literarischen Schulen unabhängig zu halten, der ihn besonders dazu befähigte, ein Chronist seiner Zeit zu werden. Theoretische Differenzen zwischen ihm und Zola schlossen nicht den freundschaftlichen Umgang aus, obwohl der um zehn Jahre ältere Zola eine Spur von Herablassung nicht ganz verbergen kann. So schreibt er in einer Rezension des Buches »La Maison Tellier« in »Le Figaro« vom 11. Juli 1881: »Ich habe Maupas-

sant bei Flaubert kennengelernt. Das war 1874. Er kam wohl gerade von der Universität. Niemand hatte ihn bisher in unserem literarischen Kreis wahrgenommen. Wenn wir sonntags gegen zwei Uhr in der kleinen Wohnung in der rue Murillo ankamen, diesen schmalen Räumen, deren Fenster auf die Schatten des Parks Monceau blickten, so fanden wir fast immer schon Maupassant vor, der mitunter mit dem Meister gegessen hatte. Zu ihm kam er wohl jede Woche, um seine Arbeiten vorzulesen. Er ließ ihn mit aller Strenge vor allem die Sätze überarbeiten, die zu glatt eingingen. Wenn wir dort waren, verhielt er sich ganz zurückhaltend, hörte mit wachem Gesichtsausdruck zu, dem eines aufgeweckten jungen Mannes in der Blüte seiner Kraft, sich Notizen machend...«[7].

Der Gesellschaft, in der Maupassant lebte, war er in seinen Werken ein Spiegel, ohne erklärtermaßen damit eine moralisierende Absicht zu verbinden. Die Gesellschaftskritik Zolas dagegen hat einen bürgerlich-humanistischen Grundzug. Die literarischen Vorbilder Zolas waren u.a. Balzac, Flaubert und die Goncourts. Während diese allerdings in ihren »realistischen« Romanen Angehörige des aufsteigenden Mittelstandes schildern, stellt Zola Vertreter des Proletariats in den Mittelpunkt seiner Großromane. Die Wahl des Sujets rief gerade in konservativen Kreisen – und sie durchsetzten die französische Gesellschaft jener Zeit – erbitterten Widerstand hervor. Aber nicht nur dort, man warf Zola ebenso Verunglimpfung der Arbeiterklasse vor. Als der Band »La Maison Tellier« erschien, mußte Zola die Titelgeschichte in der erwähnten Rezension in Schutz nehmen, weil Maupassant Prostituierte zu Hauptfiguren der Erzählung gemacht hatte:
»... man wird fragen: warum greift man zu solchen Personen? Hätte man nicht ein ehrbares Milieu wählen können? – Ohne Frage, aber ich meine, daß Maupassant dieses Sujet gewählt hat, weil er dort einen sehr humanen Zug fand, der den Wesenskern

des Lebendigen berührt... Zusammenfassend bleibt Maupassant in seinem neuen Buch ein durchdringender Analytiker, der solide Autor von ›Boule de Suif‹. Er ist sicher eines der ausgewogensten und gesündesten Temperamente unserer jungen Literatur.«[8]

Man warf Maupassant später vor, er habe die Prostitution literaturfähig gemacht, was nicht stimmt. Aber es paßt in die literarischen Auseinandersetzungen jener Zeit hinein, in denen die Literatur wie heute oft nur ein Vorwand war, um politische Gegensätze auszutragen.

Das Arbeiten mit dokumentarischem Material war für die Schriftsteller, die sich zur Gruppe der Naturalisten zählten, geradezu ein Ausweis ihrer »wissenschaftlichen« Methode. Schon der Titel des bekanntesten Romanzyklus von Emile Zola ist programmatisch: »Histoire naturelle et sociale d'une famille sous le Second Empire«. Es handelt sich um die »Natur- und Sozialgeschichte« der Rougon-Macquarts. Der Anspruch, dieses exakt Wissenschaftlichen-Arbeitens wird – man möchte fast sagen zum Glück – nicht eingelöst, trotz gegenteiliger theoretischer Äußerungen.

Auch die Brüder Edmond und Jules Huot de Goncourt, die mit ihren Arbeiten zu den literarischen Vorbildern Zolas zählen, sammelten in impressionistischer Weise Material für ihren Roman »Germinie Lacerteux« (1865). Er behandelt das Schicksal einer Magd aus der Provinz, die in Paris auf die schiefe Bahn gerät und zur Prostituierten wird. Ihre Angestellte, Rose Milinge, bot ihnen zu dieser Figur das Modell. Sie durchstreiften auf der Suche nach authentischem Material Bistros, Tanzlokale und besuchten Gefängnisse, wie Forschungsreisende, die ein fremdes Land betreten. So erhielt die »klinische Studie der Liebe«, die sie schreiben wollten, das gewünschte Lokalkolorit. Für die lesende Öffentlichkeit steckte in der Wahl des Milieus, in den theoretischen Äußerungen der Autoren des »neuen« Romans etwas Provokantes. Das Betonen der »naturwissenschaftlichen« Arbeitsweise richtete sich eindeutig gegen den »alten«, den poetischen Roman der Romantiker. So bestand zum Beispiel der junge Zola im Vorwort zur zweiten Auflage der »Thérèse Raquin« darauf, daß diese Geschichte nicht erfunden sei. Schon Sainte-Beuve stellte das in Frage. Tatsächlich ist die Handlung reine poetische Fiktion, hervorgegangen aus einer Kurzgeschichte, die zum Roman umgearbeitet wurde. Zola aber schreibt im Vorwort: »Ich hoffe, man versteht allmählich, daß mein Ziel ein rein wissenschaftliches gewesen ist... Im Chor der Stimmen, die schrien: ›Der Verfasser der 'Thérèse Raquin' ist ein jämmerlicher Hysteriker, der sich darin gefällt, Zoten auszubreiten‹, habe ich umsonst eine Stimme erwartet, die geantwortet hätte: ›Ach nein, dieser Schriftsteller ist ein einfacher Analytiker, der sich vielleicht allzu gründlich mit menschlicher Fäulnis befaßt, der es aber nicht anders getan als jeder Arzt im Seziersaal.‹«[9]

Daß sich Maupassant in »Le Roman« vom analytischen Roman distanziert, ohne allerdings Zola zu nahe treten zu wollen, dem er ja verpflichtet war, ist verständlich. Und er mußte sich distanzieren, um seinen eigenen Weg zu finden, jenseits jeder Doktrin.

Die meisten der jungen Schriftsteller, die sich zunächst um Zola sammelten, kamen nicht aus der Metropole, sondern aus der Provinz wie Maupassant. In der Hauptstadt waren unvermittelter noch als auf dem Lande die sozialen Gegensätze spürbar. Paris mit seinen Weltausstellungen, seinem Glanz, schien in diesem historischen Augenblick zum Zentrum der Welt geworden zu sein. Die Metropolen Europas wetteiferten in jenen Jahren darum, sozusagen als zweites Rom, ihren imperialen Anspruch durch monumentale Architektur und operettenhaften Glanz auch nach außen hin auszuweisen. So war Paris ein geeignetes Pflaster für Glücksritter vom Schlage eines George Duroy, des Helden aus »Bel-Ami«. Überhaupt verwischten sich die Grenzen zwischen der sogenannten »großen Gesellschaft« und den Emporgekommenen zunehmend: Louis Bonaparte hatte schon an seinem »18. Brumaire« dafür das eklatanteste Beispiel mit seinem Gefolge von Glücksrittern und zwielichtigen Spekulanten gegeben. Seine Anhänger und die wirtschaftlichen Kräfte, die sie vertraten, waren durchaus noch lebendig und warteten nur auf eine günstige Gelegenheit zum Putsch. Die Entscheidung für die republikanische Staatsform fiel 1875 mit einer Stimme Mehrheit. Erst 1880 begnadigte man die Anhänger der Kommune. Im Volk gärte es, viele riefen nach einem starken Mann. Georges Boulanger, der einen Staatsstreich versuchte, scheiterte und nahm sich das Leben. Wie instabil die politischen Verhältnisse waren, zeigt sich am Wechsel der Kabinette, deren Frankreich zwischen 1875 und 1914 50 hatte. Vor der Folie dieser historischen Ereignisse sind die Romane und Erzählungen Maupassants zu sehen. Erst dann wird die Ironie deutlich, die sich zum Beispiel in der Erzählung »Die Auszeichnung« zeigt, in der ein Bourgeois keinen sehnlicheren Lebenswunsch hat, als das Band der Ehrenlegion zu bekommen und – als das zunächst durchaus nicht glücken will – die glücklichen Tage der Kommune lobt, in der es gerecht zugegangen sei.

Bemerkenswert oft begegnet uns in Maupassants Texten der neue Stand der Angestellten. Er tritt – besonders in der Großstadt – neben das Heer der Arbeiter. In den Angestellten existiert eine neue kleinbürgerliche Schicht mit eigenen Existenzängsten. In der größeren Erzählung »Die Erbschaft« stehen sie im Vordergrund. Maupassant kennt das Milieu aus eigener Anschauung. Vom Oktober 1872 bis zum Dezember 1878 arbeitete er im Marineministerium, dessen beängstigende Poesie uns Charles Meryon in seiner Radierung »Le Ministère de la Marine« (1865) vor Augen führt.

Nach einem weiteren Jahr im Staatsdienst konnte Maupassant endlich von den Einnahmen seiner Bücher leben. Sein Ruhm wächst stetig. Großzügig hilft er der eigenen Familie. Maupassant ist gern gesehener Gast der Pariser Gesellschaft. Im Salon der Madame Straus muß er dem jungen Marcel Proust begegnet sein, wie André Maurois vermutet[10]. Maupassants Ausgaben für ein aufwendiges Leben, für Wohnungen, Landhäuser, seine Yachten und Reisen steigen so an, daß er gezwungen ist, immer höhere Forderungen an seine Verleger zu stellen. Vor allem aber muß er schreiben, um das alles zu verdienen, was er ausgibt.

Als er im Juli 1887 eine Ballonfahrt von Paris nach Heyst-zur-Mer in Belgien unternimmt, gerät er in die Schußlinie der Pariser Presse und ihrer Karikaturisten. Diese Eskapade mag ein Hinweis auf Maupassants Lebensstil sein, der sich zwischen Extremen bewegte. Viele seiner Briefe zeigen ihn als einen zurückgezogen lebenden Menschen, gequält von einer schweren Krankheit, deren Ausmaß und Gefährlichkeit weder er noch seine Ärzte erkannten. Er flieht aufs Land, um Ruhe zur Arbeit zu finden. Dann aber wieder wird er von einer notorischen Unruhe ergriffen, die ihn auf weite Auslandsreisen treibt oder mitten hinein ins Pariser Gesellschaftsleben, zu dessen »Diner-Berühmtheiten« er zählt, wie Marcel Proust notiert. Maupassant ist ein mutiger Mann. Auf Korsika trifft er mit Banditen zusammen, die er bewundernd beschreibt. In Nordafrika reist er mitten durch das Gebiet aufständischer Nomaden. Zeit seines Lebens hat er begeistert Sport getrieben. Von daher gesehen hat seine Ballonfahrt nichts Wagehalsiges, aber eben doch einen Anstrich von Snobismus. Fatalerweise trägt nämlich der Ballon den Namen einer seiner berühmten Erzählungen: »Le Horla«. Was lag also näher, als daß alle Welt annahm, er wolle für sich Reklame machen. Solche Ballonfahrten waren zu dieser Zeit le dernier cri. Vor ihm hatten sie schon Sarah Bernhard und der berühmte Photograph Nadar unternommen. In »Le Figaro« vom 16. Juli beschreibt Maupassant seine Eindrücke: »Ich bin erfüllt von einer seltsamen, durchdringenden Empfindung des Wohlbefindens, das sich sowohl auf den Körper als auch auf die

Seele bezieht... Jede Erinnerung ist ausgelöscht, jede Sorge von uns genommen. Es gibt kein Gefühl des Bedauerns mehr, noch Pläne und Hoffnungen. Wir sind nur wach und fühlen und erfreuen uns bis zur Grenze des Möglichen an der Erfahrung dieser phantastischen Reise.«[11]
Maupassant mag ebenso wie den Photographen Nadar der Blick von oben auf die Stadt und die Landschaft gereizt haben. In vielen seiner Geschichten sieht der Erzähler die Stadt und die Landschaft von oben, aus der Distanz. Seine Illustratoren haben das sehr rasch erfaßt. Lelong, Morel, Lobel-Riche und Damazy zeichnen Szenen aus seinen Romanen und Erzählungen von einem überhöhten Standpunkt aus, dem gleichen, den der im Hintergrund bleibende Erzähler einnimmt.
Besonders deutlich weist das die Erzählung »Die Erbschaft« aus. Nach einem Diner tritt man auf den Balkon hinaus: »Man sah nichts als einen hellen Schimmer, der über der großen Stadt schwebte wie der Lichtschein über dem Haupt der Heiligen... Cachelin erklärte: ›Sehen Sie, dort hinten, was da so glänzt, das ist Eden. Dort sehen sie die Linie der Boulevards; schön, wie deutlich sie sich heraushebt! Am Tage ist der Blick von hier oben einfach herrlich!... Mit ausgestrecktem Arm zeigte er dorthin, wo der Invalidendom, der Trocadero und der Triumphbogen vom Place de l'Etoile lagen... Mit leiser Stimme fragte Lesable: ›Und Sie, Mademoiselle Cora, sehen Sie auch so gern von hier oben hinab auf Paris?‹«[12]
Seit Victor Hugos »Paris aus der Vogelschau« hat dieser Blick von oben auf die Kapitale Tradition. Es liegt darin etwas Besitzergreifendes oder auch ein Sich-vor-Augen-Führen der Geschichte, wobei Paris stellvertretend für ganz Frankreich steht. Überhaupt war die Empfindlichkeit gegenüber dem, was mit der Stadt geschah, gewachsen, seit der Stadtpräfekt, Baron Haussmann, 1853 damit anfing, Breschen in die architektonische Geschlossenheit des Stadtbildes zu schlagen.
Schon in den fünfziger Jahren des Jahrhunderts hielt Charles

Meryon in Zeichnungen und Radierungen die vom Abbruch bedrohten Stadtteile und Bauwerke fest. Auch die neu gegründete Société héliographique, eine Vereinigung von Photographen, arbeitete mit dem gleichen Ziel. In ihrer Zeitschrift »La Lumière« finden sich ihre Photos. Es spricht aus ihnen ein stummer Protest gegen die Zerstörung geschichtlicher Monumente und damit der Identität der französischen Nation, für die seit dem Mittelalter Paris das Symbol ist. Dieser Protest reißt übrigens bis in unser Jahrhundert hinein nicht ab. So setzte noch 1924 Louis Aragon der heute abgebrochenen »Passage de l'Opera« in »Le paysan de Paris« ein Denkmal.
Vor diesem Hintergrund muß man die enge Bindung Maupassants an Paris sehen, seinen leidenschaftlichen Protest gegen den Bau des Eiffelturms, der nach seiner Meinung das Stadtbild verschandelt. Als der Bau voranschreitet, verläßt er sogar Paris, um das nicht mitansehen zu müssen. Er wird freilich zurückkehren.
Wie schon im Nachwort zu »Pariser Abenteuer« erwähnt wurde, zieht ihn das Land, die Umgebung von Paris, die Normandie ebenso an wie die Stadt, wobei die Präferenz deutlich beim Land liegt[13]. Das ländliche Leben wird bei Maupassant in keiner Weise romantisiert, sondern die Mechanik des brutalen Kampfes ums Überleben und nach Oben-Kommen auf ihre Wurzeln zurückgeführt. In seiner Schilderung des Landlebens ist kein Platz für die Idylle. Sie zieht sich an die Ränder der Erzählung, in die impressionistische Naturbeschreibung zurück, stellt damit aber die Gefühlsroheit seiner Figuren in ein noch grelleres Gegenlicht. Holzschnitthaft sind die Gegensätze zwischen Oben und Unten, Unterdrückern und Unterdrückten herausgearbeitet – auch das stumm verbissene Leiden der letzteren.
Der Inhalt dieses Bandes folgt nicht der Buchausgabe von »La maison Tellier« (1881). Die aufgenommenen Erzählungen wurden thematisch gegliedert. Sie handeln allesamt von der

Liebe: der käuflichen, der leichtfertigen, der berechnenden, der enttäuschten – und der Lieblosigkeit. Betrüger und Betrogene kommen zu Wort. Es ist »diese raffinierte Pariser Gesellschaft«, wie Louis Bouilhet sagt, »in der man keine andere Beschäftigung als die Liebe kennt«, der die ironische Warnung gilt: »Citoyens français, prenez garde à l'amour.«

Werner Berthel

1 Guy de Maupassant, Œuvres complètes. Bd. 1. Collection dirigée par Pascal Pia. Maurice Gonon, éditeur d'art, Paris (o. J.), S. 10
2 Guy de Maupassant, Romane. 2 Bde. Winkler Verlag: München 1974, Bd. 2, S. 786/87
3 E. Halperin, Ivan Tourguéneff et ses amis français d'après sa correspondance. Fasquelle: Paris 1901, S. 269
4 Zitiert nach: Michael G. Lerner, Maupassant. George Allen & Unwin Ltd.: London 1975, S. 132
5 Guy de Maupassant, Romane Bd. 1. a.a.O., S. 671
6 Guy de Maupassant, Romane Bd. 1. a.a.O., S. 667
7 Zitiert nach: Œuvres complètes de Guy de Maupassant. Bd. II. Louis Conard: Paris 1908, S. 287
8 Œuvres complètes de Guy de Maupassant. a.a.O., S. 288
9 Emile Zola, Therese Raquin. S. Fischer Verlag: Frankfurt 1960, S. 8/9
10 André Maurois, Auf den Spuren von Marcel Proust. Bibliothek Suhrkamp (BS 286) Suhrkamp Verlag: Frankfurt 1971, S. 70
11 Zitiert nach: Michael G. Lerner, Maupassant. a.a.O., S. 226f.
12 Guy de Maupassant, Novellen. Winkler Verlag: München 1973, Bd. 2, S. 28f.
13 Guy de Maupassant, Pariser Abenteuer und andere Erzählungen. insel taschenbuch 106. Insel Verlag: Frankfurt 1975

Das Haus Tellier (La Maison Tellier / Buchausgabe 1881). Deutsch von: Helmut Bartuschek

Eine Landpartie (Une Partie de Campagne / La Vie Moderne, 2.4. u. 9.4.1881). Deutsch von: Helmut Bartuschek

Im Frühling (Au Printemps / La Vie Populaire, 9.10.1881). Deutsch von: Helmut Bartuschek

Ça ira (Ça ira / Gil Blas, 10.11.1885). Deutsch von: Helmut Bartuschek

Die Stecknadeln (Les Épingles / Gil Blas, 10.1.1888). Deutsch von: Karl Friese

Die Auszeichnung (Décoré / Gil Blas, 13.11.1883). Deutsch von: Karl Friese

Hautot Vater und Sohn (Hautot Père et Fils / L'Echo de Paris, 5.1.1889). Deutsch von: Karl Friese

Auf die Probe gestellt (L'Épreuve / L'Echo de Paris, 13.7.1889). Deutsch von: Karl Friese

In eigener Sache (Divorce / Gil Blas, 21.2.1888). Deutsch von: Helmut Bartuschek

Monsieur Parent (Monsieur Parent / La Vie Populaire, 3.1.1886). Deutsch von Karl Friese

Die Königin Hortense (La Reine Hortense / Gil Blas, 10.7.1883). Deutsch von: Helmut Bartuschek

Das letzte Mittel (Le Diable / Le Gaulois, 5.8.1886). Deutsch von: Karl Friese

Die Schnur (La Ficelle / Le Gaulois, 25.11.1883). Deutsch von: Helmut Bartuschek

Madame Husson und ihr Tugendjüngling (Le Rosier de Mme. Husson / La Nouvelle Revue, 15.6.1887). Deutsch von Helmut Bartuschek

Insel taschenbücher
Alphabetisches Verzeichnis